제니 트라이벨 부인

혹은

"마음이 마음과 짝을 이루는 곳"

제니 트라이벨 부인

혹은

"마음이 마음과 짝을 이루는 곳"

테오도어 폰타네

양태규

부북스

제니 트라이벨 부인

1판 1쇄 발행 2024년 5월 31일

지은이 | 테오도어 폰타네
옮긴이 | 양태규
발행인 | 신현부

발행처 | 부북스
주　소 | 04613 서울시 중구 다산로29길 52-15(신당동), 301호
전　화 | 02-2235-6041
팩　스 | 02-2253-6042
이메일 | boobooks@naver.com

ISBN 979-11-91758-26-9 (93850)

목차

작품 해설

테오도어 폰타네(1819-1898)의 걸작 『제니 트라이벨 부인』은 불과 1세기 전만 해도 유럽의 변방 프로이센의 베를린이 국제적 대도시(Weltstadt)로 발돋움했던 독일 제국 시대(1871년-1918년)의 중간 시점인 1892년 발표되었다. 베를린은 국제정치, 금융과 산업의 중심지로 도약하였고, 국제적 명성의 독일대학은 막스 플랑크와 알베르트 아인슈타인의 활동 무대가 되었으며, 결핵균을 발견한 로베르트 코흐, 병리학자이며 인류학자이자 제국의회 정치가였던 루돌프 비르효는 당시 독일의 지적 수준을 대표하였다. 하인리히 슐리만의 트로이 발굴, 그리고 이에 참여했던 비르효 두 사람 모두 이 소설에서도 언급되고 있다. "사람들이 베를린에 대해 그 무엇이라 비웃을지언정, 이곳에서 발생하는 것이 직접적으로 거대한 세계적 사건에 영향을 끼친다는 사실은 결론적으로 부인할 수 없다."라는 베를린에 대한 1860년 당시 폰타네의 지적은 마침내 현실이 된 것이다.

소설 속 베를린은 프로이센 군국주의, 이데올로기적 대격변과 모더니즘의 비약이라는 역사적 흐름이 소용돌이치는 장소이다. 봉건주의에서 본격적인 자본주의로 넘어가는 격동기에 유산시민 계급과 교양시민계급으로 양분된 두 집안 자녀들의 결혼을 둘러싼 사건을 통해 일상에 녹아있는 시민사회의 균열과 변질이 적나라하게 드러난다. 젊은 남녀 사이의 결혼 계획은 가족과 사회의 무게 아래 좌초된다.

베를린의 비약적 발전에 빠질 수 없는 요인으로 루이 14세가 추방한 신교도들의 베를린 정착을 들 수 있다. 높은 교육 수준과 전문적 기술을 갖춘 위그노들은 특유의 상업적, 예술적 역량으로 베를린 발전에 기여하였고, 훗날 폰타네라는 대문호를 배출했던 것이다. 위그노뿐 아니라 플랑드르와 스위스인, 그리고 동쪽으로부터 슬라브와 유대인의 유입으로 다양한 인종과 문화의 혼합은, 1778년 베를린을 방문했던 괴테가 "담대한 인간형"이라 칭했던 베를린 사람을 만들어냈는데, 『제니 트라이벨 부인』의 젊은 여주인공 코린나야 말로 그 매력적인 표본이 아닐 수 없다.

프랑스의 저명한 문인이자 정치이론가로서, 프랑스 혁명의 변질과 나폴레옹의 전제정치를 비판한 제르멘 드 스탈 부인(1766-1817)은 자신의 세기적 저서 『독일에 관하여』(1810)에서 나폴레옹의 군사적 정복으로 형성된 물리적 유럽 지형도가 아닌, 관찰자의 마음속 독일을 기술한다. 괴테와 실러 그리고 헤르더의 독일은 상상의 영역에 존재한다며 영국인의 섬세함, 프랑스인의 우아함 혹은 이탈리아인의 감성에는 미치지 못하지만 "가장 평화적 방식으로 독일인은 전적으로 낭만주의적 상상력을 소유하고 있다."고 이야기한다. "계몽주의의 발화점으로서 베를린이 보여주는 광경은 독일의 그 어떤 곳과도 비교될 수 없다."는 찬사와 더불어 스탈 부인은 공권력에 복종하는 독일인들의 습성을 비판하며 지배 귀족과 점차 대담해지는 부르주아 계층 사이의 넓어지는 간극을 확인하였다.

시민계급의 개혁과 자유화 요구는 1848년 혁명으로 그 정점에 다다르고 폰타네를 포함하여 베를린 시민들은 바리케이드를 향했다. 하지만 혁명의 좌절은 이상주의적 자유주의와 보수적 민족주의라는 두 가지 영향 아래 놓여있던 기존 독일 시민계급에 지각 변동을 야기했다. 혁명적 에너지의 소진은 자유주의적 시민계급으로 하여금 소설 속 트라이벨과 같이 경제적 목표에 매진토록 하였고, 이로 인한 경제 호황은 독일의 경제적 기반을 마련하였다. 경제적 성공은 자유주의 부르주아의 정치적 반대 세력을 무력화시키고 나아가 비스마르크의 철권 정치와 이웃 국가들과의 전쟁 승리를 통해 쟁취한 1871년 독일통일 그리고 독불전쟁 승리의 결과 유입된 엄청난 배상금으로 베를린은 활력과 저속함이 공존하는 소위 "창업시대"에 들어선다.

1871년 통일은 독일 귀족의 시민계급에 대한 승리를 의미했고, 대부분의 시민계급은 이제 귀족 비판적인 공화주의 이상에서 고개를 돌려 군주적 세계상과 위계적 사회질서에 편입된다. 부르주아의 경제적 번영에도 불구하고 사회적 평등과 반봉건주의 시민계급의 도덕과 문화 규범은 봉건적 군사국가, 귀족계급의 전쟁 및 명예 규범에 침습된다. 바로 여기에 유산시민 계급과 교양 시민계급 사이에 괴리가 발생한다.

베를린 소재 대규모 염료공장 소유주인 소설 주인공 제니 트라이벨의 남편은 3대에 걸친 유산시민 계급으로, 그의 상업고문관 칭호야말로 유산시민 계급과 귀족계급 간 규범 혼합의 한 사례이다. 1871년부터 제1차 세계대전 패전 해인 1918년 사이 부여된 명예 칭호로, 전통적으로 '명예'와는 무관한 상행위, 경제 활동을 '귀족화'시켜주는 이 칭호를 하사받고 '격상'된 트라이벨은 정치 참여를 꿈꾸며 보수주의의 기치를 내세운다.

"총영사", 나아가 "왕실 훈장"을 염원하는 트라이벨에게 과거 궁중 생활을 했던 소령 부인이 지난날 자유주의 시민계급을 염두에 두며, 사업가라면 응당 전통적 시민계급 이상에 부합하는 진보주의자로서 지역 정치에 관심을 갖고 훗날 시장직과 같은 "시민왕관"을 위해 싸워야 하는 게 아니냐고 하자, 트라이벨은 다음과 같이 항변한다. "우리 같은 부류는 계산하고 또 계산합니다." 또 자신은 "진보와 보수를 산출하여" "더 벌이가 좋다고까지는" 아니더라도 자신에게 보수주의가 "더 잘 맞고, 더 잘 어울린다는" 결론에 도달했다며 상류사회를 향한 유산시민 계급의 갈망을 표현하고, 프로이센 군대 유니폼 군청색 염료공장 사업가로서 왕실과의 상징적 유대를 부각시킨다. "베를린 군청색에 상징적으로 최고도의 프로이센이 존재합니다."

야채 가게 소시민 집안에서 시집 온 트라이벨의 부인 제니에게는 부르주아의 표본인 남편에 비해서도 상승 욕구가 한층 더 부각되고 있다. 그녀는 교양 시민의 감상적, 시적 풍미를 보여주며, 젊은 시절, 거리를 사이에 두고 친분이 있던 옛 애인 슈미트와의 추억을 회상한다. "모든 것이 헛됩니다. 가장 헛된 것은 모든 세상 사람들이 그토록 희구하는 것들입니다. 외적 소유물, 재산, 금. […] 저 개인적으로 그 이상에 충실할 것이고 결코 그것을 포기하지 않을 겁니다. 가장 순수하게 그 이상을 저는 시에서 찾습니다. 특히 노래 부를 수 있는. 왜냐하면 음악은 한 단계 높은 영역으로 상승 시켜줍니다." 교양에 대한 애착과 "더 높고", "이상적인" 것을 향한 매진은 하지만 겉치레에 지나지 않는다. 그녀에게 교양과 시는 경제적 목적과 강제와 충돌하지 않는 한도 내에서만 유효하다. 이에 따라 자칭 시적 정취를 위해 산다는 제니는 자신에게 시를 소개한 슈미트가 아니라 신분 상승을 위해 사업가 트라이벨과 결혼했던 것이다. 또한 자신의 둘째 아들 레오폴트와 슈미트의 딸 코린나의 결합 가능성이 도래하자 그녀의 시정(詩情)은 순간 자동으로 정지되고 부르주아 물질주의의 위선이 고개 든다.

　전통적 교양 시민을 대표하는 슈미트 교수는 자신의 옛 애인을 정확하게 파악하고 있다. "그녀는 위험한 인물이네, 그걸 스스로 모르는 데다가, 스스로 감정이 풍요한 마음, 무엇보다 '높은 것'을 향한 마음을 갖고 있다고 진심으로 자부하기 때문에 더욱 위험하지. 하지만 그녀는 무게를 달 수 있고, 무게가 나가고 이자가 붙는 것에만 마음을 줘. 그녀는 그 돈이 어디에서 오건 간에 50만 이하로는 레오폴트를 떠나보내지 않을 거야. […] 궁정 냄새가 풍길수록 더욱 좋아. 그네들은 끊임없이 자유주의가 어떻고 감상적이 어떻고 하는데 모든 것은 소극(笑劇)일 뿐이지. 본색을 드러낼 때가 되면, 그들의 구호는 '금이 으뜸패'이고 나머지는 아무 의미가 없어."

　편협함과 위선은 슈미트로 대표되는 교양 시민계급에게도 예외가 아니다. 슈미트의 동료인 디스텔캄프의 도덕적 우월감과 오만은 고대 언어와 고고학을 독학한 국제적 사업가 하인리히 슐리만의 트로이 유적 발굴 비판에서 드러난다. "자네는 오랜 견해로부터 벗어질 의도가 없으니까. 자네는 봉투를 붙이고 건포도를 팔던 사람이 그 오래전 프리아모스를 발굴하는 걸 상상할 수 없지. 그가 나아가 아가멤논에까지 이르러 아이기스토스의 기념물인 갈라진 두개골까지 찾아낸다면 자넨 매우 분개할 거야." 교양과 자산, 문화와 물질주의의 화해 시도는 아마 추어적이라 폄하되고 그 가능성조차 부인된다. '교양'은 계급 차별화의 기준이다. 부르주아 상류층과의 날로 첨예화하는 경쟁 구도에서 교양은 부족분을 상쇄하는 문화적 '자산'으로 동원된다.

　혼인을 둘러싼 트라이벨과 슈미트 두 가족 사이의 긴장은 귀족과 유산시민 계급 사이의 규범 혼합과 대칭되는, 유산시민 계급과 교양 계급 사이의 양립 가능성을 추적한다. 교양 시민은 유산시민 계급으로의 신분 상승 욕구를 뿌리칠 수 없다. 1880년대 독일 제국 시대의 신세대인 코린나는 레오폴트와의 혼인을 통해 고등학교 교수인 부친의 소박한 환경으로부터 탈출하고 싶어 한다. 사회적 위신과 물질적 부유함은 코린나에게 행복한 미래를 보장하기에 충분하다. 내심 코린나를 흠모해 왔으나 유약하고, 모친에게 의존적인 성격의 레오폴트를 향해 코린나는 자신의 목표 달성을 위해 모든 매력과 재기를 쏘아 부은 결과 비밀 약혼에 성공한다.

　자유주의적이고 평등주의적 가치를 내면화하고, 배금주의를 업신여기며 새롭게 봉건화한 부르주아와 구분 지으려는 노력에도 불구하고, 시대착오적이며 일면 고루한 색채를 띤 교양 계급에게 자신의 영웅적 시절 1848년 혁명과 프랑크푸르트 파울 교회에서의 열광의 흔적은 찾아볼 수 없다. 귀족과 부르주아의 규범 혼합의 결과 시민계급 내부의 계급 대립과 마주한 교양 계급의 대응은 체념이며, 그 체념은 외양상 해피엔드라 치부되는, 사회계급의 경계를 침범하지 않는 슈미트와 제니 두 집안 사이의 평화 공존이라는 가상(假像) 조화의 모습으로 재현된다.

　유산시민 계급과 교양 계급 사이의 진정한 화해와 연대는 성취될 수 없었다. "자산과 교양"은 이 소설의 부제 "마음이 마음과 짝을 이루는 곳"이 암시하는 바와 달리 합쳐질 수 없었으며 별개의 영역으로 남게 되었다. 폰타네의 소설이 발표된 지 사반세기 후, 독일 제국은 50년도 채우지 못하고 제1차 세계 대전 패전으로 막을 내린다. 귀족계급과 부르주아의 동맹은 와해되고, 사회 지배 권력으로서 귀족의 퇴장으로 남겨진 가치의 공백을 채우기에, 봉건화된 부르주아나 공화정의 에너지를 이미 오래전 상실하고 정치, 사회적 관련성을 상실한 교양 시민 공히 역부족이었다. 이 혼돈의 순간, 구원을 약속하고 이상적 자아상을 상정한 파시즘이라는 괴물에게 독일 시민계급은 다루기 쉬운 희생물이 되었다.

폰타네가 이 소설을 통해 선해주는 메시지는 두 시민계급 집안의 성원들을 통해 유감없이 보여준 문학적 이데올로기 비판이다. 언어비판으로 의식비판이, 도덕비판으로 사회비판이 전개된다. 문학사적으로나 정신사적으로도 매우 중요한 역사적 기록물인 이 소설은 언어유희, 희극적 담화, 위트, 유머, 아이러니, 풍자, 그로테스크, 조소와 경멸 등 폰타네 특유의 양식과 문체를 유감없이 보여주고 있는 19세기 독일 사실주의 소설의 최고작이다.

만찬으로 시작하여 야유회를 거쳐 결혼식으로 끝나는, 19세기 빌헬름 시대의 역사적 의복을 입힌 이 소설을 읽는 한국의 독자는 어렵지 않게 오늘날 한국 사회의 시대적 의복을 입은 주인공들을 눈앞에 그려볼 수 있을 것이며, 왜 폰타네가 괴테와 토마스 만을 이어주는 독일 소설가로 오늘날에도 여전히 사랑받고 있는지 공감할 수 있을 것이다.

제1장

5월 하순에 벌써 여름 날씨인 어느 날, 뚜껑을 뒤로 젖힌 4륜 마차가 슈피텔 마르크트로부터 쿠어 거리, 아들러 거리로 접어들었다. 곧 정면에 창문 숫자가 다섯 개밖에 안 되는데도 불구하고 꽤 눈에 띄는, 하지만 유행이 지난 집 앞에 섰다. 황갈색 유성 물감을 새로 칠한 후라 다소 청결해 보였으나 더 아름다워진 흔적은 없었고 거의 정반대였다. 마차의 뒷좌석에는 숙녀 두 명이, 환하고 따뜻하게 비추는 햇빛을 즐기는 것처럼 보이는 볼로냐 개를 데리고 앉아 있었다. 왼편에 앉은 30세가량의 숙녀가, 외양상 가정교사나 비서로 보였는데, 자신이 앉은 자리에서 마차 문을 열더니, 한 부인이 마차에서 내리는 것을 도와주었다. 부인은 취향이 넘치고 세심한 주의를 기울여 복장을 갖추어 50이 훨씬 넘었지만 매우 훌륭한 외모를 하고 있었다. 그리고 숙녀는 즉시 자신의 자리에 다시 앉았고, 나이 든 부인은 옥외계단으로 걸어 올라가 현관에 들어섰다. 여기에서부터 그녀의 몸짓이 허용하는 한 재빨리, 밟아서 바닥이 닳아버린 목재 계단을 올라갔다. 목재 계단의 아랫부분엔 빛이 거의 비추지 않았지만, 훨씬 위쪽으로는 적절하게도 "이중 공기"라고 칭할 수 있는 무거운 공기로 둘러싸여 있었다. 계단이 끝나는 지점의 맞은편에 관찰구멍이 나 있는 출입구 문이 있고 그 옆에는 초록색의 낡은 철판에 "빌리발트 교수"라는 글씨가 상당히 불분명하게 쓰여 있었다. 약간의 천식기가 있는 부인은 우선 휴식을 취할 필요를 느끼고는 이를 기회 삼아 그렇지 않아도 그녀에게 오래전부터 익숙한 층계참을 관찰하였다. 사면이 황색으로 칠한 벽에는 몇몇 갈고리와 횡목이 있고 그 사이로 외투를 솔질하거나 터는 데 필요한 반달 모양의 목재 물건이 보였다. 이 모든 분위기에 성격을 부여하는 것이 있었는데, 복도 뒤편에서 독특한 주방 냄새가 퍼져 나왔다. 착각이 아니라면 비눗물 증기에 섞인 으깬 감자와 소고기 스튜일 수 있었다. "소소한 빨랫거리이구나."라며 이 모든 것이 남달리 마음에 와닿는 듯 우아한 부인은 낮은 소리로 자신에게 말하는 순간에 오래된 기억이 났다. 그녀 스스로 바로 이 아들러 거리에 살면서 바로 맞은편 부친의 식료품 가게에서 일을 도와드렸는데, 두 개의 커피 자루에 올려놓은 판자 위에서 크고 작은 봉투를 풀 붙일 때마다 "백 장에 2페니히"를 받았던 것이었다. "너무 많은 돈이다, 하지만 너는 돈을 다룰 줄 알아야 해."라고 부친이 말했었다. 아, 그 시절이란! 정오 12시 식사 시간이면 그녀는 점원인 밀케 씨와 수습생 루이 사이에 앉았다. 두 사람은 서로 다른 만큼이나 똑같이 높이 선 앞머리에 똑같이 두 손이 얼어 있었다. 루이는 그녀 쪽으로 감탄의 눈길로 곁눈질하였으나 자신이 쳐다보는 것이 발각되었음을 알고는 매번 당황해했다. 그 이유는 그가 슈프레 골목의 과일 창고 출신으로 너무 낮은 계층이었기 때문이었다. 그렇다, 층계참에 서서 주위를 돌아보며 드디어 문 옆에 있는 초인종을 잡아당기는 그녀의 마음에 이 모든 것이 이제 또다시 떠올랐다. 완전히 구부러진 철삿줄에서 바스락 소리가 났으나 울리는 소리는 나지 않았다. 그리하여 그녀는 다시 한번 초인종 손잡이를 잡고 더 세게 잡아당겼다. 이제 종소리가 주방으로부터 복도까지 들려왔다. 그리고 잠시 후 관찰구멍 뒤편에 위치한 목재 셔터가 옆쪽으로 밀리는 것이 보였다. 교수의 살림을 도와주는 가정부임이 분명했다. 그녀의 관찰 위치에서 지금 아군인지 적군인지 살피는 것이었다. 관찰의 결과 "좋은 친구"임이 판명되자 문빗장이 꽤 소음을 내며 젖혀지고 다부진 40대 후반에 인상적인 크기의 보닛을 쓴 여성이 아궁이 불에 붉어진 얼굴을 하고 그녀 앞에 섰다.

"오, 트라이벨 부인… 상업고문관[01] 부인께서…. 이런 영광이…"

"안녕하세요, 슈몰케 부인. 교수께서는 어떠하신가요? 코린나 양은 집에 있나요?"

"네, 고문관 부인님. 필하모니에서 방금 귀가했습니다. 얼마나 기뻐할까요."

그 말을 하며 슈몰케 부인은 폭이 좁은 아마포가 깔린 양탄자 길을 터주기 위해 옆으로 물러섰다. 두 방 사이로 앞쪽으로 창문이 하나인 현관홀로 가는 길이었다. 그러나 고문관 부인이 들어서기도 전에 코린나 양이 벌써 마중 나와, 고문관 부인이 스스로 자신을 그렇게 부르기 좋아하는 "어머니 같은 친구"를 오른편 앞쪽 방으로 인도하였다.

이 방은 멋졌다, 천장은 높고, 블라인드는 닫히고, 창문들은 안쪽으로 열려 있었다. 창문 앞 꽃병에는 꽃무와 히아신스가 꽂혀 있었다. 티 테이블 위에는 오렌지가 담긴 유리 접시와 유리 접시를 바라보는 의전

---

01 Mrs.에 해당하는 독일어는 Frau(프라우)나 슈몰케가 즉시 정정하듯이 상대방이 다른 칭호를 가진 경우 이를 덧붙인다. 트라이벨은 고문관을 의미하는 남편의 칭호 Rat의 여성형 Rätin을 사용하고 있다. 독일 사회에서 이 같은 칭호는 대단히 존중 되어왔는데 정부 관료주의 조직 내의 실제 지위를 칭하기도 하지만, 국가를 위한 행위나 기여에 대한 대가로 부여되어 독일 제국(1871~1918) 당시 자산가와 기업가들을 위한 명예 칭호로 사용되었다. 한편 폰티네는 이와 같은 칭호에 대한 진지한 집착을 폄하시키려는 양, 주인공을 포함하여 징후적 이름을 사용한다. "트라이벨(Treibel)"의 동사형은 "닦그치다, 재촉하다"를 의미하는 treiben으로, 그녀가 추구하는 사회적 야심과 열정을 암시한다.

관실 감사관 슈미트와 결혼 전 성이 슈베린인 그의 부인의 초상화들이 나란히 전시되어 있었다. 연미복에 붉은색 독수리 훈장을 한 고령의 감사관, 결혼 전 성이 슈베린인 부인은 두드러진 광대뼈와 들창코를 하고 있었는데, 뚜렷한 부르주아 외양에도 불구하고, 이후의 혹은 달리 표현하자면 훨씬 이전 포젠 혈통보다는 오히려 그 유명한 포메른 가문 이름을 암시하였다.

"우리 코린나 양, 이 모든 걸 잘해놓고 있네요. 여기는 얼마나 멋지고, 시원하고 상쾌한지 — 아름다운 히아신스도. 물론 이 오렌지들과는 잘 어울리지 않지만, 하지만 상관없어요. 참 보기 좋아요… 그리고 꼼꼼하게도 나를 위해 소파 방석을 정돈해 두다니! 하지만 미안해요, 난 소파에 잘 앉지 않아요. 너무 푹신해서 항상 너무 깊이 빠져요. 나는 여기 팔걸이의자에 앉아 저 위의 친근한 어르신들을 쳐다보겠어요. 오, 부친과 똑같이 정말 인물이셨죠. 감사관 어른께서는 더더욱 정중하셨고요. 그리고 어떤 사람들은 항상 말하길 그분은 위그노[02] 출신이나 다름없다고 해요. 맞는 말이지만. 왜냐하면 그분의 할머니는 코린나 양이 나보다 물론 더 잘 알겠지만 샤르팡티에[03]였거든요, 슈트랄라우 거리에서 말이죠."

이런 말을 하면서 고문관 부인은 등이 높은 팔걸이의자에 앉아 손잡이 안경으로 그녀가 방금 그토록 호의를 갖고 기억해 냈던 "친근한 얼굴들"을 쳐다보는 동안 코린나는 날이 덥다며 모젤과 젤터 탄산수를

---

02   캘빈 신앙으로 인해 추방당한 프랑스 신교도들은 17세기 말 대선제후와 포츠담 칙령을 통해 베를린과 브란덴부르크에 정착하여 고향의 전통을 유지하다가 19세기에 이르러 점차 동화되었다.

03   목수.

조금 가져올지를 물었다.

"아니, 코린나 양. 난 방금 오찬에서 와서, 탄산수를 마시면 머리까지 올라와요. 특이하게도 셰리는 마셔도 상관없어요, 오래 저장된 것이라면 포트와인도 마실 수 있지만, 모젤과 탄산수는 어지럽게 해요… 저런, 이것 좀 봐요, 난 벌써 이 방을 이제 40년 넘게 알고 있어요, 내가 아직 다 크기 전이었는데, 할 일도 많으신 나의 어머니가 밤색 곱슬머리를 항상 감동을 줄 정도로 꼼꼼하게 땋아주시곤 했지요. 왜냐하면 코린나 양, 그 당시만 해도 약간 붉은색의 금발이 지금처럼 유행은 아니었어요. 하지만 밤색은 유행이었는데, 특히 곱슬머리가 그랬죠. 그것 때문에 사람들이 날 쳐다보았어요. 코린나 양의 부친 역시 그랬지요. 아버지는 학생이었고 시를 썼지요. 그 모든 것이 얼마나 매력적이고 감동적이었는지는 모를 거예요. 왜냐하면 자식들은 부모들도 한번은 젊은 시절이 있었고, 그들에게도 멋진 모습과 재능이 있었다는 걸 인정하려 하지 않아요. 그리고 시 몇 편은 나에게 보냈는데 오늘날까지 보관하고 있어요. 그리고 내 마음이 무거울 때면 난 작은 책자를 꺼내 — 원래는 푸른색 겉장이었으나 지금은 초록색 양피지로 제본했어요 — 창가에 앉아 우리 정원을 보면서 조용히 실컷 울곤 했어요. 아주 조용히, 아무도 볼 수 없게, 트라이벨이나 아이들은 절대로. 아, 젊음이란! 친애하는 코린나 양, 그대는 이렇게 젊음이 그 어떤 보석인지, 그리고 그 어떤 기친 숨결도 흐리게 하지 못하는 순수한 감정이야말로 우리에게 최고의 모습이며 앞으로도 그럴 것이라는 걸 아직 알지 못해요."

"네," 하며 코린나는 웃었다. "젊음이란 좋은 것이에요. 하지만 '고문관 부인'도 역시 좋고, 사실 더 훌륭해요. 저는 무개마차와 호화주택 주변 정원 편이에요. 그리고 부활절에 손님들이, 물론 많은 손님이 오시죠, 정원에 부활절 달걀들을 숨기고, 달걀들은 회벨이나 크란츨러에서 온 사탕과자가 가득 찬 모조품이거나 아니면 화장용품들이 그 안에 들어있죠. 그리고 모든 손님이 달걀들을 찾고 나면, 신사들은 숙녀들을 데리고 모두 식탁에 앉죠. 저는 젊음에 전적으로 찬성이에요. 하지만 안락함과 멋진 모임이 있는 젊음이 좋아요."

"나도 그런 것이 좋아요, 코린나 양, 적어도 바로 지금은. 왜냐하면 내가 온 이유는 코린나 양을 초대하기 위해서예요. 그러니까 벌써 내일이네. 갑자기 그렇게 됐어요. 미스터 넬슨이라는 젊은이가 오토 트라이벨 부부 집에 도착했어요. 물론 거기에 머무는 것은 아니지만. 리버풀의 넬슨 앤드 컴퍼니의 아들인데 우리 아들 오토와 주요한 사업관계를 맺고 있죠. 헬레네도 그 사람을 알고 있고요. 함부르크에선 다 그래요. 그 사람들은 영국 사람이라면 다 알고 있거나 알지 못하는 경우에는 적어도 그런 척한다니까. 난 이해하지 못하지만. 모래 다시 떠나는 미스터 넬슨 이야기인데요. 오토와 그의 처가 꼭 초대해야 할 중요한 사업상 친구라네요. 그런데 그날이 헬레네가 또다시 다리미질 하는 날이고, 그 애 생각엔 그게 무엇보다 중요하다고 하네요. 사업보다도 말이에요. 그래서 우리가 떠맡기로 했어요. 솔직히 마음이 내키는 건 아니지만 마지못해 그런 건 아니에요. 오토가 영국을 여행할 때 넬슨 집에서 여러 주 동안 신세를 졌어요. 그러니까 상황이 어떤지, 내겐 코린나 양이 오는 것이 얼마나 중요한지 알겠죠. 코린나 양은 영어도 하고 책도 다 읽었고, 지난겨울에는 미스터 부스가 나오는《햄릿》도 보았죠. 그걸 보고 얼마나 열광했던지 아직도 기억해요. 그리고 영국 정치와 역사도 물론 알고 있어요. 당연히 아버지의 딸이니."

"많이 알지 못해요. 조금만 알 뿐이죠. 누구나 조금은 알고 있어요."

"그래요, 코린나 양. 혜택을 받은 거예요. 이젠 모두 운이 좋아요. 하지만 내 시절, 그땐 달랐어요. 이건 내가 고마워하는 것인데, 한번 마음속에 생기면 사라지지 않아요. 하늘이 내게 시를 좋아하는 마음을 주지 않았다면, 그랬다면 난 아무것두 배우지 못하고, 알지도 못할 거예요. 하지만 난 다행히 시를 통해 성장하였고, 많은 시를 외우면 많은 것을 알게 되는 법이죠. 그리고, 내 마음에 그걸 심어준 분은 하느님 말고는 코린나 양의 아버지라는 것을 알고 있나요. 아버지야말로 저기 상점 가게의 따분한 사람들 사이에 시들어버릴 내 마음의 작은 꽃을 크게 키워준 사람인 것을요. 코린나 양은 사람들이 얼마나 따분한지 모를 거예요. 그런데 아버지는 어떠세요? 오토의 생일인 2월 14일에 보고 못 본 지도 3달이 넘은 게 분명해요. 사람들이 노래를 많이 부르자 빨리 가버리셨죠."

"네, 아버지는 그걸 싫어하세요. 적어도 그런 일에 놀라면 더욱 그래요. 그게 아빠의 약점인데 어떤 사람들은 무례하다고 해요."

"아니, 아니에요, 코린나 양. 그렇게 말하면 안 돼요. 아버님은 단지 특이한 분이에요. 그분을 좀처럼 보지 못해 슬퍼요. 아버님을 내일 같이 초대했으면 하는데 다른 사람들은 말할 나위도 없고, 미스터 넬슨에게 아버님이 관심을 보일지 의문이네요. 우리 친구인 크롤라가 내일 아마도 또 노래할 것이고 골다머 시보는 경찰 이야기를 하고 모자와 은화 두 개로 요술을 보여줄 거예요."

"아, 기대돼요. 아빠는 구속받고 싶어 하지 않으세요. 아빠는 또 세계 일주를 세 번 한 젊은 영국인보다는 아마 안락함과 파이프 담배를 선호하실 거예요. 아빠는 좋으신 분이에요, 일방적이고 고집이 세긴 하시지만."

"난 그렇게 생각하지 않아요, 코린나 양. 아버님은 보석이세요. 그건 내가 제일 잘 알아요."

"아빠는 모든 외양적인 것, 재산과 돈 그리고 장식하고 꾸미는 모든 것들을 대수롭지 않게 여기세요."

"아니에요, 코린나 양. 그렇게 말하지 말아요. 아버님은 인생을 올바른 측면에서 보고 계세요. 그분은 돈은 부담이며 행복이란 전혀 다른 곳에 있음을 알고 있죠." 그녀는 이 말을 하고 나서 침묵한 후 나지막하게 한숨을 쉬었다. 그리고는 계속 말을 이었다. "아, 우리 코린나 양, 내 말을 믿으세요, 수수한 환경이야말로 행복을 가져다주는 그것입니다."

코린나는 미소 지었다. "그건 저편에 서서 수수한 환경을 모르는 사람들이나 하는 말이에요."

"나는 그걸 알고 있어요."

"네, 예전에는요. 하지만 그건 이미 지나간 일이고, 잊혀진 것이거나 아마도 미화되기까지 하지요. 하지만 사실이 그래요. 모든 사람들은 부자가 되고 싶어 하고 저는 그걸 비난하지 않아요. 물론 아빠는 낙타와 바늘 이야기를 믿고 계시지요. 하지만 오늘날 젊은이들이란…"

"… 불행히도 달라요. 정말 그래요. 하지만 분명 그렇더라도 코린나 양의 생각처럼 나쁘진 않아요. 무엇보다 젊은 사람들에게 이상에 대한 개념이 사라지면 너무도 슬플 거예요. 젊은이에게 이상은 아직 남아있죠. 예를 들어 코린나 양의 사촌 마르셀을 내일 보게 되겠지만 (오겠다고 했어요) 마르셀은 성이 베더콥이라고 불리는 것 이외에는 정말 흠잡을 데라고는 없는 젊은이죠. 그렇게 세심한 남자가 어찌 그렇게 다루기 힘든 이름을 가지고 있는지! 하지만 어쨌든 오토 집에서 내가 그를 만날 때마다 그와 대화하는 것은 항상 즐거워요. 그리고 그 이유는? 그에겐 사람이라면 갖고 있을 입장이란 게 있어요. 우리의 좋은 친구 크롤라도 최근에 내게 말하길, 마르셀에게는 선천적으로 도덕적인 것보다 높게 치는 윤리적 천성이라는 게 있다는 거예요. 그의 설명을 듣고 나도 동의할 수밖에 없었죠. 아니에요, 코린나 양. 높은 것을 향한 감정을 포기하지 마세요. 오직 그것에서만 구원을 기대할 수 있는 감정을. 나는 오직 아들 둘만 있는데, 아버지의 길을 가는 사업가들이죠. 난 그렇게 둘 수밖에 없어요. 하지만 나에게 하늘이 딸의 축복을 내려주었더라면, 그 딸은 나의 딸이었을 거예요. 정신적으로도. 그리고 딸의 마음이, 가난하지만 고귀한 남자, 예를 들어 마르셀 베더콥과 같은 사람에게 쏠렸다면…"

"…그러면 한 쌍이 되었겠지요," 코린나는 웃었다. "불쌍한 마르셀! 그의 행운을 찾을 수 있었을 텐데, 하지만 하필이면 따님이 없다니."

고문관 부인은 고개를 끄덕였다.

"대체로 일이 잘 풀리는 경우가 드물어서 아쉬울 뿐이네요."라며 코린나가 말을 이었다. "하지만 다행히도 부인께는 아직 젊고 미혼인 레오폴트가 있고, 아들에 대해 권위가 있으시니 — 적어도 그 자신이 그렇게 말하고, 형인 오토 역시 그렇고, 모두들 그렇다고 하니 — 둘째 아들이 부인께, 이상적인 사위는 이제 불가능한 일이므로, 적어도 이상적인 며느리를 집안에 들일 수 있겠어요. 매력이 넘치고, 젊은, 아마도 여배우로…"

"난 여배우라면 별로…"

"아니면 여성 화가나, 목사나 교수 따님으로…"

고문관 부인은 이 마지막 말에 움찔하더니 순간이나마 날카로운 눈길을 코린나에게 던졌다. 하지만 쾌활하고 주저 없이 말하는 것을 목격하자 고문관 부인의 걱정거리의 엄습이 나타난 만큼 이내 사라졌다.

"그래요, 레오폴트," 그녀가 말했다. "아직 나에겐 그 아이가 있지. 하지만 레오폴트는 아이예요. 그리고 그 애가 결혼하려면 아직 멀었어요. 하지만 그 애가 결혼한다면…" 그리고 고문관 부인은 — 아마도 "먼 훗날의" 일이기 때문에 — 심각하게 이상적 며느리 상에 빠지는 듯하더니 거기에 이르지는 못했다. 왜냐하면 이 순간 고등학교 수업을 마치고 돌아오는 교수가 들어와 그의 친구, 고문관 부인에게 예절을 갖추면서 인사하였기 때문이었다.

"내가 방해됩니까?"

"댁에서요? 아니죠, 교수님. 절대로 방해가 될 수 없죠. 교수님에게는 항상 빛이 따라옵니다. 여전하세요. 하지만 코린나 양에게는 불만이에요. 따님이 너무 현대적으로 말하고, 아름다운 정신세계에서만 살았던 아버지와는 전혀 다릅니다…"

"네네, 그렇죠," 교수가 말했다. "그렇게 말할 수도 있어요. 하지만 내 생각에 딸은 자기 길을 가게 될 겁니다. 물론 저 아이는 항상 현대적 감각을 유지할 거예요. 애석하게도 우리가 젊었을 때와는 다릅니다. 그 때는 아직 환상과 시문학이 살아 있었는데…"

그는 마치 학생들에게 호라티우스나 『파르치팔』[04]의 특별한 아름다움을 설명이나 하듯이 분명 정열적으로 (그는 고전주의자인 동시에 낭만주의자였다) 말을 던졌다. 그의 열정은 극적인 데가 있었고 섬세한 반어법과 혼합되어 있었는데 고문관 부인은 이를 눈치 챌 만큼 충분히 판단력이 있었다. 하지만 그녀는 선의를 보여주는 것이 적절하다고 생각하고 고개만 끄덕이며 말하였다. "그래요, 다신 돌아오지 않는 아름

---

04 볼프람 폰 에셴바흐가 중세 고지독일어로 쓴 운문체 궁중서사시.

다운 날들이었죠."

"아닙니다,"라며 종교 재판장의 엄숙한 역할을 지속하며 빌리발트가 말하였다. "그 시절은 끝났으나 우리는 계속 살아야 합니다."

이색한 침묵이 시작되었다. 그사이에 거리 저쪽에서 날카로운 채찍질 소리가 들렸다.

"저건 상기시켜주는 신호예요,"라며 방해받아 오히려 기쁜 고문관 부인이 말했다. "아래 요한이 참을성을 잃었네요. 그런 권력자의 성미를 누가 감히 상하게 하겠어요."

"그 누구도 못하지요," 슈미트가 대답했다. "우리 주변의 좋은 기운에 우리 인생의 행복이 달려 있지요. 장관은 내게 큰 의미가 없어요, 하지만 슈몰케는…"

"친구여 그대는 항상 정곡을 찌릅니다."

그리고 이런 말을 하며 고문관 부인은 일어나서 코린나에게는 이마에 입맞추고 빌리발트에게는 손을 내밀었다. "친애하는 교수님, 우리는 예전과 같이 남아 있기로 합시다. 어떤 일이 있어도." 그러면서 방을 나섰다. 코린나가 복도와 거리까지 함께 나갔다.

"어떤 일이 있어도," 혼자 남은 빌리발트는 반복했다. "홀륭한 유행어가 이젠 트라이벨 저택에까지 찾아갔군… 사실 나의 친구 제니는 밤색 곱슬머리를 젖히던 40년 전과 다르지 않아. 그 당시에도 그녀는 감상적인 것을 사랑했지만 구애 행동과 생크림이 먼저였지. 이제 그녀는 몸이 둥글둥글해지고 거의 교양을 갖췄거나 혹은 적어도 사람들이 교양이 있다고 부를 정도야. 그리고 아돌라가 《로엔그린》과 《탄호이저》의 아리아를 노래한다. 적어도 그것이 그녀가 좋아하는 오페라라고 생각하고. 아, 좋으신 그녀의 모친 뷔르스텐빈더 여사는 저편 오렌지 가게에서 저 인형을 말쑥하게 차려 입힐 줄 아셨어, 당시에 분명히 여성의 현명함으로 정확하게 계산하셨는데. 그 인형이 이젠 고문관 부인이 되었고, 모든 것, 이상적인 것은 물론 '어떤 일이 있어도'까지 감당할 수 있게 되었어. 부르주아의 귀감이야."

그러면서 그는 창가에 다가가 블라인드를 약간 올리고 고문관 부인이 좌석에 앉자 코린나가 마차 문을 닫는 것을 보았다. 한 번 더 서로 인사를 나누는데, 동반한 숙녀가 달콤새콤한 표정으로 인사에 끼어들었다. 그러고 나서 마차는 빠져나가 천천히 슈프레 강 쪽에 나 있는 출구로 속도를 내기 시작했다. 좁은 아들러 거리는 마차를 돌리기 어려웠기 때문이다.

코린나가 다시 위로 올라오자마자 말했다. "아빠, 반대하지 않으시죠? 내일 트라이벨 댁에 식사 초대를 받았어요. 마르셀도 온대요. 그리고 이름이 넬슨[05]인가 하는 영국 청년도요."

"내가 반대한다고? 어림도 없는 소리. 내가 어찌 반대하겠느냐? 좋은 시간을 갖겠다는데. 즐거울 거로 생각한다."

"물론 즐겁죠. 기분전환으로 새로운 거잖아요. 디스텔캄프가 말하는 것과 린트플라이쉬 그리고 키 작은 프리데베르크. 그 모든 걸 저는 기억하고 있어요. 그런데 넬슨이 무슨 말을 할지 — 넬슨, 생각해봐요 — 모르겠어요."

"아마도 똑똑한 말을 하지 않을 거다."

"그래도 상관없어요. 가끔 우둔한 것을 동경해요."

"네 말이 맞다, 코린나야."

***

05 동명이인인 Nelson 제독(1758~1805)은 트라팔가 해전에서 나폴레옹 함대에 승리를 거두었으나 전사하였다.

제2장

트라이벨의 저택은 쾨페닉 거리에서 슈프레 강에 이르는 현저히 낮은 지대의 넓은 대지 위에 위치했다. 이전에는 강에 인접한 이곳에 공장 건물들만 서 있었다. 그곳에서 매년 톤수로 셀 수 없을 만큼 많은 페로시안 칼륨이, 나중에는 공장들이 확장되면서 적지 않은 양의 베를린 청색 염료가 생산되었다. 70년대 전쟁 시기를 지나 수십억이 국내로 들어오면서 청업 시대관이 냉철한 사람들에게마저 영향을 미치기 시작하자, 어떤 사람들에 의하면 곤타드[06], 아니 심지어 크노벨스도르프[07]가 설계했다고 하는 자신의 구(舊)야콥 거리에 위치한 집이 더는 시대와 신분에 맞지 않는다고 생각한 상업고문관 트라이벨은, 자신의 공장 대지 위에 작은 앞정원과 공원과 같은 뒷정원을 갖춘 유행에 따른 저택을 건축했다. 이 저택은 높이 지은 1층 위에 2층을 얹었는데, 그것의 낮은 창문으로 인해 2층이라기보다는 중간층인 인상을 주었다. 트라이벨은 이곳에서 16년 동안 살았고, 게다가 단지 프리드리히의 건축가가 설계했다는 추정만으로, 품위도 없고 그 어떤 신선한 공기조차 없는 구(舊) 야콥 거리에서 그토록 오랫동안 버텨왔는지 그 자신도 이해하지 못했

---

06 Karl von Gontard(1731~91)는 1765년 이래 프리드리히 대왕의 건축기사로 일하며 의고전주의를 프로이센에서 관철시켰다.

07 건축가이자 화가인 Georg Wenzeslaus von Knobelsdorff는 마찬가지로 프리드리히 대왕의 건축기사였으며 왕립정원과 왕궁의 총감독관이었다.

다. 그건 적어도 자신의 부인도 공감하는 생각이었다. 공장에 근접해 있어서, 바람이 비호의적이면 물론 온갖 불쾌한 것들이 불어왔다. 연기를 불러오는 북풍은 습관적으로 드문 일이라 북풍이 불 때 파티를 개최할 필요는 없었다. 그 외에도 트라이벨은 매년 공장 굴뚝 높이를 올려 애당초 골칫거리를 점차 해결해 나갔다.

저녁 식사는 6시로 정해졌다. 하지만 벌써 한 시간 전 둥글고, 네모난 바구니들을 가져온 케터링 업자 후스터[08]의 차량들이 격자 출입문 앞에 서는 것이었다. 이미 성장(盛裝)을 한 고문관 부인이 규방 창문에서 이 모든 준비들을 관찰하며 오늘 또다시 기분이 상했는데, 여기에는 이유가 있었다. "트라이벨이 옆문에 신경을 쓰는 걸 소홀히 했다니! 그 당시 단지 4피트 넓이의 토지를 이웃 대지로부터 더 매입했더라면 저런 류의 사람들이 사용하는 입구가 있었을 터인데. 지금 주방 심부름하는 아이들도 앞정원을 통과해 마치 똑같이 초대받은 양, 집 쪽으로 돌진해 오다니. 우스꽝스럽게 보이고 허세를 부리고, 동시에 마치 쾨페닉거리 전체에 트라이벨이 오늘 만찬회를 연다고 알리는 것같아. 그 외에도 사람들의 시기와 사회 민주주의적[09] 감정에 필요 없이 새로운 양분

08 황제 "궁중요리사" A. Huster는 여러 식당을 운영하며 마차로 음식을 배달하였다.

09 사회주의 노동자당(Sozialistische Arbeiterpartei Deutschlands, SAP)은 국가와 사회를 사회주의적 원칙에 따라 변형시키려 했다. 1878년부터 1890년까지 비스마르크의 반사회주의자법으로 금지되었다가 동 법 폐기 후 독일사회민주당(SPD)으로 주도적 역할을 담당해 왔다.

을 제공하는 것은 현명하지 않아."

그녀는 매우 진지하게 이 말을 자신에게 하였다. 하지만 그녀는 지속적으로 그런 것을 마음에 두는 법이 거의 없는 행복한 사람 축에 들었다. 그리하여 창가에서 화장대로 돌아와 몇몇 가지를 정리하고는 자신이 함부르크의 며느리에 비해 기가 꺾이지 않을지 거울에 물어보았다. 물론 헬레네는 제니 나이의 절반밖에 되지 않았다. 그것도 간신히. 하지만 상업고문관 부인은 세월이란 무의미하고, 대화와 눈의 표정 그리고 특히 이런저런 의미의 "격식의 사안"이 통상 결정적임을 알았다. 그리고 이 점에서 벌써 비만의 경계에 상당히 다다른 상업고문관 부인이 며느리에 비해 단연코 우월했다.

규방과 통하는 정면을 바라보는 홀의 반대편에 위치한 방에 상업고문관 트라이벨이 앉아 《베를린 일간》[10]을 읽고 있었다. 《익살》이 추가된 판이었다. 그는 마지막 삽화를 흥미롭게 쳐다보고는 눈네[11]의 몇몇 철학적 고찰들을 읽었다. "훌륭해… 아주 좋아… 하지만 이 신문을 치워놓거나 적어도 《독일 일간》[12]을 그 위에 올려놓아야 해. 그렇지 않으면 포겔장이 나와 절교할 거야. 사정이 그러하니 난 그를 포기할 수 없어. 그를 오늘 초대해야 할 만큼 그가 필요해. 어쨌든 특이한 모임이야! 우선 헬레네가 자기 하녀들이 또다시 다리미판에 서 있기 때문에 호의를 베풀어 견기힌 이 미스디 벨슨, 그리고 이 넬슨에나 이 쏘셀상, 이 퇴역 중위, 그리고 선거 문제에 있어서 선동자. 그는 자기 업무를 이해하고 있다고 사람들이 내게 통상적으로 말하고, 나는 그 말을 믿을 수

---

10 자유주의 성향의 신문.

11 《익살》난의 필자.

12 《베를린 일간》에 비해 민족 보수적 입장을 대변하였다.

밖에 없어. 어쨌든 그건 확실해 보여. 그가 처음 토이피츠 초센과 벤디쉬 슈프레[13] 강변에서 나를 관철시킨다면, 여기서도 역시 나를 관철시킬 것이야. 그리고 그것이 가장 중요한 사안이지. 왜냐하면 결국 모든 것은, 시간이 도래하면 나는 베를린에서 몸소 징어[14]나 아니면 그 색깔의 누군가를 밀쳐내야 한다는 것으로 귀결돼. 최근 부겐하임의 웅변술 리허설을 보면 승리가 매우 개연성이 높아 나는 그와 호의를 유지해야 해. 그는 내가 부러워할 말솜씨가 있어. 그렇다고 내가 트라피스트[15] 수도원에서 태어나 성장한 것은 아니고. 하지만 포겔장 옆에? 전혀 가능성이 없어. 그럴 수밖에 없는 것이, 왜냐하면 자세히 보면 그 친구는 자신의 노래상자에 세 곡만 가지고 한 곡씩 들려주는데 끝이 나면 처음부터 시작하지. 그것이 그의 정체야. 거기에 그의 힘이 있어, gutta cavat lapidem[구타 카바트 라피뎀][16]. 빌리발트 슈미트가 내가 이런 말을 인용하는 걸 들었다면 기뻐하겠지. 물론 인용이 옳다면 말이야. 혹은 그 반대여도 그럴거야. 오류가 세 곳이면 그만큼 더 유쾌해 하겠지. 학자들이란 그렇지… 포겔장, 그건 인정해야 돼. 그는 끝없는 반복보다 더 중요한 것을 갖고 있지. 그는 자신에 대한 믿음이 있는 진정한 광신자야. 모든 광신주의가 다 그럴까. 내가 보기엔 그렇다. 분별력이 적당히 있는 사람이면 원래 광신일 수 없다. 특정 한 가지 수단과 명분만을 믿는 사람은 Poveretto[포베레토][17]지. 그리고 그의 신앙의 대상이 동시에 자신

---

13 슈프레 강 상류의 지류.
14 Paul Singer(1844~1911)는 베를린 기업가이며 주요 사회민주주의자로서 1884년 이래 제국의회의원으로 이후 원내총무와 당 총재를 역임했다.
15 트라피스트 수도회 승려의 엄격한 규칙에는 발언 금지가 속해 있다.
16 "물방울이 바위를 뚫는다." 오비디우스의 『흑해로부터의 편지』 제4권,10,5.
17 가련한 사람.

이라면, 그는 공공에 해가 되는 사람으로 베를린 달도르프 정신병원 감이야. 미스터 넬슨을 제외하면, 정확히 그것이 바로 그의 성품인 그 사람에게 경의를 표하기 위해 오늘 내가 정찬을 베풀고 두 명의 귀족 숙녀를 초대한 거야. 여기 쾨페닉 거리에서는 거의 볼 수 없는 귀족 혈통. 그래서 베를린 서쪽에서 섭외해야 했어. 그중 한 명은 심지어 샤를로텐부르크에서부터. 오 포겔장! 원래 나에게 이 친구는 혐오 대상이야. 하지만 시민으로서 애국자로서 못할 일이 어디 있겠어."

그러면서 트라이벨은 단추 구멍에 걸려있는 미니어처 훈장이 달린 목걸이를 보았다, 그중에 루마니아 훈장이 가장 값어치가 나가는 것이었다. 동시에 그는 웃음 띠며 한숨을 내 쉬었다. "루마니아, 그 이전엔 몰다비아와 왈라키아[18]. 나에겐 정말 너무 부족해."

첫 번째 도착한 마차에는 그의 큰아들 오토가 있었다. 큰아들은 자립하여 쾨페닉 거리 끝, 공병 병영에 속해 있는 수상 플랫폼 창고와 슐레지엔 문 사이에 목재집하장을 건축하였다. 물론 수준 높은 품질로서 그가 거래하는 것은 염려목, 브라질 소방재 나무, 멕시코 캄페체 나무였다. 그는 또한 약 8년간 기혼이었다. 마차가 서는 동시에 그가 마차에서 내리는 자신의 처를 도와주고 친절하게 팔을 내밀며 앞정원을 지나 부친 주택의 베란다 모양의 돌출부에 이르는 옥외계단으로 걸어갔다. 노년의 상업고문관은 벌써 유리문에 서서 특유의 친절함으로 자식

---

18 몰다비아와 왈라키아 두 제후국은 헌법상 1861년 루마니아 제후국, 1881년 루마니아 왕국으로 통일되었다.

들을 맞이했다. 그리고는 즉시 상업고문관 부인 또한, 측면에 접해있으며 커튼만으로 응접실에서 분리된 방을 통해 등장하여 그의 아들 오토가 어머니의 손에 키스를 하는 동안 며느리에게 볼을 대는 것이었다.

"헬레네, 잘 왔다." 자신이 원할 때마다 능숙하게 보여주는 유쾌함과 아이러니를 흔쾌히 혼합해 그녀가 말했다. "나는 네가 오기 힘들지 않을까 염려했단다."

"아, 어머니, 용서하세요⋯ 다리미질하는 날뿐만 아니라, 저희 요리사가 6월 1일자로 해약을 통고했어요. 흥미를 잃게 되면 그 사람들은 그렇게도 믿을 수 없어요. 엘리자베트는 정말 더는 믿을 수 없어요. 그 애는 무례할 정도로 서툴고 그릇을, 특히 신사들 어깨에 그렇게 가까이 가져가, 마치 그곳에다 놓고 쉬기라도 하려는 양⋯"

상업고문관 부인은 반은 마음을 풀고 웃었다. 그녀는 그런 류의 말을 듣기를 좋아했기 때문이었다.

"그리고 연기한다는 것은," 헬레네가 말을 이어갔다. "고려할 수 없었어요. 아시다시피 미스터 넬슨은 내일 저녁 떠나고요. 그런데 아주 매력이 있는 젊은이에요. 마음에 드실 거예요. 약간 무뚝뚝하고 말수가 적은데, 아마도 그 자신이 독일어나 영어 어느 쪽으로 표현해야 하는지를 모르기 때문일 거예요. 하지만 그의 말은 항상 옳고 대부분 영국인들이 가지고 있는 침착함과 예의범절이 있어요. 그리고 또한 항상 말쑥하게 차려입고 있어요. 그런 커프스는 본 적도 없고요. 그래서 저희 오토가 아무리 의도가 좋아도 필요한 도움을 구할 수 없기 때문에 임시변통하는 것을 보면 정말 우울해요. 커프스가 정결하듯 그의 모든 것이 정결해요, 제 말씀은 미스터 넬슨 말이죠. 그의 머리와 그의 두발도요. 허니 워터로 빗질을 하거나 아니면 그냥 샴푸 덕분일지도 모르죠."

다음으로 그토록 칭찬을 받은 당사자가 정원 격자 출입문에 나타나 벌써 다가오는 것을 보고 상업고문관 부인은 꽤 놀랐다. 부인은 며느리의 설명을 듣고 우아함의 전형을 기대했었다. 그 대신 젊은 트라이벨 부인이 칭송했던 커프스를 제외하고는 거의 모든 점에서 비판을 유발시키는 한 인간이 나타났다. 머리 뒤쪽 목에는 손질하지 않은 실크모자, 황색과 갈색 바둑판무늬 여행복장 속에 파묻혀 그는 왼편 오른편으로 몸을 흔들면서 옥외계단을 올라와 익숙히 알려진 영국인 특유의 자신감과 수줍음을 혼합시켜 인사하는 것이었다. 오토가 나서서 자기 부모에게 그를 소개하였다.

"from Liverpool[리버풀 출신] 미스터 넬슨입니다. 아버님, 바로 그 넬슨으로 제가…"

"아, 미스터 넬슨. 반가워요. 우리 아이가 리버풀에서 행복했던 날들을 자주 이야기했어요. 당시 같이 갔었던 더블린 여행에 대해서요. 기억이 틀리지 않는다면 글래스고에도 갔었죠. 지금 벌써 9년이 되어갑니다. 당시에는 아직 매우 어렸을 때였겠군요."

"오, 그렇게 어린 시절은 아닙니다, 미스터 트라이벨… about sixteen[대략 열여섯]…"

"글쎄, 내 생각으론, 열여섯…"

"오, 열여섯, 그렇게 어린 건 아니죠,… 우리에겐요."

이러한 확언은 미스터 넬슨이 지금까지도 마치 어린이처럼 보였기 때문에 더욱 우습게 들렸다. 그 점에 대해 더 이상 고찰을 하기에는 시간이 없었다. 왜냐하면 바로 그때 2등 마차가 다가와, 제복을 입은 큰 키에 마른 남자가 내렸다. 그는 마부와 언쟁을 하는 듯 보였는데, 하지만 그러면서도 그는 부러울 정도로 자신감이 있는 태도를 유지했다. 그리고 이제 그가 자세를 바로잡고 격자 출입문을 잠갔다. 그는 투구와 검을 착용하고 있었다. 하지만 견장의 "계급장"을 알아차리기 전에 군사적 안목이 어느 정도 있는 사람이면 그가 적어도 30년은 분명히 현역에서 물러나 있음이 확실했다. 왜냐하면 그가 다가오며 보여준 위엄은 장교의 정확한 자세라기보다는 구식의, 매우 드문 종류의 이탄, 소금 검사관의 경직됨이었다. 모든 것이 다소간 기계적으로 보였다. 두 가닥으로 꼬여 있는 검은 콧수염은 실은 자연색이지만 염색된 것처럼 보일 뿐 아니라 동시에 붙여놓은 듯 보였다. 염소수염도 마찬가지였다. 게다가 얼굴 아래편은 튀어나온 광대뼈 아래 그늘져 있었다. 그는 그의 모든 태도를 특징짓는 평온한 태도로 이제 옥외계단을 걸어 올라와 상업 고문관 부인에게 다가갔다. "부인께서 명하셨습니다…" "중위님, 반갑습니다…" 그러는 동안 부친 트라이벨이 다가와 말했다. "친애하는 포겔장, 귀하에게 신사들을 소개하겠습니다. 제 아들 오토는 알고 계시지만, 아들의 처, 내 며느리는 모를 것이오. 함부르크 출신임을 쉽게 알아보실 겁니다… 그리고 여기." 그는 그사이에 마찬가지로 나타난 레오폴트 트라이벨과 태평스럽게 환담하며 여타 사람들에게는 주의를 기울이지 않고 있던 미스터 넬슨 쪽으로 걸어갔다. "여기 우리 집에 온 친구, 젊고 친애하는 from Liverpool[리버풀 출신] 미스터 넬슨입니다."

포겔장은 "넬슨"이란 이름에 움찔하면서 순간 사람들이 자신과 그와 같은 농담을 하는 것이라 생각하는 듯 보였다. 왜냐하면 그는 놀림을 당한다는 두려움을 완전히 떨칠 수 없었다. 하지만 모든 사람들의 차분한 표정들이 곧 잘못을 일깨워 주었고 그리하여 그는 정중하게 허리 굽혀 젊은 영국인에게 말했다. "넬슨, 대단한 이름입니다. 반가워요, 미스터 넬슨."

젊은이는 나이 들고 자신 앞에 뻣뻣한 자세로 서 있는 중위의 얼굴을 향해 상당히 거리낌 없이 웃었다. 왜냐하면 그렇게 우스꽝스러운 사람을 이제껏 만나본 적이 없었기 때문이었다. 그 자신도 특이하게 마찬가지로 우스꽝스럽다는 인식의 정도는 *그*의 관심 밖이었다. 포겔상은 입술을 깨물고 이 만남의 인상 아래, 오랫동안 품어왔던 영국 민족의 염치없음에 대한 생각을 확신했다. 하지만 이제 계속 새로운 사람들이 도착하니 다른 관심으로부터 주위를 환기하게 되고 영국인의 특이함을 신속히 잊었다.

쾨페닉 거리의 친분 있는 공장 주인들이 타고 온 몇몇 뚜껑을 뒤로 넘긴 마차들이 아직도 서성거리는 포겔장이 타고 온 마차를 신속히 그리고 거의 강압적으로 쫓아낸 듯 보였다. 그리고 코린나가 그녀의 사촌인 마르셀 베더콥과 (두 명 모두 걸어서) 도착했고, 마지막으로 상업고문관의 마부, 요한이 도착했다. 어제 상업고문관 부인이 코린나를 방문할 때 타고 갔던 같은 마차인데, 푸른색 직물 내부의 란다우식 4륜 마차에서 내리는 두 명의 노부인들을 요한은 매우 특별하고 거의 놀랄 정도의 예의를 갖춰 대우하는 것이었다. 하지만 이것은 다음과 같이 쉽게 설명되었다. 트라이벨이 그에겐 중요한, 지금은 2년 반이 지난 처음 알게된 당시 자기 마부에게 말하기를, "요한, 확정적으로, 이 부인들 앞에서는 항상 모자를 벗어 들고 있도록 해. 나머지는, 자네는 내 뜻을 알거야, 내 소관이야." 그 이후로 요한의 좋은 매너는 의문의 여지가 없었다. 두 노부인을 향해 트라이벨은 앞정원 가운데까지 마중 나왔다. 상업고문관 부인까지 동참한 활발한 찬사 후, 사람들은 정원 계단을 다시 올라, 베란다로부터, 그때까지 좋은 날씨가 야외에 머물도록 초대했기 때문에 거의 아무도 들어가지 않았던 넓은 응접실로 들어섰다. 거의 모든 사람들이 이전 트라이벨 만찬에서부터 서로서로 알고 있었다. 오로지 포겔장과 넬슨만이 처음 온 사람들이었다. 그리하여 부분적인 소개가 반복되었다.

"제가," 트라이벨은 마지막으로 도착한 두 노부인들을 향했다. "오늘 처음 방문의 영광을 저에게 주신 두 신사분을 소개드려도 될까요. 우리 선거위원회 의장 포겔장 중위와 from Liverpool[리버풀 출신] 미스터 넬슨입니다." 사람들은 서로 고개를 숙였다. 그리고 트라이벨은 포겔장의 팔을 잡고 그에게 약간의 길잡이를 주기 위해 속삭였다. "궁정에서 오신 두 부인으로 비만한 분은 폰 치겐할스 소령 부인, 비만 안한 분(그 점에서 내 의견에 동의하실 것인)은 프로이라인 에드비네 폰 봄스트[19]."

"특이하군," 포겔장이 말했다. "진실을 고백하고 싶은데…"

"이름을 서로 바꾸면 적절하다고 여길 것이요. 바로 그겁니다, 포겔장. 그대가 그런 것을 알아보니 기쁘오. 오랜 중위의 피가 흐른다는 증거요. 네, 이 치겐할스. 1미터 가슴둘레를 가졌을지 모르고 거기에 대해 갖가지 추측을 할 수 있고 당시에도 그랬을 것이요. 그 외에는 인생을 흥겹게 하는 익살스러운 모순입니다. 클룹슈톡은 시인이었고 내가 개인적으로 알던 또 다른 사람의 이름은 그리펜케를[20]이었는데… 두 부인들이 우리에게 유익한 서비스를 제공해 줄 겁니다."

"어떻게요? 왜 그렇죠?"

"치겐할스는 초센 지역 귀족들 중 최연장자의 사촌 자매이고 봄스

---

19 풍만한 치겐할스(Ziegenhals)의 이름은 "염소 목"을, 봄스트(Bomst)는 "통통함"을 의미한다.

20 각각 시인과 극작가인 두 사람은 그들 이름의 범속함으로 언급된다.

트의 오빠는 슈토르코 지역 목사 딸과 혼인했습니다. 반쯤은 강혼(降婚)인데, 우리는 그걸 무시해야 합니다. 왜냐하면 그로부터 이득을 취할 수 있으니까. 비스마르크처럼 불 속에 열두 개의 인두를 가지고 있어야 합니다… 아, 다행이요. 요한이 상의를 갈아입고 신호를 주고 있어요. 서둘러야 합니다… 15분을 기다리는 것은 가능하지만, 10분이 더 넘어버리면 너무 오래야… 너무 긴장해 귀 기울이지 않아도 사슴이 물을 향해 외치는 것이 들리오. 자, 포겔장, 내 집사람을 안내하시오… 친애하는 코린나 양, 넬슨을 점령해요… 승리와 웨스트민스터 사원. 승선은 이제 코린나 양에 달렸어요. 그리고 숙녀분들… 소령 부인, 제가 팔을 청해도 될까요?…그리고 친애하는 프로이라인?"

치겐할스를 오른편에, 봄스트를 왼쪽 필로 인도하며 그는 그가 이 마지막 말을 할 때 특정한 느린 격식을 차려가면서 열린 접문을 향해 걸어갔다.

제3장

식당은 집 앞 쪽의 응접실과 일치하며 집 바로 근처의 뒷정원을 바라보고 있었다. 철석거리는 분수가 있는 뒷정원은 규모가 큰 공원 같았다. 작은 공이 물기둥 위아래로 움직이고, 한쪽으로 서 있는 막대기의 횡목에는 앵무새가 앉아서 친숙한 심원한 눈으로 공이 균형을 잡고 있는 분수와 그리고 환기를 위해 내리닫이창을 약간 내려놓은 식당을 번갈아 바라보고 있었다. 샹들리에는 벌써 빛나고 있으나 낮게 돌려 조절된 불꽃은 오후의 햇빛에 거의 보이지 않았고 그것들이 빈약하나마 선재(先在)를 영위하는 유일한 이유는 상업고문관이, 그의 말을 직접 빌린다면, "가로등 점등부식 조작으로 자신의 만찬 분위기가 방해받기를" 좋아하지 않았기 때문이었다. 때에 따라 들리는 — 그가 즐겨 "조절된 축포"라고 묘사하는 — 작은 퍽 소리조차 이 문제에 대한 그의 전반적 입장을 바꿀 수 없었다. 식당은 아름다운 순박함 자체였다. 황색의 치장 벽토에 몇몇 부조들이 상감되어 있었다. 프란츠 교수의 매력 있는 작품이었다. 이 장식이 토의될 당시, 상업고문관 부인은 라인홀트 베가스를 제안하였으나 예산을 초과하는 이유로 트라이벨이 반대하였다. "그건 우리가 총영사가 되는 날을 위한 것이오⋯" "그럴 시간은 절대 오지 않을 것이고."라고 제니가 대답했다. "아니요, 아니요, 제니. 토이피츠 초센은 그것을 위한 첫 단계요." 그는 자신의 부인이 얼마나 자신의 선거 유세와 그와 결합된 모든 희망에 대해 회의적 입장인지 알고 있었고, 그러기 때문에 그는 즐겨 여성적 허영심을 위해 자신의 정치나무에서 금과수를 수확할 의도가 있음을 넌지시 비치는 것이었다.

밖에서는 분수가 유희를 계속하고 있었다. 하지만 홀 내부에서는 통상적인 라일락과 나도싸리가 담긴 큰 꽃병 대신 작은 꽃들의 모자이크가 전시된 탁자 가운데 트라이벨이 앉아 있었다. 그 옆에는 두 명의 귀족 부인들이, 그의 맞은편에는 자신의 부인이 포겔장 중위와 과거 오페라 가수였던 아돌라 크롤라 사이에 앉아 있었다. 크롤라는 15년전 이래로 집안의 친구였다. 세 가지가 동등하게 집안 친구의 자격을 그에게 부여하였다. 그의 훌륭한 외모, 그의 훌륭한 목소리와 그의 재정 상태이다. 그는 말하자면 무대에서 은퇴하기 직전 백만장자의 딸과 결혼했다. 일반적으로 인정되듯이 그는 상당히 매력적인 남자였고, 이 점에서 보장된 경제적 상황뿐만 아니라 이전의 많은 동료들보다 앞서 있었다.

제니 트라이벨 부인이 성장하고 나타났는데, 그녀의 모습에서 아들러 거리에 위치한 소규모 상점 출신의 마지막 흔적까지 지워졌다. 모든 것이 부유하고 우아해 보였다. 제비꽃색깔의 비단 드레스 레이스도, 이정도는 언급되어야 했다, 혹은 움직일 때마다 이리저리 반짝이는 다이아몬드 귀걸이만으로도 그 효과가 났던 것은 아니었다. 아니, 그녀에게 다른 모든 것들보다 더 특정한 기품을 허락해 준 것은 그녀가 손님들 사이에서 그것을 통해 군림해 있는 확실한 평온이었다. 그 어떤 격앙의 흔적도 찾아볼 수 없었다. 물론 그럴 동기도 없었지만. 그녀는 부유하고 체면에 신경을 쓴 집에서 쓸모 있는 고용인들이 무엇을 의미하는지 알고 있었다. 그래서 스스로 이 점에 적합하다는 것을 입증해 보인 사람과는 높은 임금과 좋은 대접으로 그 관계를 유지하였다. 그 결과 오늘도 역시 모든 것이 순조롭게 진행되었다. 제니의 눈길이 모든 것을 통제했다. 이에 밑으로 밀어 넣은 방석이 그녀에게 지배적 위치를 제공해 주었고 적지 않게 도움이 되었다. 안정감을 느끼는 그녀는 동시에 상냥함 그 자체였다. 가사에 있어 무슨 일이라도 어긋날지 모른다는 염려가 전혀 없기에 그녀는 당연히 즐거운 대화 의무에 몰두할 수 있었다. 그리고 ― 짧은 인사말을 제외하고는 ― 귀족 부인들과 한 번도 친밀한 대화에 이르지 못했음을 성가시게 느꼈는지 그녀는 이제 탁자 너머 봄스트를 향해 외양상 아니면 또한 진실로 관심을 갖고 질문하였다. "친애하는 프로이라인, 최근 아니세테 공주에 대해 들으신 것 있나요? 저는 항상 이 젊은 공주에 대해 열렬한 관심이 있었어요, 네 왕실 전체에요. 행복하게 결혼했다고 들었어요. 저는 행복한 결혼에 대해 듣는 것을 매우 좋아합니다. 특히 사회 상류층에 대해서요. 그리고 최상류층에서 결혼의 행복이란 불가능하다는 가정이 어리석다고 말씀드려도 되겠습니까."

"물론이요," 트라이벨이 원기 있게 끼어들었다. "생각할 수 있는 지고의 것을 포기하다니…"

"트라이벨," 고문관 부인이 말을 이어갔다. "저는 프로이라인 폰 봄스트께 말씀드렸어요. 프로이라인은 당신의 여타 일반지식에도 불구하고 '궁중'에 관한 것이라면 당신보다는 현저하게 권능이 있으세요."

"물론이지요," 트라이벨이 말했다. 부부간의 이 막간극을 눈에 띄게 재미있어하며 듣고 있던 봄스트는 자신도 말을 거들며 할머니를 꼭 닮은 공주에 대해 이야기했다. 안색도 같을 뿐 아니라 무엇보다 좋은 기질도 공통점이라는 것이었다. 그 점은, 그 정도까지 말할 수 있는데, 그 누구보다 자신이 잘 알고 있다며, 그 이유는 자신은 원래 천사이신 고인이 되신 분이 지켜보는 가운데 궁중 생활을 시작할 수 있었고, 그 결과 자연스러운 것이야말로 최선의 것일 뿐만 아니라 가장 고귀한 것이라는 진리를 깨달았다는 것이다.

"그렇소", 트라이벨이 말했다. "최선이고 가장 고귀한. 제니, 그대가, 용서하세요, 프로이라인, 스스로 '가장 권능 있다'라고 표현한 분의 말씀을 듣고 있소."

치겐할스 부인 역시 이제 말에 끼어들었다. 모든 베를린 출신의 여성들과 같이 궁중과 공주들에 열광하는 상업고문관 부인의 대화 관심사는 점점 그녀 맞은편 두 명을 향하는 것처럼 보였다. 그때 갑자기 가벼운 윙크로 트라이벨은 그의 부인에게 식탁에 다른 사람들도 있으며 내화에 관한 한 이 나라의 관습은 자신의 맞은편보다는 좌, 우의 이웃에 관심을 보여야 한다는 점을 상기시켰다. 상업고문관 부인은 트라이벨의 조용하면서도 반쯤은 익살맞은 나무람이 얼마나 정당한지 감지하고는 적잖이 놀랐다. 그녀는 자신이 소홀히 했던 것을 만회하려 하다가 새로운, 더 심각한 실수를 저지르고 말았다. 자신의 왼쪽 크롤라는 — 글쎄, 문제가 없을 것이다. 그는 집안 친구이고 천성이 악의 없고 관대하였다. 하지만 포겔장! 그녀는 공주에 관한 대화 동안 오른쪽에서부터 마치 뚫는 듯한 시선을 느꼈음을 갑자기 의식하게 되었다. 그렇다, 그건 포겔장이었다. 포겔장, 이 끔찍한 인간. 물론 둘 디 보이지 않지만 닭의 깃털과 절름발이를 한 이 메피스토. 그녀에게 그는 불쾌감을 주었다. 하지만 그녀는 그와 대화해야 했다. 지금이 바로 그때였다.

"중위님, 우리의 좋은 마르크 브란덴부르크 여행을 계획하고 계시다고 들었습니다. 벤디쉬 슈프레 강 해안까지 가신다고요. 그리고 그 너머까지도. 매우 흥미로운 지역입니다. 트라이벨이 내게 이야기하듯이 오늘날까지도 주민들의 어두운 마음속에 발설하는 여러 가지 벤트족[21] 신들이 있다는."

"내가 아는 바에 의하면 그렇지 않습니다, 부인."

"예를 들어 슈토르코라는 작은 마을의 체히라는 시장은, 제가 올바로 들었다면, 우익 정치적 극단주의자로서 옆에 서 있던 여왕을 배려함이 없이 프리드리히 빌헬름 4세를 저격한 사람입니다. 오래전이지만 마치 어제 일인 것처럼 내용을 자세히 기억합니다. 그리고 당시 이 사건으로 작곡된 특이한 노래 역시 기억합니다."

"네," 포겔장이 말했다. "하찮은 속된 유행가이지요. 당시 서정시를 지배했던 경박한 정신으로 가득 찬. 이 시에서 다른 것인 양 내세우는 것, 특히 여기 문제가 되는 시의 경우, 오로지 가상, 기만과 사기입니다. '그는 아슬아슬하게 우리 한 쌍의 왕과 왕비를 총 쏘아 시해할 뻔했다.' 거기에 전적으로 음험함이 있습니다. 그것은 충성스럽게 들리고 아마 상황에 따라서는 퇴각을 은폐하도록 되어 있었습니다. 하지만 그것은 거짓 시대가 배출한 그 모든 것보다 천하고 파렴치합니다. 이 분야의 최고 범죄자도 포함하고 말이죠. 그건 물론 헤어벡, 게오르그 헤어벡[22]입니다."

"오, 중위님은 의도치 않게 저의 매우 민감한 부분을 건드리셨어요. 헤어벡은 그러니까 40년대 중반 제 견진성사 당시 좋아하는 시인이었습니다. 저는 스스로 항상 신교도로 생각했기 때문에 '로마를 향한 저

---

21   9세기 민족이동 시작 이래 브란덴부르크와 포메른에 정주한 슬라브 민족인 벤트족은 그들의 이교도적 다신교를 고집했다.

22   Georg Herwegh(1817~1875)은 혁명 전 독일에서 정치시로 영향력을 끼쳤던 문인으로 폰타네는 라이프치히 시절 헤어벡 클럽회원이었다.

주'를 발표했을 때 환희를 느꼈습니다. 이 점에서 중위님도 아마 동의하시겠지요. 우리에게 땅에서 십자가들을 뜯어버리도록 촉구하는 또 다른 시를 저는 거의 마찬가지로 유쾌하게 읽었습니다. 견진성사를 받는 소녀에게 적절한 내용은 아님을 물론 인정합니다. 하지만 저의 어머니가 말씀하시길, '제니야 읽어도 된다. 왕께서도 읽으셨다. 헤어벡은 샤르로텐부르크에서 왕을 알현하였다. 그리고 더 나은 계급들도 모두 다 읽는다.' 저의 어머니는, 저는 그 점에 대해 영원히 감사하고 있지만, 항상 더 나은 계급을 옹호하셨죠. 그리고 모든 어머니들이 그래야 해요. 왜냐하면 그건 우리 일생을 결정하니까요. 저급한 것은 가까이 올 수 없고 우리 뒤에 남아 있으니까요."

포겔상은 눈썹을 오므렸다. 그의 메피스토펠레스적 측면을 감지하지 못했던 사람들조차도 이 표정을 보고 자기도 모르게 절름발을 찾아야 했었을 것이다. 하지만 상업고문관 부인은 계속했다. "그 점 말고도 이 위대한 시인이 설교하는 애국적 원칙이 아마도 매우 반박할 여지가 있다고 인정하는 것은 어렵지 않을 겁니다. 주류에서 벌어지는 것들이 항상 옳은 것은 아니지만…"

주류에 속하지 않는 것에 대해 자부심이 있던 포겔장은 이제 끄덕이며 동의를 표했다.

"…하지만 정치 이야기는 그만두기로 해요, 중위님. 저로서는 정치적 시인으로서의 헤어벡을 중위님께 내맡기겠어요. 그에게서 정치는 이질적인 피 한 방울일 뿐이에요. 하지만 시인만으로 그는 위대합니다. 기억하세요? '저녁노을처럼 나는 사라지고 싶다, 마지막 작열하는 날과 같이…'"

"… 영원의 품속에서 피를 흘리다… 네, 부인 알고 있습니다. 나 역시 그때 그 시를 반복해 읊조렸지요. 그렇지만 결정적 순간에 기필코 피 흘리지 않으려는 사람은 시인 양반이지요. 항상 그런 식입니다. 그건 속이 빈, 공허한 말들과 운율 찾기에 몰두한 결과입니다. 고문관 부인, 제 말을 믿으세요. 그런 것은 다 지나간 견해들입니다. 세상은 산문만을 허용합니다."

"각자 취향대로 아닌가요, 포겔장 중위님," 이 말에 언짢아진 제니가 말했다. "산문을 선호하신다면 제가 막을 수는 없지요. 하지만 저에겐 시적 세계가 중요합니다. 무엇보다 시적인 것이 통상 표현되는 형식 말이죠. 그것만이 삶을 가치 있게 합니다. 모든 것이 헛됩니다. 가장 헛된 것은 모든 세상 사람들이 그토록 희구하는 것들입니다. 외적 소유물, 재산, 금. '금은 망상일 뿐이다.' 위대한 인간이자 예술가의 명언입니다. 그 사람의 재산으로 판단하건 바 영원한 것과 덧없는 것을 구별할 수 있을 만한 마이어베어[23]의 말입니다. 저 개인적으로 그 이상에 충실할 것이고 결코 그것을 포기하지 않을 겁니다. 가장 순수하게 그 이상을 저는 시에서 찾습니다. 특히 노래 부를 수 있는. 왜냐하면 음악은 한 단계 높은 영역으로 상승 시켜줍니다. 크롤라, 제 말이 맞지요?"

크롤라는 당황하며 마음씨 좋게 웃었다. 왜냐하면 테너 가수이며 대부호로서 그는 난처한 입장에 처해 있었다. 하지만 그는 마침내 자신의 친구 제니 손을 잡고 말했다. "제니, 당신이 옳지 않은 적이 언제 있었나요?"

상업고문관은 그사이에 전적으로 치겐할스 소령 부인에게 향해 있었다. 그녀의 "궁중 시절"은 봄스트보다도 더 오래전으로 거슬러 올라

---

23   Giacomo Meyerbeer(1791~1864)는 당대 유명한 오페라 작곡가였다.

갔다. 트라이벨에게는 물론 이는 상관없었다. 퇴역이지만 어쨌든 궁정 부인들이 나타남으로써 자신의 모임에 어느 정도 광택을 주는 건 맞지만, 그 자신은 완전히 그런 것에 초월해 있었고, 그의 이런 관점을 두 부인들 스스로도 악의보다는 선의로 간주하였다. 만찬의 즐거움에 매우 마음이 내켜있던 치겐할스는 상업고문관직 친구의 그 어떤 것도 나쁘게 받아들이지 않았고, 귀족과 출생에 관한 질문들 이외에 베를린 출신으로 트라이벨이 남달리 그 해결책에 책무를 느끼는 온갖 도덕적 문제들을 거론하는 것도 전혀 문제가 되지 않았다. 소령 부인은 손가락으로 가볍게 그를 건드리며 그에게 무엇인가 속삭였는데, 그것은 40년 전만 하더라도 고상하지 못했겠으나 하지만 지금은 — 두 부인들은 끊임없이 자신들의 나이를 과시하였는데 — 오로지 유쾌함만을 야기했다. 대부분 뷔히만[24]의 무해한 금언들이나 여타 인구에 회자되는 명언들로서, 그것들에 육감적 성격을 행사하는 것은 오로지 음조, 종종 매우 단호한 음조였다.

"cher[셰어][25] 트라이벨, 말해보세요," 치겐할스가 말을 시작했다, "어떻게 하여 저쪽 유령을 알게 되었나요. 48년 이전 사람[26]처럼 보이는데. 당시는 특이한 중위들의 시기였고, 하지만 이분은 과장하고 있습니다. 전적으로 희화(戲畫)된 인물입니다. 긴 창과 그 주변에는 두꺼운 책들이 있는 돈키호테를 묘사하는 그 시대의 그림을 기억해 보세요. 그게 온통 저분입니다."

24　Georg Büchmann(1822~84)이 편집한 책으로 속담, 금언 등의 인용구를 수집해 놓은 『널리 인용되는 말들』(1864)은 여러 판을 거듭하였다.

25　친애하는(불어).

26　1848년 혁명 이전 활동했던 장교.

트라이벨은 왼쪽 집게손가락으로 자신의 넥타이 안쪽 가장자리를 이리저리 만지더니 말했다. "네, 제가 어떻게 그 사람을 알게 되었는가, 글쎄요 부인. 어쨌든 충동보다는 필요에 따르다 보니 그렇게 됐습니다. 그의 사회적 가치는 분명 미약하고 그의 인간적 가치도 아마 동일한 수준입니다. 하지만 그 사람은 정치인이에요."

"그건 불가능해요. 그는 자신에 의해 대변되는 불운에 시달리는 원칙에 대한 경고로서만 역할을 할 수 있어요. 어쨌든 고문관님, 왜 당신은 정치에 휩싸이나요? 그 결과가 무엇일까요? 당신은 훌륭한 성품, 높은 도덕심과 상류사회와의 교류를 망칠 겁니다. 토이피츠 초센 지역에 입후보할 거로 들었습니다. 좋아요, 그런데 무엇을 위해서죠? 왜 내버려 두지 않나요. 당신의 매력 있는 부인은 감정이 풍부하고 매우 시적인 감성에, 이렇게 훌륭한 저택 바로 그 속에서 필적하기 어려운 라구 요리를 먹고 있습니다. 바깥 정원에는 분수와 내가 부러워할 만한 앵무새가 있습니다. 왜냐하면 저의 녹색 앵무새는 지금 깃털이 없어져 마치 고난의 시대처럼 보입니다. 정치로 무엇을 얻고자 합니까? 토이피츠 초센으로 무엇을 원합니까? 왜, 게다가, 제가 편견이 없음을 증명해 보이자면, 보수주의로 무엇을 얻고자 합니까? 당신은 기업가이고 쾨페닉 거리에 살고 있습니다. 왜 이 지역을 조용히 징어나 루드비히 뢰베[27] 혹은 그 누구라도 여기에서 유리한 입장을 가지고 있는 사람에게 내버려두지 않습니까? 모든 사회적 지위에는 특정 정치적 원칙이 상응합니다. 기사령 영주는 농경적이고, 교수들은 민족주의적 중도정당, 사업가들은 진보적입니다. 진보주의자가 되세요. 보관(寶冠)장, 왕실의 훈장

---

27 베를린 제조업자이며 정치가로서 프로이센 의회 및 제국의회 의원.

으로 뭘 하시겠다는 겁니까? 당신의 입장이라면 저는 시 정치에 뛰어들어 시민왕관을 위해 싸우겠어요."

누군가 오래 이야기를 하면 — 이는 자신에게만 유감없이 베푸는 관용인데 — 통상 동요하는 트라이벨은 이번에는 주의 깊게 듣고 있더니 하인에게 우선 눈짓을 하여 소령 부인에게 두 번째로 백포도주 한 잔을 권하게 했다. 그녀가 그와 마찬가지로 조금 더 받자 그는 소령 부인과 잔을 부딪치고 말했다. "좋은 우정을 위해서, 또한 오늘과 같은 또 다른 10년을 위해서! 하지만 진보주의와 시민왕관은, 거기에 무엇을 더 말할 수 있겠습니까, 부인! 아시다시피 우리같은 부류는 계산하고 또 계산합니다, 비례셈이란 오랜 옛말에서 벗어나지 못합니다. '그것과 그것이 그만큼을 가져오면, 그것과 그것은 얼마나 가져오는가.' 친구여, 후원자 부인, 아십니까. 같은 법칙에 따라 진보와 보수를 산출하여 내게는 보수주의가 더 잘 맞고 — 벌이가 좋다고까지는 말하고 싶지는 않습니다. 그건 물론 틀린 말일 것이고요 — 더 잘 어울립니다. 특히 고문관이 된 이후로는요. 물론 완전하진 않은 칭호이나, 그 이상의 성취를 기대하고 있지만요."

"아, 알겠어요."

"자, 아시죠, 식욕은 음식을 먹을 때 옵니다.[28] 그리고 이미 내친걸음이니… 그러나 그긴 차치하고, 헌자의 인생의 과제란 무엇보다 소위 조화로움의 성취이고, 이 조화란, 형세가 그러한바 아니면 징표가 지칭하는 바라고 말할 수 있을지 모르겠으나, 나의 특수한 경우 조화의 요구는 진보적 시민왕관을 배제하고 있습니다."

---

28 원문은 불어. l'appetit vient en mangeant.

"진심으로 하시는 말씀이세요?"

"네, 부인. 공장들은 일반적으로 시민왕관으로 기울어 있습니다. 하지만 특수한 공장들은 — 거기에 분명히 제 공장이 속하는데 — 예외입니다. 부인께서는 표정으로 그것을 증명해보라고 요구하십니다. 그럼 해보겠습니다. 제가 여쭤보겠습니다. 예를 들어 리히텐베르크나 룸멜스부르크 구역에서 프로이센 국왕 성향의 상징인 수레국화를 재배하는 상업 정원사가 동시에 석유 방화범이며 다이너마이트 폭파범인 것을 상상해 보실 수 있습니까? 부인은 고개를 흔들며 나의 '아니요'를 확인해 주십니다. 그리고 계속 여쭤보겠습니다. 이 세상 모든 수레국화도 베를린의 청색공장에 비하면 무엇이겠습니까? 베를린 군청색에 상징적으로 최고도의 프로이센이 존재합니다. 그리고 그것이 더 확실하고 논란의 여지가 없을수록 내가 보수주의의 토양에 머물러 있는 것이 필수적입니다. 특수한 저의 경우에 고문관으로의 직위를 향상시키는 것이야말로 가장 자연스러운 일입니다… 어쨌든 시민왕관보다야 더욱더."

치겐할스는 정복당한 듯이 보였고 웃었다. 한편 반쯤 주의를 기울여 이를 듣고 있던 크롤라는 찬성한다는 듯 고개를 끄덕였다.

식탁 중앙의 대화는 그렇게 진행되었다. 하지만 식탁의 하단부에서는 더 쾌활하게 진행되었는데, 그곳에서는 젊은 트라이벨 부인과 코린나가 마주 앉았고, 젊은 부인은 마르셀 베더콥과 시보 엥하우스 사이에, 코린나는 미스터 넬슨과 집안의 둘째 아들인 레오폴트 트라이벨 사이에 앉아있었다. 식탁의 말석에서 정원을 바라보는 넓은 창문에 등을

지고 위치한 사람은 비서인 프로이라인 호니히인데, 그녀의 신랄한 얼굴 특징은 자기 이름의 의미인 "꿀"에 항의하는 것 같았다. 그녀가 미소를 지으려 애쓰면 애쓸수록 소모적 질투가 점점 드러났다. 그것은 오른쪽으로는 귀여운 함부르크 출신 여성을 향하고, 왼쪽으로는 더욱 분명하게 코린나를 향했는데, 그녀와 절반은 동료이기도 한 코린나는 그럼에도 불구하고 마치 소령 부인 폰 치겐할스나 적어도 프로이라인 봄스트인 양 자신감을 보이며 행동하는 것이었다.

젊은 트라이벨 부인은 매우 훌륭한 미모였다. 금발에, 안색은 밝고 차분하였다. 옆의 두 남자들은 그녀의 비유를 맞추었다. 마르셀의 경우는 물론 가장된 열의였는데, 그 이유는 그가 관찰하는 대상은 이런저런 이유로 젊은 영국 남자를 정복하는 것을 목표로 삼고 있는 코린나였기 때문이었다. 교태가 가득한 이 과정에서 그녀가 그토록 생기 있고 마치 모든 말이 그녀의 주변 사람들, 특히 사촌인 마르셀이 들어야 하는 것이 그녀에게 중요하다는 듯 큰 소리로 이야기했다.

"너무 아름다운 이름을 갖고 계세요," 그녀가 미스터 넬슨을 향해 말했다. "그토록 아름답고 유명한, 그래서 욕망에 사로잡힌 적은 없었는지 묻고 싶어요."

"O, yes, yes[오, 네, 네]…"

"… 또한 제가 알기로는 활약하고 계시는 페르남부코 나무와 캄페체 목재 업종을 아예 그만둔다던데요. 제 이름이 넬슨이라면 나일강에서 배틀[29]을 승리로 이끌어내기 전에는 한순간의 휴식도 가질 수 없을 것 같아요. 물론 그 전투를 세세하게 아시겠지만요…"

29　1798년 아부키르만에서 프랑스와 영국 간에 벌어진 해전을 지칭한다.

"Oh, to be sure[오, 물론이지요]."

"자, 제가 드디어 올바르게 찾아왔군요. 여기선 아무도 거기에 대해 정확히 알지 못하죠. 작전에 대해 말씀해 주세요, 전투의 배열은요? 기술해 놓은 것을 일전에 월터 스콧 작품[30]에서 읽은 적이 있어요. 그 이후로 항상 무엇이 형세를 결정적으로 돌려놓았는지 미심쩍었어요. 뛰어난 군대 배치였는지 아니면 영웅적 용기였는지…"

"I should rather think, a heroical courage… British oaks and british hearts…[나는 오히려 영웅적 용기라고 생각해요…영국 참나무와 영국 심장들…]"

"이 의문이 미스터 넬슨 씨에 의해 풀리게 되고 게다가 저의 호감에 부합하는 방식이어서 기쁩니다. 왜냐하면 저는 영웅적인 것을 좋아하니까요. 그것이 드물기 때문이죠. 그런데 그렇게 생각해도 되겠죠? 뛰어난 지휘가…"

"Certainly, Miss Corinna. No doubt… England expects that every man will do his duty…[그럼요, 코린나 양. 분명해요… 영국은 모든 사람들이 자신의 의무를 다하리라고 기대해요…]"

"네, 그건 영예로운 말이에요. 트라팔가에서 그런 말을 했다고 오늘날까지도 믿고 있어요. 그런데 아부키르만에서는 왜 아니겠어요? 좋은 것은 항상 두 번 말해지는 법이지요. 그리고는… 전투란 서로 닮았어요, 특히 해전은 ― 쾅 하고 불기둥 그리고 모든 것이 폭발해 버리죠. 그걸 쳐다볼 수 있는 사람들 모두에게 그건 장엄하고 황홀했음이 틀림없어요. 굉장한 볼거리지요."

"O, splendid[오, 정말 멋지죠]…"

---

30 『나폴레옹 보나파르트의 일생』(1827)을 지칭.

"네, 레오폴트," 갑자기 다른 식탁 이웃을 향해 코린나가 말을 이어 나갔다. "거기 앉아 이제 미소 짓고 있네요. 왜 미소 짓나요? 미소 뒤에 당황을 감추려는 것이죠. 그대는 친애하는 미스터 넬슨이 그렇게 조건 없이 천명하는 저 'heroical courage'[영웅적 용기]가 없으세요. 정반대죠. 아직도 어떤 의미에선 ─ 물론 사업상으로만 그렇지만 ─ 피와 철 이론을 내세우는 아버님의 공장으로부터 ─ 네, 당신 부친께서 치겐할스 대령 부인께 이것에 대해 조금 전 뭔가 말씀하신 것처럼 들렸어요 ─ 제 말은, 당신은 그곳에서 잔류했어야 했을 프루사이트 칼륨 사업에서 형 오토의 목재집하장으로 물러났어요. 페르남부코 나무라 할지라도 그건 좋지 않아요. 저쪽에 있는 제 사촌 마르셀을 보세요. 그는 덤벨을 마구 흔들면서 영웅적 행위에 관한 한 그건 완전히 체조와 철봉의 문제라며 (체조의) 아버지 얀이 결국에는 넬슨보다 분명 더 중요하다고 매일 다짐합니다."[31]

마르셀은 반은 진지하고 반은 유쾌하게 손가락으로 코린나를 향해 흔들면서 말했다. "사촌, 다른 나라의 대표가 너의 옆에 앉아 있어. 말하자면 너는 어느 정도 독일 여성적 모범을 보여야 함을 잊지 말도록."

"Oh, no, no[오, 아닙니다]," 넬슨이 말했다. "여성적은 아닙니다. Always quick and clever[항상 민첩하고 영리해요]…, 그것이 독일 여성에게서 우리가 사랑하는 것입니다. 여성적이라뇨. 코린나 양은 is quite in the right way[올바른 방향으로 가고 있어요]."

"그래요, 그거예요. 마르셀. 잘못된 인상을 갖고 바다에 둘러싸인 앨

---

31   코린나는 마르셀을 "체조의 아버지" 프리드리히 루드비히 얀(1778~1852)이 제창했던 애국주의적 독일 체조운동의 추종자로 묘사하고 있다.

비언[32]으로 건너가지 않도록 그를 위해 오빠가 그토록 세심하게 중재하듯 관여한 미스터 넬슨도 오빠를 곤경에 빠뜨렸고, 트라이벨 부인께서도 내 생각에 역시 오빠를 곤경에 빠뜨렸고, 앵하우스 씨도 마찬가지고, 나의 친구 레오폴트도 역시 그래요. 그리하여 나는 희망에 차 있고. 이제 남은 사람은 프로이라인 호니히만…"

그녀는 고개를 숙이더니 말하였다. "저는 다수에 따르는 데 익숙합니다." 그리고 이 동의의 어조에는 쓸쓸함이 묻어 있었다.

"저는 저의 사촌의 권고를 마음에 새겨두겠습니다." 코린나가 계속 말했다. "저는 약간 당돌합니다, 미스터 넬슨, 그리고 게다가 수다스러운 가족 출신이라…"

"Just what I like[바로 제가 좋아하는 바입니다], 미스 코린나. '수다스러운 사람들, 좋은 사람들', 그렇게 우리 영국에서는 말합니다."

"저도 똑같이 말합니다, 미스터 넬슨. 수다스러운 범죄자를 상상하실 수 있어요?"

"Oh, no, certainly not[오, 아니에요, 절대 그렇지 않아요]…"

"끝없는 재잘거림에도 불구하고 제가 여성적 본성에 진심인 독일 여성이라는 표시로 미스터 넬슨이 아셔야 할 것이 있는데, 저는 음식도 하고, 또한 바느질과 다리미질도 할 줄 압니다. 그리고 레테 협회[33]에서 재봉 짜깁기도 배웠고요. 그렇습니다, 미스터 넬슨, 그게 저란 사람입니다. 저는 완전한 독일 사람이고 또한 완전한 여성이고 남은 유일한 질문은, 레테 협회를 아세요? 재봉 짜깁기를 아세요?"

---

32 영국의 옛 이름.

33 Wilhelm Adolf Lette(1779~1868)가 1866년 설립한 "여성 직업교육진흥을 위한 단체"로 독일 최초의 선도적 여성 직업양성소.

"No[모릅니다], 프로이라인 코린나, neither the one nor the other[둘 다 모릅니다]."

"자, 보세요, dear[친애하는] 미스터 넬슨. 레테 협회란 여성 수공예를 위한 협회 혹은 기관 혹은 학교입니다. 영국 선례를 따른 것이고 그건 특별한 장점이라고 하겠어요.

"Not at all. German schools are always to be preferred[전혀 그렇지 않습니다. 독일 학교들은 항상 선호됩니다]."

"누가 알겠어요. 저는 그걸 그렇게 단호하게 주장하고 싶지 않아요. 하지만 그 얘긴 그만두고 훨씬 중요한 것, 재봉 짜깁기 문제를 논하기로 해요. 그건 정말 대단한 거예요. 우선 그 단어[34]를 부디 따라해 보시겠어요…"

미스터 넬슨은 온화하게 미소 지었다.

"자, 어려우신가 봐요. 하지만 이런 어려움은 실제 재봉 짜깁기에 비하면 아무것도 아니죠. 보세요, 여기 제 친구인 레오폴트 트라이벨이 보시는 바와 같이 나무랄 데 없는 이중 단추 줄의 재킷을 입고 젠틀맨과 베를린 상업고문관 아들에 어울리게 단추를 정말 잘 채우고 있습니다. 그리고 제가 어림잡아 재킷은 적어도 100마르크는 될 겁니다."

"과대평가."

"누가 알겠어요. 마르셀, 오빠는 이 분야에서도 정교사용, 상업고문관용의 상이한 등급이 있는 걸 잊었어요. 하지만 가격 문제는 그만두기로 해요. 어쨌든 고급 재킷이에요, 최상급. 그리고, 미스터 넬슨, 우리가 일어나서 시가를 차례로 돌리고 — 시가를 피우신다고 생각하는

---

34   원어는 발음하기 어려운 "Kunststopfereifrage".

데 — 만약 제게 그 시가를 주신다면 제 친구 레오폴트 트라이벨의 재킷에 불을 내 구멍을 뚫을 겁니다. 그의 심장이 위치한 바로 여기. 그리고 저는 마차를 타고 재킷을 집에 가져가고, 내일 이 시간에 우리가 여기 정원에 다시 모여 연못 주변으로 걸상을 놓을 겁니다, 마치 공연에서처럼. 그리고 앵무새도 동석해도 좋습니다. 그러면 저는 마치 예술가처럼, 사실 실제로 예술가이지만, 등장해 재킷을 주위에 한 바퀴 돌리겠습니다. 그리고 dear[친애하는] 미스터 넬슨, 귀하가 구멍이 있던 장소를 찾을 수 있다면, 저는 당신께 키스를 하고 노비가 되어 리버풀로 따라갈 것입니다. 하지만 그렇게는 안 될 거예요. 아쉽게도라고 해야 할까요? 저는 재봉 짜깁기 선수로 메달을 두 번이나 받았습니다. 귀하는 절대로 그 장소를 찾지 못할 거예요…"

"오, 저는 찾을 겁니다, no doubt, I will find it[틀림없이, 난 찾을 겁니다]." 미스터 넬슨은 반짝이는 눈을 하고 대답했다. 그리고 그가 점점 증가하는 자신의 경탄을, 적절하든 안 하든, 표현코자 하여, 베를린 여성들을 향한 짧은 감탄사들로 이루어진 찬가와 거기에 이어서 베를린 여성들은 decidedly clever[정말 영리]하다는 반복된 확언으로 마무리 지었다.

레오폴트와 시보는 그와 함께 이 칭찬에 입을 보탰고 프로이라인 호니히도 같은 나라 사람으로서 같이 우쭐해져 미소를 지었다. 젊은 트라이벨 부인의 눈에서만 베를린 여성이자 보잘것없는 교수 딸이 이런 식으로 칭송받는 것을 보며 가벼운 언짢음이 내비쳤다. 사촌인 마르셀 역시 찬성한다고는 하지만 썩 만족한 것은 아니었다. 왜냐하면 자기 사촌은 그와 같은 성급한 자기 연출이 필요하지 않다고 느꼈기 때문이었다. 그녀는 지금 하는 역할을 하기에 너무 과분하다고 생각했다. 코린나 자신도 사촌이 어떤 생각을 하는지 정확하게 알아보고 그를 놀리며 재미를 보려고 했으나, 바로 그때 — 아이스크림이 이미 건네졌다 — 상업고문관이 유리잔을 두드리며 건배를 하기 위해 자리에서 일어났다.

"신사 숙녀 여러분, Ladies and Gentlemen[신사 숙녀 여러분]…"

"아, 저건 귀하를 위한 것이에요," 코린나가 미스터 넬슨에게 속삭였다.

"… 나는," 트라이벨이 계속했다. "양고기 등심을 지나쳤고 꽤 늦은 이 시간까지 축배를 들기 위해 기다렸습니다 — 색다른 방식인데, 이 순간 저는 다음 질문에 당도했습니다. 빨갛고 흰 무지개 아이스크림의 녹은 상태가 굳은 양고기 등심보다 더 유감스러운 사건은 아닌지…"

"Oh, wonderfully good[오, 매우 훌륭해요]…"

"… 어쨌든 간에, 현재 이미 벌써 저질러진 재해를 최소한으로 억누를 방도가 오직 하나 있습니다. 간단명료입니다. 일괄하여 신사 숙녀 여러분께 감사드립니다. 또 나아가 특히 오늘 이곳에서 처음 모시게 된 영광을 주신 두 분의 친애하는 손님들과 관련하여, 저의 축배를 거의 성스러운 영국식 문구 'on our army and navy[우리의 군대와 해군으로]', 그러니까 우리의 군대와 해군으로 표현하도록 허락해 주십시오. 우리는 여기 이 식탁에서 한편으로는 (그는 포겔장을 향해 고개 숙였다) 소명과 사회적 지위로, 다른 한편으로는 (넬슨을 향해서) 세계적으로 유명한 영웅의 이름으로 대표된 것을 보는 행운을 차지했습니다. 그러니까 다시 한번 'our army and navy[우리의 군대와 해군 만세]!' 포겔장 중위 만세! 미스터 넬슨 만세!"

모두들 축배에 동의를 표했다. 그리고 약간 신경이 불안해진 미스터 넬슨이 즉각 답사를 하려고 했다. 하지만 코린나가 그를 만류했다.

포겔장이 연장자이고 아마 그를 위해 감사의 말을 함께 할 것이라고.

"Oh, no[오, 아니에요], 프로이라인 코린나, not he… not such an ugly old fellow… please, look at him[그는 아니에요… 저렇게 늙고 추한 사람은 아니에요… 제발, 저 사람을 보세요]." 그리고 영웅 이름의 침착치 못한 이 남자가 자신의 좌석에서 일어나 말을 하려고 반복해서 시도했다. 하지만 포겔장이 그에 앞서, 냅킨으로 수염을 닦은 다음 긴장한 듯이 제복 상의 단추를 처음에는 풀었다가는 다시 잠근 다음 희극에 가까운 위엄으로 말을 시작했다. "신사 여러분! 우리의 친애하는 주인께서는 군대를 위해 건배하였고 군대를 제 이름과 연결하셨습니다. 네, 신사 여러분, 저는 군인입니다…"

"Oh, for shame[아, 망측해라]!" 반복하여 "신사 여러분" 그리고 동석한 모든 숙녀들을 무시하는 것에 진심으로 분노한 미스터 넬슨은 투덜댔다, "oh, for shame[아, 망측해라]," 그리고 연설자의 점점 어두워지는 눈빛이 실로 교회당의 고요함을 회복하기까지 도처에서 킥킥거리는 소리가 계속해서 들렸다. 그리고 그는 계속했다. "네, 신사 여러분, 저는 군인입니다… 하지만 그보다 더 중요한 것으로, 저는 또한 이념을 위해 싸우는 전사입니다. 제가 봉사하는 두 가지 큰 힘이란, 민중과 국왕입니다. 그 외의 모든 것은 방해하고 해를 주고 혼란 시킵니다. 영국의 귀족정치는, 제 원칙은 말할 나위도 없고 개인적으로도 반대하지만, 그러한 손상, 그와 같은 혼란을 분명히 보여주고 있습니다. 저는 중간 단계와 봉건적 피라미드[35]를 혐오합니다. 그것들은 중세의 관념들입니다. 저는 제 이상을 고원에서 상상해 봅니다. 유일한, 하지만 모든

---

35   중세 봉건주의 및 신분적 질서에 기초한 사회적 계층은 맨 위에 왕과 귀족이
       위치한 피라미드에 비유된다.

것을 능가하는 봉우리."

치겐할스 부인은 트라이벨과 여기서 눈길을 주고받았다.

"… 신의 은총이 시작하는 곳까지 모든 것에 민중의 은총이 있길 기원합니다. 이에 엄격하게 구분된 권능. 평범하고 대중적인 것은 대중들에 의해 결정되고, 비범한 것, 위대한 것은 위대함으로 결정됩니다. 그것은 왕좌와 왕권입니다. 나의 정치적 판단에 따르자면, 모든 구원, 모든 개선 가능성은 왕권 민주주의 곧추세우기에 있습니다. 내가 알기로는 거기에 우리 상업고문관께서도 천명하고 계십니다. 그리고 우리가 그 안에서 일치한다는 이 느낌으로 제 잔을 들어 저와 함께 우리의 존경하는 주인의 안녕과 함께 우리의 깃발을 들고 있는 곤팔로니에레[36]를 위해 드실 것을 부탁합니다. 우리의 상업고문관 트라이벨, 만세!"

모두들 일어나 포겔장과 건배하고 그를 왕권 민주주의의 발명자로 축하했다. 몇몇은 진정으로 열광했는데, 특히 "곤팔로니에레"란 단어가 효과가 있었던 것 같았다. 다른 사람들은 속으로 웃었고, 오직 세 명만이 직접적으로 불만이었다. 트라이벨은 포겔장 식의 원칙에 현실적으로 큰 기대를 하지 않았기 때문이며, 상업고문관 부인에게는 그 모든 것이 품위와는 거리감 있게 보였기 때문에, 세 번째로 미스터 넬슨은 영국 귀족정치에 반한 포겔장의 진술로부터 이 사람에 대한 새로운 혐오감을 빨아들였기 때문이었다. "Stuff and nonsense! What does he know of our aristocracy? To be sure, he doesn't belong to it! That's all[어리석은 소리이며 넌센스야! 그가 우리의 귀족정치에 대해 무얼 안다고? 확실해, 그는 거기에 속하지 않아! 그게 다야]."

---

36 Gonfaloniere(旗手).

"저는 정말 모르겠어요," 코린나가 웃었다. "그분은 Peer of the Realm[영국 상원의원]의 뭔가를 갖고 있지 않나요?"

넬슨은 이것을 상상하느라 거의 화를 잊어버려 테이블 위 접시에서 아몬드 하나를 집어 두 사람이 한 개씩 나누어 먹는 게임[37]을 제안하였는데, 그때 상업고문관 부인이 의자를 뒤로 밀면서 만찬의 종결을 알렸다. 접이식 문이 열리고 식탁으로 왔던 순서대로 그사이 환기가 된 정면 홀로 걸어가, 그곳에서 신사들은 트라이벨을 선두로 정중하게 나이든 부인들과 몇몇 젊은 숙녀들에게도 손등에 키스했다.

오직 미스터 넬슨만 하지 않았는데, 상업고문관 부인을 "a little pompous[약간 과장되고]" 그리고 두 명의 궁중 부인들을 "a little ridiculous[약간 우스꽝스럽다]"라고 생각하고 코린나에게 다가가 활기찬 "shaking hands[악수]"로 만족했다.

---

37 쌍둥이 아몬드를 두 사람이 하나씩 나누어 가지고 있다가 다음에 만났을 때, "안녕, 연인이여"라고 먼저 말한 사람이 승자가 되는 게임.

제4장

옥외계단으로 통하는 커다란 유리문이 열려 있었으나 날씨가 후덥지 근했다. 그리하여 야외에서 커피를 들기로 했다. 일부는 베란다에서, 다른 사람들은 앞뜰에서, 그렇게 테이블에 가까이 앉았던 사람들은 다시 서로 모여 환담을 이어갔다. 두 명의 궁중 부인들이 모임에서 작별할 때 소문과 수다로 풍부히게 양념된 대화를 멈추고 짐시 4륜 마자 뒤를 처다보았다. 마차는 괴페닉 거리를 따라 올라가 처음에는 마르살 다리 바로 근처 치겐할스 부인의 집에, 그리고는 샤르로텐부르크로 향하였다. 그곳에서 35년 동안 성의 한쪽 편에 숙소가 있는 봄스트는, 처음에는 선왕 폐하, 그다음에는 왕비 미망인, 그리고 마지막으로는 마이닝에 태자 일가와 같은 공기를 호흡했다고 반추하면서 그녀 인생의 행복과 동시에 지고의 자부심을 느끼고 있었다. 이 모든 것이 그녀에게 변용된 그 무엇을 부여했으며 그것은 그녀의 외관에도 해당되었다.

마차 문까지 부인들을 바래다준 트라이벨은 그사이에 차도에서 베란다에 다시 도착했다. 그곳에는 포겔장이, 뭔가 호젓하게, 하지만 위엄을 잃지 않고 자신의 공간을 지키고 있었다. "자, 우리끼리 이야기를 나눕시다, 중위, 하지만 여기서는 말고. 내 생각에 잠시 물러가 아무 때나 어느 곳에서나 없는 특별한 걸 피웁시다." 이때 그는 포겔장의 팔을 잡고 순순히 말을 듣는 이 사람을 홀 옆에 위치한 그의 서재로 인도했다. 그곳에는 자기 주인의 만찬 파티 중 좋아하는 순간을 이미 오래전부터 알고 있는, 훈련을 잘 받은 하인이 이미 모든 것을 진열해 두었다. 시가 상자와 독주 상자, 얼음물이 든 유리병. 하지만 하인의 좋은 훈련은 이러한 사전 배치에만 국한된 것이 아니었다. 두 신사가 자리에 앉는 동시에 그는 벌써 그들 앞에 쟁반을 들고 커피를 제공하는 것이었다.

"좋아, 프리드리히, 여기 모든 것이 만족스럽게 준비돼 있어. 그런데 다른 상자, 납작한 걸 주게나. 그리고 내 아들 오토에게 내가 오라고 한다고… 괜찮겠소, 포겔장? 오토가 안 보이면 경찰 시보, 그래 그가 낫겠군, 그가 훨씬 잘 알고 있으니까. 특이해, 몰켄마르크트[38] 주변에서 성장한 사람들은 여타 인간들에 비해 상당한 정도로 우월하다니까. 게다가 이 골다머가 제대로 된 목사 아들이라는 장점은 그의 모든 이야기들에 짜릿한 풍미를 주고." 그러면서 트라이벨이 상자를 열며 말했다. "코냑 아니면 알라쉬[39]? 아니면 둘 다 조금씩?"

포겔장은 미소 지으며 엽궐련 칼을 상당히 과시적으로 옆으로 치우더니 송곳니로 끝을 물어 뜯었다. 그리고는 성냥에 손을 뻗었다. 그 외에는 트라이벨이 시작하는 것을 기다리려는 것처럼 보였다. 그리고 그를 오래 기다리게 하지 않았다.

"Eh bien[자, 좋아요], 포겔장, 두 부인들은 어떻소? 뭔가 세련되지 않았습니까? 특히 그 봄스트 말이요. 내 처라면 그렇게 말할 것이요. 영(靈)적이지. 자, 그녀는 충분히 투명하지. 그런데 솔직히 나는 치겐할스가 좋아요. 꽉 찬 최고 여성으로 한창때는 완전히 가공할 만한 요새

---

38 베를린의 가장 오래된 구역에 속하는 이곳에는 경찰청과 시교도소가 있었다.
39 발트해 연안 산 캐러웨이 열매가 들어간 화주. 리가 근처의 같은 이름 지명에서 생산됨.

였을 것이 분명해. 활기찬 기질. 그리고 내가 들은 게 정확하다면 그녀의 과거는 여러 작은 궁정들 사이에서 이리저리 오갔어. 레이디 밀포드[40], 하지만 덜 감상주의적이고. 물론 모든 것이 오래된 이야기이고, 모두 해결되어, 거의 유감스럽다고 말할 수 있겠지. 여름 동안에 그녀는 정기적으로 초센 지역에 있는 크라친스키에게 가 있고, 도대체 최근 폴란드 이름들이 어디서 온 것인지. 하지만 결국에는 상관없는 일이고. 크라친스키와의 친분과 관련하여 내가 치겐할스를 우리 목적에 이용한다면?"

"아무런 소용이 없을 것이요."

"아니 왜? 그녀는 올바른 입장을 대변하는데."

"나는 최소한 하나의 옳지 않은 입장이라 말을 해야겠습니다."

"어떻게 그렇소?"

"그녀는 전적으로 편협한 입장을 대변하고, 내가 이 단어를 선택한 것은 내가 아직 기사다운 겁니다. 그런데 이 '기사다운'이란 말이 점점 늘어나 정말 터무니없는 남용이 자행되고 있어요. 그러니까 나는 우리의 기사들이 매우 기사다운, 그러니까 정중하고 친절했다고 생각하지 않아요. 모든 게 단순히 역사적 변조입니다. 그리고 고문관님 말대로, 우리에게 유용해야 할 이 치겐할스와 관련하여, 그녀는 물론 봉건주의 피라미드의 견해를 대변합니다. 그녀가 궁정 편에 서 있는 것은 좋습니다. 그리고 그것이 그녀와 우리를 연결하는 것이고요. 하지만 그것으로는 충분하지 않아요. 이 대령 부인과 물론 그녀의 귀족 친지들, 폴란드이건 독일 출신이건 간에, 그들 모두는 거의 망상의 혼란, 좀 더 분명히

---

40 실러의 비극 『간계와 사랑』(1784)에 등장인물로서 영주의 애첩.

표현하자면 중세의 계급적 편견 속에 살고 있고 그것 때문에 함께 갈 수 없습니다. 국왕의 깃발이란 공통점에도 불구하고요. 하지만 이런 공통점이 있다고 도움이 되는 것이 아니라 오히려 해가 될 뿐입니다. 우리가 '국왕 만세'라고 외치면 그건 대원칙에 지배를 확보해 주기 위해 완전히 이기심 없이 행해집니다. 나 자신이 보증하고 고문관님을 위해 내가 보증할 수 있기를 희망합니다…"

"물론이요, 포겔장, 물론."

"하지만, 이 치겐할스 — 그녀에 대해 부수적으로 걱정하는 것은 고문관께서 아주 정확하게 암시했던 — 다행히도 아주 오래전 일이나 — 도덕과 미풍양속에 대한 반항인데, 이 치겐할스와 그런 유형들은, 그들이 '왕 만세'를 외치면, 그건 오직 우리를 돌봐주는 부양자만을 의미합니다. 그들은 자신들의 유리한 점만을 알 뿐입니다. 그들은 이념 속에 동화될 줄 모릅니다. 오로지 자신만을 아는 사람들에 의존한다는 것은 우리의 과제를 포기하는 것을 의미합니다. 우리의 과제는 단순히 진보의 용과 싸우는 것에만 있는 것이 아니라 오로지 빨아먹기만 하는 흡혈귀 귀족들에 대항해 싸우는 것에도 있습니다. 일체의 이해관계로 규정된 정치는 사라져야죠! 완전한 이타심의 기치 아래 우리는 승리해야 합니다. 거기에는 민중이 필요하지, 동명의 연극 아래 또다시 인기를 끌고 지휘봉을 잡고자 하는 크비쵸 집단[41]을 필요로 하지 않습니다. 아닙니다, 상업고문관, 사이비 보수주의도 그릇된 바탕 위의 왕국도 아닙니다. 우리가 보존하기 원한다면 왕국은 치겐할스나 봄스트와 같은 것

---

41 크비쵸는 오랜 변경 귀족, 기사 가계로 호엔촐레른 선제후들에 대항한 전투로 유명해 졌다. 에른스크 폰 빌덴부르트의 역사극 『크비쵸가』는 1888년 베를린 에서 초연된바 있다.

말고 뭔가 견고한 것 위에 놓여야 합니다."

"자, 들어봐요, 포겔장, 치겐할스는 적어도…"

그리고 트라이벨은 진심으로 자신에게 맞는 이 이야기의 줄기를 계속 풀어낼 의도가 있는 것 같았다. 하지만 그가 거기에 도달하기 전에, 작은 마이센 잔을 여전히 손에 들고 있는 경찰 시보가 홀에서부터 들어오더니 트라이벨과 포겔장 사이에 자리를 잡았다. 그가 들어온 바로 다음 오토 역시, 아마 프리드리히에게 보고받고, 어쩌면 또한 자진해서 나타났다. 왜냐하면 그는 오래전부터 골다머가 독주와 시가를 함께하면, 규칙적으로 그리고 대개는 모든 지각이 치명적일 정도로 매우 신속하게 에로틱한 여담을 늘어놓는다는 것을 알고 있었기 때문에.

부친 트라이벨은 물론 이것을 훨씬 더 잘 알고 있었으나 그로서는 신속한 절차가 적절하다고 보고 말을 이었다. "자, 골다머 말을 해봐. 무슨 일인가? 뤼초 광장은 어떻게 되나? 판케 강은 메워지나? 혹은 거의 같은 말이지만 프리드리히 거리는 도덕적으로 정화되는가? 솔직히 말해서 나는 그 경우 우리의 짜릿한 주요 간선도로가 얻을 것은 많지 않다고 보네. 도덕적으로야 조금 나아지겠지만 현저하게 지루해질 것이야. 우리 집사람 귀가 여기까지 미치지 않으니 그런 것들을 화제에 올릴 수 있어. 덧붙여 자네에게 하는 내 질문들에 그 어떤 제한도 있을 수 없지. 더 자유로울수록 더 좋아. 나는 경찰의 입에서 나오는 말들이란 항상 좋은 내용이고 신선한 바람임을 알 만큼 오래 살았지. 가끔은 시로코도 있고. 물론 때로는 모래열풍까지. 모래열풍이라 해두지. 자, 새로운 뉴스가 뭐가 있나?"

"새로 나온 여가수가 있지요."

"최고야. 이것 봐요, 골다머, 모든 예술형식은 좋은 겁니다. 왜냐하면 모두 이상형을 염두에 두고 있기 때문이지요. 이상적인 것은 중요한 것이고, 내가 집사람에게 들은 바에 따르자면. 하지만 최고로 이상적인 것은 항상 여가수지요. 이름은?"

"그라비옹. 아리따운 체구에다 약간 입이 좀 크고, 주근깨가 있어요."

"맙소사, 골다머, 그거야말로 지명 수배처럼 들리는군. 그런데 주근깨는 매력적이지. 큰 입은 취향의 문제고. 뒷배가 누구야?"

골다머는 침묵했다.

"오, 알겠군. 상층부. 높이 올라갈수록 이상적인 것에 가까워지지. 그런데 이왕 상층부 말이 나왔으니 말인데 경례 사건[42]은 어떻게 됐나? 그가 정말 경례하지 않았는가? 그리고 물론 경례하지 않은 자가 휴가를 떠나야만 했었나? 사실 그건 최선이었는데, 왜냐하면 동시에 가톨릭 전체에 대한 거부와 마찬가지였으니까. 말하자면 일거양득이지."

내심 진보주의자이자, 공공연한 반가톨릭주의자인 골다머는 어깨를 으쓱 추켜올리며 말했다. "유감스럽게도 상황이 좋지 않고, 좋을 수도 없습니다. 반대 시류가 너무 셉니다. 경례를 거부했던, 뭐랄까 이 상황에서의 빌헬름 텔[43]은 자신의 뒤를 받치고 있는 것이 너무 견고합니다. 어디에? 자, 그건 아직 불확실한데, 그 명칭을 언급할 수 없는 것들이 있습니다. 우리가 이미 알려진 히드라[44]의 목을 치기 전에는, 혹은 마찬가지 말이지만, 프리드리히 대왕의 'Écrasez l'infâme[에크라제 랭팜

---

42   가톨릭에 동조하는 여제 아우구스타(1811~1890)의 궁정관리들이 신교도자인 비스마르크를 향해 보여준 불손한 행동을 지칭.

43   실러의 『빌헬름 텔』에서 텔은 제국 태수의 모자에 경의를 표하지 않았다.

44   그리스 신화에 나오는 괴물로 물속에 사는 뱀. 아홉 개의 머리는 잘라도 다시 자랐다. 헤라클레스에 의해 퇴치되었다. 여기서는 가톨릭 교회를 의미한다.

므]'[45]의 맹세를 승리로 이끌기 전에는 말이죠…"

이 순간 옆방에서 노랫소리가 들려왔다. 익숙한 곡이었다, 방금 새 시가를 잡으려던 트라이벨은 다시 상자 속에 집어넣으며 말했다. "내 마음의 평화는 사라지고[46]… 그리고 여러분, 그대들의 평화도 그렇게 좋지는 않습니다. 다시 부인들과 합류해 아돌라 크롤라의 시대에 참여 해야 될 것 같습니다. 이제 그것이 시작하는군요."

그 말을 하면서 네 명 모두 일어나 트라이벨을 선두로 홀로 돌아갔 다. 크롤라는 실제로 피아노에 앉아, 신속하게 연달아 처리하곤 하던 그의 세 가지 주 작품을 대가답게 완벽히, 하지만 일종의 의도적인 덜 커덕거림을 더해 연주했다. 「마왕」, 「하인리히 씨는 새 사냥터에 앉아 있다」와 「슈파이어의 종」 등의 곡이었다. 마지막 작품은 신비에 싸여 끼어드는 종소리로 매번 깊은 인상을 주어 트라이벨까지도 순간 말없 이 경청하게 만들었다. 이윽고 그는 어떤 승격된 표정을 지으며 말했 다. "뢰베 작곡이지요, ex ungue Leonem[엑스 운구에 레오넴].[47] 그러니까 칼 뢰베의 것. 루드비히(뢰베)는 작곡하지 않습니다."

정원이나 베란다에서 커피를 들던 많은 사람들은 크롤라가 시작하 자마자 홀에 들어와서 경청하였고, 반면 세 곡의 담시를 이미 스무 번 이나 트라이벨의 만찬에 참석해 알고 있는 다른 사람들은 야외에서 머

---

45 "파렴치한 것을 근절하라." 그 대상은 가톨릭 교회, 미신이며 프리드리히 대왕
    (1712~1786)과 프랑스 철학자 볼테르(1694~1778) 사이에 주고 받은 서신에
    자주 등장하는 발언. 1870년대 프로이센 문화혁명은 반교권주의적 구호로 이
    인용문을 사용하였다.
46 괴테의 『파우스트』에서 그레첸의 노래는 "내 마음의 평화는 사라지고…"로 시
    작한다.
47 발톱으로 사자를 (알아본다).

물며 정원 산책을 계속했다. 그들 중에는 진정한 순수 혈통 영국인으로, 음악에 약한 미스터 넬슨은 솔직하고 단호하게 그가 가장 선호하는 것은 다리 사이에 북을 두드리는 깜둥이라고 선언했다. "I can't see, what it means; music is nonsense[난 그것이 무엇을 의미하는지 알 수 없어, 음악은 난센스야]." 그리하여 그는 코린나와 이리저리 거닐었다. 레오폴트는 반대쪽에, 반면 마르셀과 젊은 트라이벨 부인 두 사람은, 식탁에서 코린나로부터 떨어질 줄 모르는 넬슨과 레오폴트에 대해 반은 짜증이 나고 반은 흥에 겨워하며 조금 떨어져 걷고 있었다.

밖은 아름다운 밤이었다. 실내의 답답한 온기는 찾을 수 없었으며 공장 건물로부터 뒷정원을 분리하는 높은 포플러 나무들 위로 비스듬히 초승달이 걸려 있었다. 앵무새는 사람들이 일찍이 자신의 새장으로 되돌려 놓지 않아서인지 진지하게 그리고 불만스러운 듯 횟대에 앉아 있었고 오직 분수만이 여전히 명랑하게 높이 솟구치고 있었다.

"여기 앉아요," 코린나가 말했다. "벌써 상당히 걸었어요, 얼마나 오래인진 몰라도." 그리고 그러면서 그녀는 즉석에서 분수 가장자리에 앉았다. "Take a seat, Mr. Nelson[앉아요, 넬슨 씨]. 앵무새를 보세요. 얼마나 화가 나 보이는지. 아무도 자기를 주목하지 않아 화가 났어요."

"To be sure[확실히], 그리고 장에포겔[48] 중위처럼 보여요. Doesn't he[그렇지 않아요]?"

"우린 통상 그를 포겔장이라고 부르죠. 하지만 그에게 다른 이름을 붙여도 상관없어요. 크게 도움은 되지 않을 겁니다."

"No, no, there's no help for him[아니요, 그에겐 아무 도움이 되지 않

---

48   포겔장(Vogelsang)은 어구 그대로 새(Vogel) 노래(sang)를 의미한다.

습니다], 포겔장, 에, 흉측한 새, 지저귀는 새가 아니죠, no finch, no trussel[되새류도 아니고, 개똥지빠귀도 아니고]."

"네, 그는 단지 앵무새일 뿐이에요. 말씀하신 대로."

하지만 이 말을 하자마자 마치 앵무새가 이 비교에 항의하는 듯, 크고 날카로운 소리가 횃대로부터 들려왔을 뿐만 아니라 코린나 역시 크게 비명을 질렀고, 같은 순간 또다시 요란한 웃음소리를 터트렸다. 곧이어 레오폴트와 미스터 넬슨도 웃음소리에 끼어들었다. 갑작스러운 돌풍으로 그러니까 물기둥이 정확하게 그들이 앉아 있던 자리 쪽을 향하여 이제 횃대에 앉은 앵무새를 포함하여 모든 사람들에게 물보라를 쏟아부었다. 그리고 이제 그들은 물을 털고 흔들었고, 앵무새도 이에 동참했으나 물론 기분이 나아지진 않았다.

그사이 실내에서 크롤라는 자신의 연주를 마치고 다른 재능들에게 자리를 마련해 주기 위해 일어났다. 그와 같은 예술 독점처럼 부적절한 것은 없다고. 그밖에 세상은 젊은이들에게 속한다는 것을 잊어서는 안 된다고. 그때 그는 트라이벨가(家)와 같이 그들 집안에 자신이 왕래하였던 몇몇 젊은 숙녀들 쪽으로 경의를 표하며 고개를 숙였다. 상업고문관 부인은 한편 이렇게 전적으로 일반적 의미의 젊은이들에 대한 경의를 확정적인 말로 옮기면서, 두 명의 펠겐트로이 숙녀들에게 각료 책임자 슈퇴케니우스가 그들 집에 왔을 당시 그토록 아름답게 공연했다고 한 몇몇 매력적인 것들을 불러보라고 요청했다. 분명 친구 크롤라가 숙녀들에게 피아노를 반주해 주는 호의를 베풀 것이라고. 통례적인 추가 노래 요청을 면하게 되어 매우 만족한 크롤라는 즉각 동의를 표하고 펠겐트로이 두 사람의 가부 대답을 기다림 없이 바로 전 양보했던 자리에 앉았다. 그의 모든 존재에서부터 호의와 풍자의 혼합이 우러나

왔다. 그 자신의 명성기는 먼 옛날이지만 그것이 멀어질수록 그의 예술적 요구는 더욱 높아진 결과, 그 요구가 전적으로 만족되지 아니할 때에는, 무엇이 공연되든, 누가 감히 위험을 무릅쓰는지는 그에겐 전적으로 상관없게 되었다. 그에게 향유란 없었다. 오로지 오락이 있을 뿐이었다. 쾌활한 것에 대한 선천적 감각이 있기 때문에 그의 기쁨은 자신의 친구 제니 트라이벨이 그녀 자신이 사랑하는 몇몇 노래를 부르며 저녁 음악 공연을 마칠 때 최고에 오른다고 말할 수 있었다. 그러나 그것은 아직 요원하고 우선은 두 명의 펠겐트로이가 준비하고 있었다. 그들 중 역시 언니가, 혹은, 매번 크롤라가 기쁘게도 "훨씬 많은 재능을 갖는 자매"라 불리는 숙녀가 "개천아 너의 흐르는 소리를 멈추어라"를 즉시 시작했다. 뒤따라 "나는 모든 나무껍질에 그걸 즐겨 새겼네"를 불렀는데, 일반적 애창곡인 이 곡에 정원에서 몇몇 지각없는 목소리가 따라 부르는 것이었고, 이는 비록 밖으로 표출되지는 않았으나 상업고문관 부인에게 심히 짜증을 안겨주었다. 그리고 마지막 곡은《피가로의 결혼》의 이중창이었다. 모두 열광했다. 트라이벨은 포겔장에게 말했다. 자신은 밀라놀노[49] 시절 이래 그렇게 사랑스러운 것을 자매들로부터 보거나 들어본 적 없었다고. 거기에 이어 그는 또 다른, 그러나 사려 깊지 못한 질문을 더했다. 혹시 포겔장은 아직 밀라놀로를 기억할 수 있는지? "아니요," 그는 모질고 단호하게 말했다. — "자, 그럼 내가 사과드리다."

휴지기가 이어졌다. 몇몇 마차들이, 그중에는 펠겐트로이의 마차도 있었는데, 벌써 도착하였다. 그럼에도 사람들은 출발을 주저했다. 연회

---

49 테레제와 마리아 밀라놀로는 19세기 중엽 신동들이자 바이올린 대가들로 칭송받았다.

가 아직도 적절한 종결을 필요로 했기 때문이었다. 말하자면 상업고문관 부인이 아직 노래를 부르지 않았기에, 실로 전례 없이, 아직 그녀의 노래들 중 하나가 요청조차 되지 않았기 때문이었다. 가능한 한 조속히 시정되어야 할 사태였다. 이를 그 누구보다 아돌라 크롤라가 감지하였는데, 그는 경찰시보를 한쪽으로 데리고 가, 절대적으로 무엇인가 발생하여야 한다며, 제니를 간과한 것은 즉시 만회되어야 한다고 집요하게 명심시켰다. "제니에게 요청이 들어가지 않게 되면, 트라이벨가(家)에서의 만찬은, 혹은 적어도 우리의 참석은, 앞으로 영원히 의문시됩니다. 그건 결국 손실을 의미할 것이고…"

"우리가 어떤 경우에도 그걸 예방할 거라는 걸 제게 맡기십시오." 골다머는 두 명의 펠겐트로이의 손을 잡고 단호하게 상업고문관 부인에게 다가가, 그의 표현에 의하면, 만찬 참가자 모두의 대표로 선택된 자로서 노래를 청하였다. 사태의 작위적 성격을 놓쳐버릴 리 없는 상업고문관 부인은 짜증과 욕망 사이에서 망설였다. 하지만 제안자의 달변이 종국에는 승리를 거두었다. 크롤라는 다시 자리를 잡고, 잠시 후 제니의 가느다란, 전적으로 그녀의 여타 풍만함에 반대되는 목소리가 홀 전체에 울렸고 곧 사람들은 이 모임에서 익히 알려진 노래 가사를 들었다.

행복, 당신의 천 개 뽑기들 중에
오직 하나만을 선택하네.
금이 무슨 소용이란 말인가? 나는 장미와
그리고 꽃들의 순박한 장식을 사랑하네.

그리고 나는 숲속의 바람 소리를 듣고,
그리고 나는 펄럭이는 리본을 보며 —
눈에서 눈으로 시선을 교환하며,
그리고 당신의 손등에 입맞춤.

주고 받고, 받고 주고,
그리고 당신의 머리에 바람이 장난치네,
아, 오직 그것, 그것만이 인생이지,
마음이 마음과 짝을 이루는 곳.

이윽고 박수가 울려 퍼졌음은 말할 나위가 없었다. 거기에 나이 든 펠겐트로이의 언급이 뒤따랐다. "그 시대의 노래들은 (그는 특정 시간 대 언급을 피했다) 훨씬 아름다웠고, 말하자면 내적이었어." 그 언급 에 직접적으로 의견 표명을 요청받은 크롤라는 미소를 지으며 확인하 였다.

한편 미스터 넬슨은 베란다에서 공연에 귀 기울이며 이제 코린 나에게 말했다. "Wonderfully good. Oh, these Germans, they know everything… even such an old lady[아주 훌륭해요. 아, 이 독일인들, 그들은 뭐든지 할 줄 알아요… 심지어 저런 나이 든 부인까지도]."

코린나는 그의 입술에 손가락을 가져갔다.

잠시 후 모두들 떠나고, 집과 정원엔 사람이 없고, 내부 식당에서 분 주한 손들이 확장 가능한 테이블을 밀어 넣고, 외부 정원에서는 분수 물줄기가 철썩거리며 연못에 떨어지는 소리만 들렸다.

제5장

앞정원을 지나 상업고문관의 집을 떠나는 마지막 사람들 중에는 마르셀과 코린나가 있었다. 코린나는 평소와 다름없이 들뜬 기분으로 수다를 떨었는데, 이는 가까스로 억제되었던 사촌의 언짢음을 오직 증가시킬 뿐이었다. 두 사람은 결국 침묵하였다.

그렇게 5분 동안 두 사람은 나란히 걸어갔는데, 마르셀의 마음속을 매우 잘 아는 코린나가 대화를 다시 시작했다. "자, 이것 봐 친구님, 뭐예요?

"아무것도 아니야."

"아니라고요?"

"그래, 내가 왜 아니라고 하겠어, 기분이 언짢아."

"뭣 때문에요?"

"너 때문에. 네가 애착이 없어서."

"내가요? 나는 있는데…"

"너는 애착이 없어, 내 말은, 가족에 대한 의식이 없어, 아버지에게조차…"

"그리고 내 사촌 마르셀에게조차 없다는 것이죠…"

"아니, 그건 빼고 얘기해, 그건 문제가 아니야. 나에게는 하고 싶은 대로 해도 돼. 하지만, 너의 아버지는. 오늘만 해도 연로하신 아버지를 혼자 외롭게 두고 나와서 넌 말하자면 아무것에도 신경 쓰지 않아. 너는 아버지가 집에 계신지조차 모를 거야."

"물론 집에 계시죠. 오늘은 아버지 '저녁' 차례거든요. 모두 오시지는 않더라도 올림포스산의 몇 분은 분명히 계실걸요."

"그런데, 너는 외출해서 모든 것을 나이 든 사람 좋은 슈몰케에게 맡긴다고?"

"그건 내가 그분에게 맡길 수 있기 때문이죠. 나만큼 잘 알고 있잖아요. 모든 것이 술술 진행돼요. 그리고 지금쯤이면 아마 오더 강 가재와 모젤을 들고 계실 거예요. 트라이벨식 말고 슈미트 교수의 트라르바허 와인이지요. 아빠는 그것이야말로 베를린에서 유일하게 순수한 와인이라고 하세요. 이제 만족했나요?

"아니."

"그럼 계속해봐요."

"아, 코린나, 너는 모든 걸 그렇게 가볍게 생각하지. 네가 가볍게 생각하면서 해결했다고 생각하지. 하지만 그렇게 되지 않아. 만사는 결국에 현재 있는 그대로일 거야. 내가 식탁에서 너를 관찰해봤는데…"

"불가능해요. 마르셀은 젊은 트라이벨 부인에게 집중적으로 비위를 맞췄고 몇 번이나 그녀는 얼굴이 붉어지기까지 했어요…"

"나는 널 관찰했는데, 아이고, 가엾은 소년 레오폴트가 너에게 빠져들도록 네가 전혀 지치지 않고 보여준 과잉 교태는 정말 충격적이었어…"

마르셀이 이 말을 할 때쯤 그들은 쾨페닉 거리가 끝나고 인젤(섬) 다리 방향으로 교통도 없고, 사람들도 거의 보이지 않는 광장처럼 넓은 장소에 도달했다. 코린나는 사촌의 팔에서 자신의 팔을 뽑아 거리의 다른 쪽을 가리켰다. "이것 봐요, 마르셀, 만약 저쪽 편에 홀로 서 있는 경찰이 없다면, 나는 지금 사촌 앞에 팔짱을 끼고 서서 5분 동안 사촌을 비웃을 터인데. 내가 지치지 않고 그 가엾은 소년 레오폴트를 내게 빠져들게 했다는 게 무슨 말이죠? 사촌이 완전히 헬레네에게 빠지지만 않았더라도 내가 그와 두 마디조차 하지 않았음을 알았을 거예요. 난 오로지 미스터 넬슨과 대화했고 몇 번인가 분명히 사촌을 향해 이야기했죠."

"아, 그렇게 말하는 코린나, 너는 그 말이 얼마나 틀린지 알고 있어. 이것 봐, 넌 매우 영리하고 또한 그걸 알고 있어. 하지만 넌 영리한 많은 사람들이 하는 실수를 하고 있어. 다른 사람들을 실제보다 덜 영리하다고 생각하는 실수. 그래서 네가 내게 검은 것을 희다고 우길 수 있고 모든 것을 네가 원하는 대로 뒤틀며 증명할 수 있다고 생각하는 거야. 하지만 사람들은 눈과 귀가 있어서, 내 말을 허락한다면, 듣고 볼 정도로 충분히 갖추고 있어."

"그럼 박사님께서 듣고 보신 것은 뭐죠?

"박사님은 프로이라인 코린나가 그녀의 폭포 같은 말로 운이 없는 미스터 넬슨에게 덤벼드는 걸 듣고 보았지."

"나를 아주 으쓱하게 하네요."

"그리고 그녀는 — 내가 폭포 같은 말 말고 그 대신 다른 비유로 들자면 — 그녀는 실로, 두 시간 동안 공작 깃털 같은 그녀의 허영심을 턱 혹은 입술에서 균형을 잡으면서 세련된 곡예 예술의 극치를 보여주었어. 그리고 그 모든 것을 누구 앞에서? 혹 미스터 넬슨 앞에서? 절대 아니지. 저 좋은 친구 넬슨은 내 사촌이 그 위에서 이리저리 체조하는 공중그네에 불과해. 그 모든 것이 그를 위해 일어났고, 쳐다보고 경탄해야 할 그 사람은 레오폴트 트라이벨이야, 나는 내 사촌 동생이 아주 정확하게 계산해 놓았다는 것을 잘 알아챘어. 왜냐하면, 내 표현을 용서한다면, 나는 저녁 내내 이 레오폴트처럼 '홀딱 빠진' 사람은 아직 본 기억이 없기 때문이야."

"그렇게 생각해요?"

"응, 그렇게 생각해."

"자, 거기에 대해선 논할 수 있을 거예요. 하지만 저것 봐요⋯"

그리고 이때 그녀는 서서 — 그들은 방금 피셔(어부) 다리를 지났는데 — 그들 앞 저편에서 펼쳐지는 황홀한 광경을 가리켰다. 옅은 안개가 오른쪽, 왼쪽에서부터 넓은 물 표면 위로 아른거리며 떨어지는 빛을 완전히 흡수하지 않고 강 위에 퍼져 있었다. 한편 그 검은 윤곽이 다른 편 물가에 매우 또렷이 솟아있는 다소 둔해 보이는 교구 교회 탑으로부터 초승달이 두 손 거리도 되지 않게 떨어져서 푸른색 하늘 위에 걸려 있었다. "저걸 봐요," 코린나가 반복했다. "노래하는 시계탑을 저토록 선명하게 본 적이 없어요. 하지만 그걸 아름답다고, 요즘 유행처럼, 난 말할 수 없어요. 거기엔 높이 올라가는 도중 힘을 잃은 것처럼 뭔가 절반의, 미완의 것이 있어요. 거기에 나는 차라리 점점 가늘어지고 오직 높고 단조로운, 하늘을 향한 지붕널 첨탑이 좋아요."

그리고 코린나가 이 말을 하는 순간 저편에서 종소리가 울리기 시작했다.

"아," 마르셀이 말했다. "탑이 어쩌고저쩌고, 아름답다느니 아니라느니 말하지 마. 내겐 상관없고, 너도 마찬가지야. 그건 전문가들 사이에서 결정할 문제이고. 그리고 너는 그 모든 걸 원래 대화에서 벗어나기 위해 이야기하고 있어. 하지만 저편 종소리를 들어봐. '언제나 충순(忠純)하라'를 노래하고 있는 것 같아."

"그럴지도 모르죠. 그리고 그것이 유럽의 눈가림한 예절을 모르는 유명한 캐나다인 부분을 노래하지 못하는 건 유감이에요. 하지만 그렇게 좋은 것은 항상 작곡되지 않거나 혹은 아마도 불가능해요. 그런데 말해봐요, 그게 다 무슨 말이죠? 충성과 진심이라니. 정말 내게 그게 부족하다고 생각하니요? 누구에게 내가 불충실 죄를 졌다는 거죠? 사촌에게? 내가 맹세라도 했나요? 약속하고 그 약속을 지키지 않았다는 말인가요?"

마르셀은 침묵했다.

"사촌은 할 말이 없으니 침묵하는 거예요. 내가 사촌에게 여러 가지를 이야기할 터이니 사촌은 내가 충실하고 진심인지, 아니면 적어도 솔직한지, 둘 다 같은 말이지만, 스스로 결정할 수 있을 거예요."

"코린나…"

"아니, 내가 지금 이야기하겠어요. 우린 서로 친하지만 이건 진지해요. 충순. 나는 사촌이 충성과 진심인 걸 알아요. 그건 대단할 걸 뜻하지는 않지만. 나로 말하자면 역시 그렇다고 반복하여 말할 수 있어요."

"그리고 너는 여전히 연극을 하지."

"아니, 그렇지 않아요. 그리고 만약 내가 그렇게 한다면, 모두들 그걸 알 수 있도록 하지요. 나는 신중한 고려를 거쳐 확고한 목표를 세웠어요. 그리고 내가 '이것이 나의 목표야'라고 건조한 말을 하지 않는 것은 그와 같은 계획을 내세우는 것이 젊은 여성에게는 적절치 않기 때문이죠. 나는 교육 덕분에 상당한 자유를 누리지만 — 혹시 어떤 사람들은 해방이라고 하겠지만 — 그렇다고 내가 인습에 얽매이지 않는 그런 여성은 아니에요. 그 반대로 오랜 전통을 떨쳐버릴 생각은 없어요. 아가씨는 환심을 얻으려 하지 않고, 환심을 구하는 대상이다와 같은 오래된 좋은 격언."

"좋아, 좋아, 모두 당연하지…"

"… 하지만 물론 빛나고 번쩍이며 우리의 장점을 발휘하는 것은 이브의 오래된 권리지요. 그것 때문에 우리가 존재하는 그것이 발생될 때까지. 다른 말로 하면, 사람들이 우리에게 구혼할 때까지. 모든 것은 이 목표를 위한 거죠. 순간의 기분에 따라 사촌은 그걸 불꽃놀이 혹은 연극, 가끔은 모략 그리고 항상 말하는 교태라고 하죠."

마르셀은 고개를 흔들었다. "아, 코린나, 거기에 대해 나에게 강의하려고 하거나, 내가 어제 세상에 태어난 듯 말하지 마. 물론 나는 종종 연극이라고, 또 자주 교태를 이야기했어. 무슨 말을 못하겠어. 그리고 그런 말을 내뱉다 보면 스스로 모순되는 말도 하게 되고, 방금 꾸짖던 것을 다음 순간 칭찬하지. 솔직히 말하자면 하고 싶은 대로 연극을 해, 하고 싶은 대로 교태를 부리고. 나는 여성들의 세계나 세상 전반을 변화시키려 할 만큼 어리석진 않을 거야. 설사 그럴 수 있더라도 하지 않을 거야. 오직 한 가지만 말해야겠어. 네가 방금 이야기했듯이 빛나고 번쩍이는 것을 적절한 장소에, 그러니까 적절한 사람들에게, 맞고, 적합하고, 그럴 가치가 있는 곳에서 보여줘야 해. 하지만 너는 너의 솜씨로 적합한 주소에 가는 게 아니야. 설마 진심으로 이 레오폴트 트라이벨과 결혼하려고 생각하는 건 아니지?"

"왜 아니죠? 나에게 그가 너무 젊은가? 아니에요. 그는 1월 출생이고, 난 9월. 그러니까 여덟 달이나 앞섰는데."

"코린나, 넌 어떤지 잘 알고 있잖아. 그는 너에겐 맞지 않아, 왜냐하면 너에게 그는 너무 미미하기 때문이지. 너는 특별한 사람이고, 아마조금은 지나치게. 그리고 그는 간신히 평균이야. 그가 매우 좋은 사람인 건 난 인정해야 해. 자본가들이 심장 대신 가지고 있는 자갈이 아니라, 친절하고 인정도 많지. 또한 제법 사교적인 매너도 있고. 그리고 뒤러의 판화와 루핀[50]의 그림 삽화를 구분할 수 있어. 하지만 너는 그 옆에서 지루해서 죽을지도 몰라. 너는 너의 아버지 딸로서, 사실 어른보나 너 현명한 사람으로서, 단지 빌라에 살면서 때때로 몇몇 나이 든 궁중 부인들을 태워 오는 4륜마차를 갖기 위해, 혹은 2주마다 아돌라 크롤라가 퇴색된 테너로「마왕」을 노래하는 것을 듣기 위해 너의 진정한 행복을 저버리지 않을 거야. 그건 불가능해, 코린나. 넌 그런 하찮은 배금주의 때문에 그런 대수롭지 않은 사람 가슴에 뛰어들지 않을 거야."

"아니, 마르셀. 절대 뛰어들지 않을 거예요. 추근대는 건 나도 질색이죠. 하지만 레오폴트가 내일 우리 아버지를 찾아와 ― 나는 그가 아직 중심인물 대신 주변 인물의 호의를 먼저 확보하는 그런 부류에 속한다고까지 염려하는데 ― 그가 내일 찾아와 오빠의 사촌 코린나에게 청혼하면 코린나는 그를 택하고 'Corinne au Capitole[카피톨리움 언덕 위의 코린]'[51]처럼 느낄 거예요."

"그건 불가능해. 너는 착각하고 있어. 너는 장난하고 있는 거야. 그건 네가 너의 방식으로 몰두하고 있는 환상이야."

"아니, 마르셀, 착각하는 건 사촌이에요. 내가 아니고. 그건 내 진심이에요. 정말로. 그래서 나는 정말 조금 두렵기까지 해요."

"그게 너의 양심이지."

"글쎄. 아닐 수도 있고. 하지만 사촌에게 이것만은 분명 인정할 수

---

50   폰타네 당시의 시사 삽화가.
51   제르멘 드 스탈(1766~1817)의 소설『코린 혹은 이탈리아』를 빗대 하는 말. 제목의 주인공에게 로마의 카피톨리움 언덕에서 시인의 월계관이 씌워진다.

있어요. 신이 그것을 위해 나를 애당초 창조하신 그것, 그건 트라이벨의 공장 사업이나 목재집하장 그리고 아마 적어도 함부르크의 동서와는 가장 관련이 없어요. 하지만 지금 전 세상을 지배하고 있는 안락한 생활에 대한 애착이 다른 사람들과 마찬가지로 역시 나를 그 손아귀에 넣고 있어요. 사촌의 학교 선생님 귀에는 그토록 터무니없고 경멸을 받을 만하게 들릴지라도, 내겐 본위트와 리타우어 고급 여성 의류점이 아침 여덟 시부터 특이한 뒷마당, 뒷방 분위기를 갖고 와, 두 번째 아침 식사로 살라미 샌드위치 그리고 어쩌면 큄멜 화주 한잔을 얻어먹는 재봉사보다 더 좋아요. 그 모든 건 내게 극도로 혐오스러워요. 그건 덜 보면 볼수록 좋죠. 나는 작은 다이아몬드가 귀에서 반짝이는 것이 너무나 멋지다고 생각해요, 나의 장래 시어머니처럼… '스스로 절제하기', 아, 항상 되풀이되고, 설교되는 노래 가사를 알고 있지요. 하지만 내가 아무도, 아마 아빠 자신도 들여다보지 않는 그 두꺼운 책들에서 먼지를 털 때면, 그리고는 슈몰케가 저녁에 내 침대에 앉아 자신의 죽은 남편인 경찰관 이야기를 하면서, 그가 아직 살아있다면 베를린 경찰청장이 남편을 매우 좋게 여겼기에 이젠 자신의 관할구역이 있었을 것이라고, 그리고 그녀는 마지막으로 이렇게 말하는 거예요. '코린나야, 나는 아직 우리가 내일 무엇을 먹을까도 물어보지 않았네. 텔토산 순무는 지금 너무 안 좋아, 실로 모두 구더기투성이야. 그래서 난 돼지 뱃살고기와 스웨덴 순무가 어떨까 해. 남편도 항상 그걸 즐겨 먹었지' 그래, 마르셀, 그런 순간엔 난 아주 이상한 기분이 들어, 레오폴트 트라이벨이 내겐 한순간 내 인생 최후의 지주처럼 보이죠. 혹은 뭐랄까 그것으로 순풍이 나를 멀리 있는 행복의 해변으로 인도해 줄 준비된 큰 돛대처럼."

"아니면 폭풍이 불 때 너의 행복을 빠뜨려 버릴."

"기다려 보자고요, 마르셀."

그리고 이 말과 함께 그들은 구 라이프치히 거리로부터 라울레의 뜰로 접어들었고, 그곳으로부터 좁은 통로가 아들러 거리로 향하였다.

제6장

'

트라이벨가(家)에 모였던 사람들이 만찬을 마치고 일어난 같은 시간에, 슈미트 교수의 "저녁"이 시작됐다. 화관(花冠)으로도 불리는 이 "저녁"은 모든 성원이 모일 경우, 둥근 테이블과 붉은 베일에 싸인 기름 램프 주위로 일곱 명의, 대부분 교수 직함이 있는 고등학교 교사들을 소집했다. 우리 친구인 슈미트 이외에 다음 인물들이 있었다. 퇴직한 교장으로 모임의 최연장자인 프리드리히 디스텔캄프, 그다음으로 린트플라이쉬 및 한니발 쿠 교수, 그 두 사람에 정교사 임마누엘 슐체가 합류했다. 모두 대선제후고등학교 소속이었다. 마지막은 현재 상류층 소녀 기숙학교 프랑스어 교사이며 마르셀의 친구이자 학교 동무였던 찰스 에티엔 박사, 그리고 미술 교사 프리데베르크가 있었다. 그에게 몇 년 전 이 모임의 대다수를 장식하는 교수 칭호가 날아들었는데 — 아무도 그 이유와 그 출처를 몰랐다 — 그럼에도 불구하고 그의 명성에 도움이 되지 않았다. 그는 오히려 예전과 다름없이 대수롭지 않게 여겨졌고 얼마 동안은 심각하게, 그를 가장 반대하는 임마누엘 슐체의 제안에 따라, 이 모임에서 "내쫓아 버리는" 것이 논의되었는데, 그가 학문적으로는 소속감이 없더라도 그들 "저녁"에서 과소평가할 수 없는 중요성이 있다는 소견으로 우리 빌리발트 슈미트가 반대했다. "이보시오, 친애하는 친구들이여," 아마도 그렇게 그가 말했다. "우리끼리 있을 때는 항상 배려와 정중함으로 토론을 이어가고, 정도의 차이는 있어도 타인이 이야기하는 모든 것이 훨씬 낫고 — 우리가 겸손하다면 — 적어도 동급이라고 말할 수 있는 신념으로 살고 있습니다. 그리고 그건 사람을 무력하게 만듭니다. 나로 말하자면 적어도 내가 강연할 순서가 돌아오면 어떤 불편한 심정이, 가끔은 실로 높은 정도의 불안감을 떨칠 수 없음을 솔직히 고백합니다. 그와 같은 압박에 처한 순간 나는 항상 늦게 도착하는 우리의 프리데베르크가 들어오는 것을 봅니다. 물론 어색하여 미소 지으며. 나는 즉시 내 영혼에 날개가 다시 돋는 것을 느낍니다. 나는 더 막힘없이, 직관적이고, 명료하게 말합니다. 왜냐하면 나는 작지만 다시 청중을 얻었기 때문입니다. 한 명의 헌신적 경청자, 외양상으로만 대수롭지 않을 뿐이지, 그것은 의미가 있으며 가끔은 절대적으로 필요하기까지 합니다." 빌리발트 슈미트의 이런 따뜻한 변호로 프리데베르크는 모임에 남았다. 슈미트는 그러니까 스스로를 화관의 영혼으로 간주해도 좋았다. 그것의 명칭인 "그리스의 고아[52] 7인" 또한 그에게서 기인한 것이었다. 대개 반대 입장에 서 있고 그밖에 고트프리트 켈러 애호가인 임마누엘 슐체는 스스로 "강직한 7인의 부대"[53]를 제안했으나 그것은 성공하지 못하였다. 왜냐하면 슈미트가 강조하였듯이 이 명칭은 차용에 해당할 거라는 이유 때문이었다. "고아 7인"도 물론 마찬가지로 차용처럼 들리나, 그것은 단순한 귀와 감각의 착각이라는 것이다. 핵심이 되는 "고아" 첫음절 Waise의 "a"는 단번에 의미를 변화시키는 것은 물론 반어(反語)라는 상상할 수 있는 가장 높은 수준을 달성한다는 것이다.[54]

---

52 독일어 원어는 Waise.
53 스위스의 사실주의 작가(1819~1890) 고트프리트 켈러의 노벨레 제목이기도 하다.
54 이는 Waise(고아, 바이제)와 Weise(현자, 바이제)가 동음이의어란 사실에 기인한다.

말할 나위 없이 이 작은 동아리도 이 같은 모든 단체들과 같이 성원의 숫자만큼 파벌로 나뉘었으며, 대선제후고등학교에 다니는 세 명에게 같은 소속이라는 연대적 입장을 부여하는 점 말고도 서로 친인척 사이라는 점(린트플라이쉬와 쿠는 처남 매부 사이이고, 임마누엘 슐체는 사위였다), 바로 이 상황 때문에 나머지 4인은, 일종의 자기보존 본능에서, 마찬가지로 무리를 지어 의결에 있어서 대부분 의견을 같이하였다. 슈미트와 디스텔캄프에게 이는 더는 놀랄 일이 아닌 것이, 그들은 오래 전부터 친구였지만, 에티엔과 프리데베르크 사이에는 통상 서로 구별되는 외관에서뿐만 아니라 상이한 생활 습관에서 확연히 드러나는 깊은 심연이 열려 있었다. 매우 세련된 에티엔은 긴 방학 기간이면 추가 휴가를 내어 파리에 가는 것을 게을리하지 않았고, 그 반면에 프리데베르크는 겉으로는 자신의 그림 공부를 위해 볼터스도르프 수문(경치로 보면 타의 추종을 불허한다는)으로 철수하였다. 물론 이 모든 것은 핑계에 지나지 않았다. 진짜 이유는 상당히 제한적 재정 상황에서 손에 닿는 차선책을 붙잡고, 여러 해 동안 이혼 직전에 처해 있는 부인으로부터 자신이 몇 주라도 오직 떨어져 있을 목적으로 베를린을 떠난 것이었다. 구성원들의 말뿐만이 아니라 행동을 비판적으로 검토하는 모임에서 이런 핑계는 필연적으로 짜증나는 일이었을 것이다. 한편 상호 교류에서 솔직함과 정직은 "7인의 고아"의 현저한 특징은 결코 아니었으며, 오히려 그 반대였다. 그리하여 예컨대 모두들 "'저녁' 없이는 도저히 살 수 없다고" 확언하지만, 실제로는 오직 별달리 할 일이 없는 사람들이 왔음을 배제할 수 없었다. 극장이나 카드놀이가 훨씬 우선하였으며 그로 인해 부분적 모임이 상례였으며 전혀 놀랄 일이 아니었다.

하지만 오늘은 평상시보다 상황이 열악해 보였다. 조부로부터 물려

받은 벽시계가 벌써 30분을, 8시 30분을 쳤으나, 마르셀과 마찬가지로 집안의 친밀한 사람으로 계산되고, 손님이나 방문객으로는 고려되지 않는 에틴엔을 제외하고는 아무도 오지 않았다.

"어떻게 생각하나, 에티엔," 이제 슈미트가 그에게 말을 걸었다. "이런 태만을 말이야? 디스텔캄프는 어디 있나? 그자를 신뢰할 수 없다면 ('더글라스는 항상 충실했다'[55]), '저녁'은 와해 될 것이고. 그리고 나는 회의주의자가 되어 남은 생에 쇼펜하우어와 에두아르트 폰 하르트만[56]을 팔 아래 끼우고 다닐 것이네."

그가 이 말을 하고 있을 때, 밖에서 종소리가 울리고 잠시 후 디스텔캄프가 들어왔다.

"실례합니다, 슈미트, 늦었어요. 자네와 우리 친구 에티엔에게 세부 내용을 면제해 주겠네. 왜 늦게 왔냐는 토의는, 그것이 설사 사실일지라도, 병력(病歷)보다 더 나을 것이 없어. 그러니 그만두자고. 한편 지각했음에도 불구하고 사실 여전히 첫 번째라는 것이 놀랍군. 왜냐하면 에티엔은 어쨌든 거의 가족에 속하니까. 하지만 대선제후 친구들은! 그들은 어디 있나? 쿠와 우리 친구 임마누엘은 묻지도 않겠네. 그들은 처남과 장인의 종속물이니까. 린트플라이쉬, 하지만 이자는 ― 어디에 있나?"

"린트플라이쉬는 취소했네. 그는 오늘 '그리스 협회'에 있다고."

"아, 그건 바보짓이지. 그가 그리스 협회에서 뭘 원하나? 7인의 고아들이 우선이야. 그는 여기에서 더 많은 걸 찾을 거야."

"그래, 디스텔캄프, 자네는 그렇게 말하지. 하지만 그건 아무래도 좀

---

55   폰타네의 담시 「노섬버랜드의 봉기」. '2. 퍼시의 죽음'의 후렴구.

56   Eduard von Hartmann(1842-1906). 독일의 회의주의 철학자.

달라. 린트플라이쉬는 그러니까 양심의 가책이 있지, 난 혹시, 그가 또다시 양심에 가책이 있다고 할 수도 있겠네."

"그렇다면 더욱더 그는 여기에 속해. 여기서 고백할 수 있고. 한데 도대체 문제가 무엇인가? 무엇이야?"

"그가 또다시 실책을 저질렀어. 뭔가를 착각했는데, 비극 작가 프리니코스와 희극 작가 프리니코스인 것으로 아는데. 그렇지 않나, 에티엔? (그가 고개를 끄덕였다) 그리고 그의 학생들은 이제 랄랄라 그를 갖고 노래를 만들었어…"

"그래서?"

"그래서 날이 빠진 칼을 가능한 한도 내에서 갈아 다시 만회하여야 하는데, 거기에 '그리스 협회'는 그것의 명성과 함께 어쨌든 최상의 수단이지."

그사이 해포석 담배 파이프에 불을 붙이고 소파 구석에 앉은 디스텔캄프는 이 모든 이야기를 들으면서 유쾌하게 혼자 미소 지으며 말했다. "모두 허튼소리. 자네는 그걸 믿나? 난 아니야. 그리고 그게 사실이라면 대수롭지 않아. 실로 아무 의미도 없어. 그와 같은 실수는 항상 있기 마련이고 누구에게나 발생하지. 내가 자네에게 이야기 하나 하지, 슈미트. 내가 아직 젊었을 때 브란덴부르크 역사에 관해 학생들에게 강연할 때인데 당시 나에게 큰 영향을 주었던 것이 있었네."

"자, 말해보게. 무엇이었나?"

"그래, 무엇이었나. 솔직히 말해서, 나의 학문은, 우리의 좋은 브란덴부르크 선제후국에 관한 한 그리 대단하지도 않았고 지금도 그렇지 못하네. 그리고 내가 집에 앉아 최선을 다해 준비하면서 — 우리가 바로 첫 번째 왕을 다루었는데 — 온갖 전기들을 읽다가 그중에 노 장군

바푸스가 쓴 어떤 것을 읽었는데, 그는 당시 사람들 대부분과 같이 특출한 건 없어도 정직한 분이었어. 그리고 이 바푸스는 본[57] 포위 당시 젊은 장교에 대한 군법재판에서 의장을 맡았네."

"그래, 그래서. 자, 어떻게 되었나?"

"재판을 받는 자는, 과장 없이 말하면, 비겁하게 행동했고, 모두들 유죄로 보고 사형에 찬성했어. 나이 든 바푸스만이 유독 이에 반대하며 말하기를, '여러분 눈을 감아주게. 이 말은 해야겠어. 나는 30회나 적과 조우하였는데, 매번 서로 달랐네, 사람도 다르고 마음도 다르고, 특히 용기는 더욱 그러하였지. 나는 여러 차례 스스로 비겁하다고 느꼈어. 가능한 한 관용을 베풀어야 해, 왜냐하면 우리 모두가 그것이 필요하니까.'"

"들어보시오, 디스텔캄프," 슈미트가 말했다. "그건 좋은 이야기요. 그 이야기에 감사하네. 나는 연로하지만 그걸 명심하겠네. 왜냐하면 조물주는 알고 계시오. 나 역시 웃음거리가 될 짓을 했었음을. 학생들은 눈치 채지 못했더라도, 적어도 나의 눈에 띄지는 않았으니까, 나는 분명히 알았고 나중에 심히 화가 났고 수치스러웠소. 그렇지 않나, 에티엔? 그런 것은 항상 난처하지. 아니면 프랑스어 수업에서는 그런 일이 없나? 적어도 7월마다 파리에 가, 새 모파상 책을 가져온다면 그런 일이 발생하지 않는가? 그것이 아마 현재 최선의 방법이지? 약간의 악의를 용서하게나. 린트플라이쉬는 더구나 정직한 친구야, nomen est omen[노멘 에스트 오멘],[58] 그리고 사실 최고야, 쿠[59]보다도 낫고 특히[60] 우

<hr>

57 라인 강변의 지명.

58 "이름이 징조이다", 이름에 그 본질이 배어있다는 의미.

59 쿠(Kuh)는 암소의 의미도 있다.

60 원어 "namentlich"는 "이름 그대로의" 의미도 있다. 보통명사 린트플라이쉬 (Rindfleisch)는 "쇠고기"를 의미한다.

리 친구 임마누엘 슐체보다 나아. 그는 교활한데다 음흉하지. 그는 항상 히죽 웃고 자이스의 베일[61] 속을 어떻게든 어디선가 보았다는 인상을 풍기지만 그는 아직 멀었어. 왜냐하면 그는 많은 것이 남편인 그가 만족할 수 있는 것보다 더 베일에 싸여있거나 혹은 덜 싸여있다는 자기 부인의 수수께끼조차 풀지 못했어."

"슈미트, 자네는 오늘 한번 또다시 자네의 그 험담하기 좋아하는 날을 맞이했군. 방금 나는 가엾은 린트플라이쉬를 자네의 손아귀로부터 구해냈네. 이런, 자네는 개선을 약속하기까지 했고. 그리고는 또 불운한 사위에게 달려들고 있네. 더군다나, 내가 임마누엘에게서 뭔가 잔소리하자 치면, 그건 완전히 다른 사안일 걸세."

"그럼 그게 뭔가?"

"그가 전혀 권위가 없다는 거지. 그가 집에서 그것이 없다면, 자, 충분히 비극적이지. 하지만 그건 우리와 상관없어. 하지만, 내가 들은 바에 따르면, 그가 교실에서도 없다면, 그건 심각하네. 이보게, 슈미트, 정언적 명령이 점점 사라지고 있다는 것을 보는 것은 내 인생 말년에 나를 화나게 하고 고통을 주는 것이야. 그리고 나이 든 베버를 생각한다면! 그로 말하자면, 그가 교실에 들어서면 모래시계에서 모래가 떨어지는 소리가 들렸다는 거야. 그 어떤 학생도 속삭이거나 말하는 것이 가능하다고 기억하지 못했었고. 그리고 자기 자신의 목소리 말고는, 내 말은 베버 목소리 외에는, 호라티우스 책 페이지를 넘기는 소리 말고는

---

61   그리스 전설에 따르면 나일강 삼각주에 있었던 옛 이집트 도시 자이스에서는 베일에 싸인 신들이 숭배되었다. 실러의 담시 「자이스의 베일에 싸인 그림」과 노발리스의 미완 소설 『자이스의 제자들』에서 한 젊은이가 그림의 베일을 벗기는 죄악을 범한 결과 목숨을 잃는다.

들리지 않았어. 그래, 슈미트, 생각하면 그때가 좋았지, 그때는 교사와 교장을 할 만했지. 지금은 젊은 아이들이 커피집에서 다가와 하는 말이, '교장선생님, 다 읽으셨으면, 제가 좀…'"

슈미트는 웃었다. "맞아, 디스텔캄프, 아이들이 요즘 그렇지, 새로운 시대이고, 그건 맞아. 하지만 나는 그렇다고 불쾌할 순 없어. 자세히 살펴보면 이중 턱과 술 코가 있는 고관들은 어떠했나? 그들은 호메로스보다 부르고뉴 산 와인을 훨씬 잘 알고 있던 미식가였어. 누구나 예전의 단순했던 시간을 이야기하지, 바보 같은 허튼소리! 그네들은 톡톡히 폭음했음이 틀림없어. 강당의 그림을 보면 지금도 알 수 있지. 자신감과 엄격한 위엄. 그 모든 것을 그들은 갖고 있었고, 그건 그들에게 인정되어야 해. 하지만 그 외의 것들은 어떤가?"

"오늘보다는 낫지."

"그렇다고 볼 수 없네, 디스텔캄프. 내가 아직 학교 도서관을 감독할 때, 내가 더는 관련이 없어 다행인데, 나는 자주 학교 연보와 논문들 그리고 이전에 유행하던 '축사'들을 들여다보았네. 자, 나는 모든 시대가 스스로 특별하다고 생각하며, 우리 후대 사람들은 우리를 보고 웃을 거라는 것을 잘 알고 있지. 하지만 이것 봐, 디스텔캄프, 우리 지식의 현재 위치에서, 혹은 단순히 우리 취향에서 볼 때, 가발 쓴 박식함은 뭔가 끔찍한 데가 있고, 그들이 보여주는 거대한 거드름은 우리를 유쾌하게 할 뿐이지. 누구 아래서인지 모르겠으나, 로데가스트[62]라고 생각하는데 — 아마도 그가 로젠탈러[63] 앞에 정원이 있어서인지 — 당시 유

---

62 Samuel Rodegast(1649~1708). 찬송가사 시인으로 현존하는 베를린 인문 고등학교 "회색 수도원"의 교장이었다.

63 베를린 북쪽에 위치한 문.

행이 공개 연설이나 비슷한 것의 소재를 정원 가꾸기에서 가져왔었지. 그런데, 봐, 난 낙원의 원예학, 겟세마네[64] 정원의 상태, 그리고 아리마티아의 요셉[65] 정원의 추정적 조경에 대한 논문을 읽었네. 정원, 또 정원. 자, 어떻게 생각하나?"

"그래, 슈미트, 자네하고는 언쟁을 벌이기가 어렵지. 자네는 항상 특이한 것을 보는 눈이 있으니까. 그것을 자네는 끄집어내서, 자네 바늘에 꿴 다음 세상에 보여주지. 하지만 그 옆에 놓여있는 훨씬 더 적절한 것을 자네는 내버려 두는 거야. 우리도 나중에 웃음거리가 될 거로 자넨 적절하게 지적했지. 그런데 우리가 매일 저 낙원의 원예학적 연구보다 훨씬 터무니없는 연구에 빠져있지 않다고 누가 보장해 주겠나? 친애하는 슈미트, 결정적인 것은 항상 성격이네. 허영심이 아닌 선하고 정직한 우리 자신에 대한 믿음. Bona fide[보나 피데]. 선의를 가지고 우리는 나아가야 하지. 하지만 우리의 끊임없는 비판, 종국에는 역시 자기비판으로 우리는 mala fides[말라 피데스][66]에 빠져 우리 자신과 우리가 하는 말을 불신하게 되지. 그리고 우리와 우리의 과제에 대한 믿음 없이는 진정한 즐거움과 기쁨도, 은혜도, 무엇보다 권위도 없게 돼. 그리고 그게 내가 한탄하는 거야. 규율 없이 군대가 없듯이, 권위 없이는 교육 제도를 생각할 수 없어. 믿음도 마찬가지야. 꼭 옳은 것을 믿을 필요는 없지만, 그 무엇이라도 믿는 것이 중요해. 모든 믿음에는 신비한 힘이 있고 권위도 마찬가지야."

슈미트는 미소 지었다. "디스텔캄프, 나는 거기에는 동의하지 않아.

---

64 예루살렘 감람산 기슭 예수가 체포된 장소.
65 은밀한 예수의 추종자로 예수의 시신을 자신의 정원에 매장했다.
66 악의.

나는 이론상 인정하지만 실제에선 무의미해. 학생들 앞에 명망이 분명 중요해. 그 명망이 어떤 뿌리에서부터 나오느냐에 대해서만 우리는 서로 의견이 다르네. 자네는 모든 걸 성격으로 환원하며, 말은 하지 않지만 '그대들이 스스로를 신뢰하기만 한다면 다른 사람들도 그대들을 신뢰한다.'고 생각하지. 하지만 좋은 친구여, 그것이 바로 내가 반박하는 것이야. 자신에 대한 단순한 믿음, 혹은 나아가 자네가 내 표현을 허락한다면, 부풀어 오른 자만, 거만은 오늘날 통용되지 않아. 쓸모없는 권력 대신에 실질적 지식과 능력이 있는 현실 권력이 자리를 차지했네. 주위를 돌아보면 매일 볼 수 있는 것이, 슈피허른 전투[67]에 참전했고, 그로부터 어떤 장교의 풍모를 지닌 함머슈타인 교수는 자신의 학급을 지배하지 않고, 반면 미스터 펀치[68]와 이숭 곱사등이처럼 보이지만 두 배의 지력을 갖은 우리 아가톤 크누르첼은 맹금류의 얼굴로 자기 학급을 신에 대한 외경으로 지도하고 있어. 그리고 특히 우리 베를린 청소년들은 누가 어떤 역량이 있는지 단박에 알아. 만약 이전 선생 한 명이 긍지와 위엄으로 무덤에서 돌아와 낙원의 원예학적 묘사를 요구한다면 그의 자존감은 어떤 지경에 처할까? 3일 후면 풍자 잡지 《쿠당탕》에 패러디 감으로 출현해 학생들 스스로 그 전설의 시구절을 썼을 거야."

"하지만, 슈미트, 여전히 학교의 오랜 전통과 함께 고급 학문이 유지되거나 몰락해."

"나는 그렇게 생각하지 않아. 하지만 그렇다고 해도, 고귀한 세계관, 그러니까 우리가 그렇게 부르는 것이, 그 모든 것이 멸망해야 한다

---

67 독불전쟁(1870~1871) 당시 프로이센 군대는 1870년 8월 6일, 현재 독일과 프랑스 국경에 접해 있는 로트링엔의 슈피허른 고지를 많은 희생을 치르고 탈환했다.
68 영국 인형극의 어릿광대.

면, 자, 멸망하도록 내버려 둬. 그 스스로 연로한 아팅하우젠[69]이 말했지. '구질서는 무너지고, 시대는 변화한다.' 그리고 우리는 그와 같은 변화 과정 바로 앞에 서 있어. 아니 더 정확하게는 이미 그 안에 있지. 교회의 문제가 성직자들의 사안이었을 때가 있었다는 걸 자네에게 상기시킬 필요가 있겠나? 아직도 그러한가? 아니야. 이 세상이 상실한 것이 있나? 아니지. 구습은 이제 지나간 일이네. 우리의 학문 또한 그 예외는 아니지. 여기를 봐…" 그리고 그는 작은 옆 책상에서 큰 호화 장정을 끄집어냈다. "이것 봐. 오늘 내게 보내온 것인데 난 이걸 보유할 거네. 가격이 어떻든 간에. 하인리히 슐리만의 미케네 발굴.[70] 자, 디스텔캄프, 자네 의견은?"

"매우 의심스러워."

"그럴 수 있지. 자네는 오래된 견해로부터 떨어질 의도가 없으니까. 자네는 봉투를 붙이고 건포도를 팔던 사람이 그 오래전 프리아모스[71]를 발굴하는 걸 상상할 수 없어. 그가 나아가 아가멤논에까지 이르러 아이기스토스의 기념물인 갈라진 두개골[72]까지 찾는다면 자넨 매우 분개할거야, 하지만 난 어쩔 수 없네. 자네가 틀렸어. 물론 사람은 뭔가를 해내야 해. '여기가 로도스 섬이니, 여기서 뛰어보라.'[73] 하지만 괴팅엔

---

69 실러의 『빌헬름 텔』에 나오는 인물.

70 Heinrich Schliemann(1822~90)은 본래 상인이었다가 독학으로 고고학에 전념하고 트로이와 미케네 발굴로 유명해졌다.

71 트로이 전쟁(기원전 1190년 경) 당시 트로이의 왕.

72 아가멤논은 그리스 전설에 따르면 미케네의 왕으로 트로이 전쟁에서 그리스 군사 사령관이었다. 전쟁에서 돌아온 그는 아내인 클리템네스트라와 그녀의 정부 아이기스토스에 의해 살해당한다.

73 원문은 "hic Rhodus, hic salta". 이솝 우화 「허풍쟁이 5종경기 선수」에 나오는 널리 인용되는 문구로 로도스섬에서의 뛰어난 넓이뛰기 실력을 자랑하는 선수

대학을 나왔든, 초등학교를 나왔든 뛸 줄 아는 사람은 뛰는 걸세. 그런데, 여기서 중단하겠네, 난 처음부터 자네에게 혐오 대상인 슐리만으로 자네를 화나게 할 마음은 없어. 이 책들은 단순히 프리데베르크 때문에 여기 있는 건데, 동봉된 그림들 때문에 그에게 물어볼 것이 있어서야. 그가 오지 않는 이유, 아니 정확히 아직 오지 않는 이유를 모르겠어. 왜냐하면 그가 온다는 것은 의심할 바 없고, 그렇지 않다면 편지를 했겠지, 그는 예절 바른 사람이니까."

"맞아요, 그는 그렇죠," 에티엔이 말했다. "그건 그가 유대인 출신이니까요."

"정말 그대," 슈미트가 말을 이었다, "하지만 송국에 가서는 어디서 그것이 왔는가는 중요하지 않아. 나는 가끔 나 자신이 원조 게르만 사람으로서 약간의 세련됨과 예절의 공급원을 갖고 있지 않은 걸 애석하게 생각해. 똑같을 필요는 없을 거야. 토이토부르크 숲과 조야함[74]의 끔찍한 연관성은 실로 가끔은 성가시지. 프리데베르크는 막스 피콜로미니[75]와 같이, 사랑에 있어서는 물론 여티 그에게 모범이 되지 못하지만, '친절의 예절'을 항상 일구는 사람인데, 그의 학생들이 항상 그것을 올바로 이해하지 못하는 것은 실로 안타까울 따름이야. 다시 말해서, 학생들이 그와 상관없이 제멋대로 행동하니까…"

"습자, 제도 교사의 오래된 운명…"

에게 군중들이 기량을 지금 반복해 보라고 요청한다.

74 서기 9년 토이토부르크 숲 전투에서 로마군은 체루스커 우두머리인 아르미니우스에 의해 전멸당했다. 슈미트가 암시하는 바는 서기 98년경 로마의 역사가 타키투스의 지리, 인류학적 저작『게르마니아』에서 처음으로 묘사된 야만적이고 원시적인 고대 게르만의 특성이다.

75 실러의『발렌슈타인』에 나오는 젊은 주인공.

"물론이지. 그리고 결국에는 그렇게 되어야 하고 그렇게 되고 있네. 하지만 까다로운 문제는 그만하고. 대신 미케네로 되돌아와서, 자네는 황금 마스크[76]에 대해 의견을 말해보게. 여기에 아주 특별한 것, 그러니까 상당히 본질적인 것이 있다는 게 확실해. 매장될 때 아무나 황금 마스크를 쓸 수는 없었겠지. 오직 제후들만, 그러니까 오레스테스나 이피게니아의 직계 조상들일 가능성이 매우 높아. 그리고 이 황금 마스크들이 오늘날 우리가 석고 마스크나 밀랍 마스크를 만들 듯이 정확하게 얼굴대로 만들어졌다고 생각하면, 여기 이것"— 그러면서 그는 펼쳐진 그림 페이지를 가리켰다 —"여기 이것이 아트레우스 혹은 그의 아버지 혹은 그의 삼촌의 얼굴일거로 적어도 인정될 수 있다는 생각에 심장이 뛰네…"

"그의 삼촌이라 해 두지."

"그래, 자네는 또다시 비웃는군, 디스텔캄프. 자네는 내게 빈정대는 걸 금지시키지 않았나. 그리고 이 모든 것은 자네가 그 사안 전부를 불신하고 또한 그가, 그러니까 물론 슐리만이 학교 시절 슈트레리츠와 퓌르스텐베르크[77]와 같은 작은 마을들을 벗어나지 못했음을 잊을 수 없기 때문이야. 하지만 비르효[78]가 그에 대해 하는 말을 읽어봐. 비르효는 자네도 인정하는 사람일 걸세."

이 순간 사람들은 밖에서 벨소리가 나는 걸 들었다. "아, lupus in

76　미케네의 무덤에서 슐리만은 아가멤논의 데스마스크를 포함하여 여러 황금가면을 발견하였다.

77　슐리만은 슈트레리츠에서 학교를 다녔고, 퓌르스텐베르크에서 상인 도제였다. 1866년부터 고고학을 공부하여 1869년 박사학위를 취득했다.

78　Rudolf Virchow(1821~1902)는 세포병리학을 정립한 독일의 히포크라테스라 불리었고 제국의회 의원이며 슐리만의 친구이자 후원자였다.

fabula[루푸스 인 파불라][79] 그가 왔군. 우리를 곤경에 처하게 하지 않을 거로 알고 있었지…"

그리고 슈미트가 이 말을 하자마자 프리데베르크가 벌써 들어왔다. 그리고 아마도 격렬한 뜀박질로 인해 붉은 혀가 밖으로 쭉 빠져나온 귀여운 검은색 복슬개가 나이 든 두 신사들에게 뛰어들어 번갈아 가면서 슈미트와 디스텔캄프에게 꼬리를 치는 것이었다. 개는 너무 우아한 에티엔에게는 접근할 엄두를 내지 못했다.

"맙소사, 프리데베르크, 어디서 오기에 이리 늦었소?"

"아, 예, 매우 애석하게도요. 하지만 여기 핍스가 너무 심하게 장난치고, 아니면 나에 대한 사랑이 너무 지나쳐서요. 사랑에 지나치다는 것이 가능하다면 말이죠. 저는 개를 가두었다고 생각하고 제시간에 출발했지요. 문제없이 말이죠. 그리고 무슨 일이 생겼는지 아세요? 이곳에 도착하자, 누가 있는지, 누가 날 기다리고 있는지 말이에요. 물론 핍스죠. 저는 다시 집에 데려다가 나의 좋은 친구, 수위에게 그를 넘겨주었어요. 베를린에서는 당연히 후원자라고 해야겠지요. 하지만, 하지만 저의 모든 노력과 친절한 말의 결과가 무엇이겠습니까? 여기에 다시 도착하자마자, 핍스도 또다시 와 있는 거예요. 어떻게 할 수 있겠습니까? 싫든 좋든 개를 데리고 들어왔고 저와 개에 대해 사과드립니다."

"상관없다네," 슈미드가 동시에 다정하게 개를 신경 쓰며 밀했다. "호감 가는 동물이야. 잘 따르고 쾌활하고. 프리데베르크 이것 보게, 이름을 어떻게 쓰나? f로 쓰나 아니면 ph로? Phips로 쓰면 영어로 더 세련되고. 그런데 그의 이름을 뭐라고 쓰든 간에 그 개는 오늘 저녁 초대

---

79 '우화 속 늑대'. 호랑이도 제 말 하면 나타난다.

받은 환영받는 손님이네. 부엌 간이식탁 자리에 반대하지 않는다는 조건이라면. 나의 훌륭한 슈몰케는 내가 보증하지. 그녀는 복슬개를 좋아해. 그리고 그녀가 개의 충성심 이야기까지 듣는다면…"

"그러면," 디스텔캄프가 말을 거들었다. "특별 간식을 안 주기 힘들 것이요."

"물론이야. 그리고 그 점에서 나는 우리의 좋은 슈몰케에 진심으로 동의하오. 왜냐하면 오늘날 누구나 이야기하는 충성심은 사실 점점 보기 힘들어지고 핍스는 자기 동내에서 내가 알기로는 무료로 설교하고 있어."

분명 가볍고도 농담처럼 내뱉은 슈미트의 이 말이 상당히 진지하게 그가 통상 마침 비호하는 프리데베르크에게로 향했는데, 도시 사람들이 다 아는 그의 불행한 결혼사는 무엇보다도 충성심의 결정적 결핍, 특히 볼터스도르프 수문에서의 그의 그림 및 풍경 연구와 관련 있었다. 프리데베르크는 역시 놀림을 분명 즉각 아주 잘 감지하고는 슈미트를 향한 친절한 말로 이 사태에서 벗어나려고 했으나, 그에 이르지 못하였는데, 바로 이 순간 슈몰케가 들어와 다른 신사들에게 절을 하고 나서 교수의 귀에 "모든 준비가 되었다고" 속삭였기 때문이었다.

"자, 나의 친구분들, 이쪽으로…" 그리고 디스텔캄프의 손을 잡고 그는 홀을 지나 거실로 걸어갔다. 그곳에는 저녁 식탁이 차려져 있었다. 이 집에는 엄밀히 말해 식당은 없었다. 프리데베르크와 에티엔이 뒤를 따랐다.

제7장

그 방은 하루 전 코린나가 상업고문관 부인을 영접했던 같은 방이었다. 방 한가운데에 촛불과 와인 병들로 잘 차려진 식탁이 네 명을 위해 준비되어 있었다. 그 위로는 램프가 걸려 있었다. 슈미트는 창의 문설주를 뒤로 하고, 자신의 친구 프리데베르크와 마주 앉았다. 프리데베르크는 동시에 앉은 자리에서 거울을 바라보고 있었다. 반짝거리는 황동 촛대 사이로 몇몇 시장에서 획득한 도자기 꽃병들이 서 있는데 ― 반은 이 모양을 반은 물결 모양의 입구를 가졌다고[80] 슈미트가 말했다 ― 거기에는 꽃무와 물망초의 작은 꽃다발이 자라고 있었다. 와인 잔 앞에 비스듬히 캐러웨이 열매가 든 빵이 놓여있었는데, 주인은 모든 캐러웨이와 관련하여 어떤 형태이든 간에 건강에 유익한 것이 특별히 많다고 생각하였다.

메인 요리가 아직 나오지 않았고, 슈미트가 모임 정관에 규정된 트라르바허 와인을 이미 두 번 따른 다음, 캐러웨이 빵의 바삭바삭한 양쪽 끝부분을 역시 떼어냈다. 멍벽히 언짢음과 조마심의 심한 조짐을 보이려 할 순간, 드디어 거실로 들어오는 문이 열리고 흥분과 아궁이 불로 인해 얼굴이 붉어진 슈몰케가 오더 강의 게가 들어 있는 커다란 그릇을 자기 앞으로 들고서 들어왔다. "다행이군," 슈미트가 말했다. "

---

80   dentatus et undulatus[덴타투스 에트 운둘라투스].

인을 거의 그르쳤다고 생각했었소." 부주의한 발언은 그녀의 충혈을 증가시켰고, 그녀의 좋은 기분을 역시 매우 침잠하게 만들었다. 자신의 실수를 재빨리 알아챈 슈미트는 현명한 전략가답게 몇 가지 친절한 말로 사태를 다시 해소시켰다. 물론 절반만의 성공이었다.

다시 그들만 남게 되자 슈미트는 친절한 주인 노릇을 게을리하지 않았다. 물론 자신만의 방식으로. "이것 봐요, 디스텔캄프, 여기 이건 자네 거요. 그건 큰 것과 작은 집게발이 있고 그것들은 항상 최고지. 자연에는 단순한 유희 이상의 유희가 있고, 현명한 자들에게 이정표 역할을 하지. 예를 들어 과육이 붉은 오렌지와 딱지 반점이 있는 보르스도르프 사과가 거기에 속하지. 기정사실인 것은 딱지 반점이 많을수록, 더 아름답지… 우리 앞에 놓인 것은 오더 늪지에서 잡은 거야. 내가 정확히 보고받았다면, 퀴스드린 지역에서야. 바르타 강과 오더 강의 결합으로 특별히 좋은 결과가 성사된 것 같아. 그런데 프리데베르크, 자네는 원래 그쪽 출신이 아닌가? 반쪽 노이마르크 아니면 오더부르흐 사람." 프리데베르크가 이를 확인했다. "그렇게 알고 있었지. 내 기억은 속인 적이 거의 없다니까. 그리고 말해보게, 친구. 자네 경험에 따르면 우리가 오더 습지 게를 엄격히 지역 생산물로 간주해야 하나, 혹은 이것을, 그것의 수확 지역이 곧 브란덴부르크 전 지역으로 펼쳐지는 베르더[81] 산버찌와 같다고 해야 하나?

"그렇다고 생각합니다," 프리데베르크가 대가다운 포크 움직임으로 가시 달린 껍질로부터 희고 장밋빛으로 빛나는 게 꼬리를 들어내면서 말했다. "여기 정식 깃발 아래 출항되어 이 그릇에 진짜 오더 강 게

---

81 포츠담 근처에 위치.

가 있다고 생각합니다. 단지 이름뿐만이 아니라, de facto[데 팍토][82], 진품이지요."

"De facto[데 팍토]," 프리데베르크의 라틴어 구사 능력의 내막을 알고 있는 슈미트가 유쾌한 듯 미소 지으며 반복했다.

프리데베르크는 하지만 계속했다. "말하자면 많은 양이 퀴스트린 근방에서 잡힙니다. 그럼에도 예전 같지는 않고요. 저는 아직도 훌륭한 물건들을 직접 봅니다만, 사람들이 예전에 관해 이야기하는 것에 비하면 물론 아무것도 아니죠. 당시, 100년 전 혹은 그 이전에는 게가 너무 많아 늪지 전체에 5월 홍수에 물이 빠지고 나서 나무를 흔들면 수십만 마리가 떨어졌습니다."

"정말 유쾌하게 웃을 수 있겠네요." 미식가인 에티엔이 말했다.

"네, 여기 이 식탁에서는요. 하지만 그 지역에서는 사람들은 웃지 않습니다. 게들은 마치 재앙 같았어요. 물론 모두 가치 절하되었지요. 그것들은 식량으로 공급받을 주민들에게 미움을 받았고, 사람들의 위장에 거부감을 야기해서 농가의 하인들에게는 일주일에 세 번 이상 제공하는 것이 금지되었습니다. 게 60마리가 1페니히였으니까요."

"슈몰케 부인이 그걸 듣지 않아 다행이네." 슈미트가 끼어들었다, "그렇지 않았다면 그녀 기분이 두 번째로 망쳤을 거야. 진정한 베를린 사람으로 그녀는 언제나 절약하길 원하지. 그녀는 '60마리에 1페니히' 시대를 완전히 놓쳐버렸다는 사실을 차분하게 이겨내지 못할 거야."

"그것에 대해 조롱하면 안 되네, 슈미트," 디스텔캄프가 말했다. "그건 다른 많은 것들과 더불어 현대 사회에서 점점 더 사라져가는 미

---

82 사실상.

덕이야."

"그렇지, 자네 말이 맞네. 하지만 나의 사람 좋은 슈몰케는 이 점에서 les défauts de ses vertus[레 데포 드 세 베르튀][83]를 또한 갖고 있지. 그렇게 말하지 아마, 에티엔?"

"맞습니다." 에티엔이 말했다. "조르주 상드[84] 작품에서죠. 그리고 'les défauts de ses vertus'와 'comprendre c'est pardonner[콤프랑드르 세 파르돈네]'[85]가 그녀가 애당초 그것 때문에 살았던 두 가지 원칙이라고 거의 말할 수 있겠어요."

"그리고 또한 알프레드 드 뮈세[86] 때문일 수도."라며 고전에 관한 지식과는 별개로 현대 문학의 애호가적 명망을 보여줄 수 있는 기회가 지나치는 것을 원치 않는 슈미트가 보충해서 말했다.

"그렇죠, 말하자면, 알프레드 뮈세 때문이기도 하지요. 하지만 그것은 다행스럽게도 문학사가 간과하고 있는 것들입니다."

"그런 말 하지 말게, 에티엔, 다행이라니. 애석하지만이라고 하게. 역사는 무엇보다 붙잡아야 할 것을 거의 항상 지나쳐 버리지. 프리드리히 대왕은 말년에, 내가 그 이름을 잊어버린 당시 최고법원 재판장 머리 위로 지팡이를 던졌어. 내게 더욱 중요한 것은, 그가 꼭 자신의 개 옆에 매장되고자 했네. 그 이유인즉, 그가 인간, 이 '비열한 종족'을 근본

---

83 미덕의 나쁜 측면.

84 프랑스 작가 오로르 뒤팽(1804~76)의 필명. 자신의 연애사뿐만 아니라 사회주의 이념과 불행한 결혼의 분리 가능성을 옹호하는 그녀의 소설로 당시 프랑스에서 큰 주목을 끌었다.

85 이해하는 것이 용서하는 것이다.

86 시인, 노벨레 작가, 극작가인 Alfred de Musset(1810~57)는 19세기 30년대 조르주 상드와 친분이 있었다.

적으로 경멸했기 때문이라는 거야. 이것 봐, 친구, 그것은 적어도 나에 겐 호엔프리트베르크나 로이텐과 같은 가치가 있어. 그리고 유명한 토르가우[87]에서의 연설, '건달들아, 너희는 영원히 살기 원하느냐'가 내겐 토르가우 자체보다 더 의미 있네."

디스텔캄프는 미소 지었다. "그건 정말 슈미트식이네. 자넨 항상 일화나 풍속화 같은 것을 좋아했지. 내겐 역사에서 오직 위대한 것이 중요하고, 사소한 것이나 부차적인 것은 의미가 없어."

"맞고도 틀렸네, 디스텔캄프. 부차적인 것은, 그 정도까지는 사실인데, 그것이 단순히 부차적일 때, 그 속에 들어있는 것이 없을 때 가치가 없지. 하지만 뭔가 그 속에 있으면 그건 중요한 사건이지. 왜냐하면 그것은 우리에게 항상 본래 인간적인 것을 보여주기 때문이야."

"자네 말은 시적으로는 일리가 있을 수 있겠지."

"시적인 것은 — 그 말을 우리 친구 제니 트라이벨과는 다른 식으로 이해한다면 — 시적인 것은 항상 옳아. 그건 역사적인 것을 훨씬 능가해."

이것은 슈미트가 즐겨 다루는 화제였다. 거기에서 그 무엇보다 오랜 낭만주의자로서 슈미트는 자신의 진가를 보여주었다. 하지만 오늘 자신의 장기를 발휘하는 것이 허용되지 않았다. 왜냐하면 그가 무게 있는 토론을 시작할 자세를 잡기 직전, 현관으로부터 목소리가 들려와서다. 그리고 다음 순간 마르셀과 코린나가 들어왔다. 마르셀은 당황하고 거의 기분이 상해 있었고, 코린나는 여전히 기분이 좋았다. 그녀는 디스텔캄프에게 다가가 인사를 하였는데, 그는 코린나의 대부이

---

87 Hohenfriedberg, Leuthen, Torgau는 프리드리히 대왕이 각각 1745년, 1757년, 1760년 승리한 전투 지명.

며 그녀에게 항상 자상한 말을 해 주었다. 그런 다음 그녀는 프리데베르크와 에티엔과 악수하고 마지막으로 — 그녀의 요청으로 부친이 넓게 붙들어 맨 냅킨으로 입술을 닦아낸 다음 — 아버지께 다정한 입맞춤을 하였다.

"자, 얘들아, 무슨 일이 있었니? 이리 오거라. 얼마든지 자리가 있어. 린트플라이쉬는 못 온다고 연락이 왔고… 그리스 협회… 그리고 다른 두 명은 부록으로 당연히 빠졌고. 하지만 빈정거리는 말은 더는 하지 말아야지. 사실 난 개선하기로 맹세했고 그걸 지키겠다. 자, 코린나는 저쪽 디스텔캄프 옆에, 마르셀은 여기 에틴엔과 내 사이에. 슈몰케가 식탁을 분명히 즉시 차려줄 거야… 자, 그렇게 옳지… 얼마나 당장 달라 보이는가! 그렇게 틈이 벌어져 있으면 나는 항상 밴쿠오[88] 장군이 나타나는 생각을 하지. 자, 다행히 마르셀, 자네한테는 밴쿠오의 모습이 크게 보이지 않지. 혹은 그렇다고 쳐도 자네는 자네 상처를 숨길 줄 알아. 그리고, 자, 얘들아, 이야기해 보렴. 트라이벨은 어떠니? 나의 친구 제니는? 노래를 불렀니? 틀림없이 영원한 노래, 나의 노래, 유명한 구절 '마음이 마음과 짝을 이루는 곳'일테고, 아돌라 크롤라가 반주했겠지. 내가 크롤라의 마음을 한번 읽을 수 있다면. 하지만 그는 아마 더 온화하고 게다가 더 인간적일 거야. 매일 저녁 두 번씩 만찬에 초대받고 적어도 하나 반에 참가하는 사람은… 자 그럼, 코린나야, 벨을 울려라."

"아니에요, 제가 직접 갈게요, 아빠. 슈몰케는 벨을 울리는 걸 좋아하지 않아요. 그녀는 자신과 그녀의 세상을 떠난 남편에게 무엇을 빚

---

88 셰익스피어의 희곡 『맥베스』 3막 4장에서 살해당한 밴쿠오 장군의 유령이 나타나 연회장의 빈자리에 앉는다.

지고 있는지 자신의 생각을 갖고 있어요. 그리고 제가 다시 돌아올지, 신사분들께서는 용서하세요, 모르겠어요. 오지 않을 거예요. 트라이벨 가(家)에서 그와 같은 하루를 보내고 나면, 어떻게 그 모든 것들이 일어났고 이야기 들었던 모든 것들을 반추하는 것은 가장 아름다워요. 마르셀이 저 대신에 보고할 수 있답니다. 그리고 한 가지만 말씀드리자면, 매우 흥미 있는 영국인이 저의 식탁 이웃이었습니다. 그가 그토록 흥미 있었다는 걸 여러분들이 혹 믿지 않으신다면, 저는 이름만 말씀드리면 되겠어요. 그의 이름은 그러니까 넬슨이었습니다. 그럼 이제, 안녕히!"

그리고 그 말로 코린나는 작별인사를 했다.

마르셀의 테이블이 차려졌다. 그리고 오직 자기 삼촌의 좋은 기분을 방해하지 않기 위해 맛보기로만 게를 청하자 슈미트가 말했다. "어서 시작하기나 해. 아티초크와 게는 트라이벨 만찬에서 돌아와서도 언제든 먹을 수 있지. 바닷가재에도 해당되는지는 미결로 놓아두자고. 나 개인적으로 바닷가재는 항상 맛이 있었어. 그런 종류의 질문으로부터 결코 벗어나지 못하는 건 특이한 일이야. 살다 보면 단순히 변화만 있을 뿐이야. 젊을 때는 '예쁘지 않으면 못생긴', '흑갈색 아니면 금발'이고. 그 시기가 지나면, 이번에는 아마 더 중요한 질문 앞에 서게 되지. '바닷가재 혹은 게'. 우리는 거기에 대해 투표할 수도 있겠지. 반면, 나는 이것만큼은 인정할 수 있어. 투표란 항상 활기가 없는 무엇이고 상투적인 데가 있고 그 밖에도 나와는 잘 맞지 않아. 사실 나는, 우박 피해를 당한 보리처럼 저기 앉아 있는 마르셀을 대화에 끌어들이고자 해. 그러니까 질문을 논의해 보자고, 토론을. 마르셀, 말해보게. 자네는 어떤 걸 선호하는가?"

"물론 바닷가재지요."

"젊은이는 쉽게도 말하는군.[89] 처음에는 거의 예외 없이 모든 사람이 바닷가재를 택하지, 빌헬름 황제[90]를 끌어들일 수 있기 때문이야. 하지만 그것이 다가 아니야. 물론, 그와 같은 바닷가재가 잘려서 우리 앞에 놓여, 훌륭한 붉은 어란, 축복과 번식의 상징이 사람들에게 '영원히 바닷가재가 있을 것'이라는 추가적 확신을 준다면, 영겁이 지난 다음에도 오늘과 다름없이 그대로…"

디스텔캄프는 자신의 친구 슈미트를 곁눈질하였다.

"… 그러니까 영겁이 지난 다음에도 인간들이 이 하늘의 선물을 즐길 수 있다는 확신을 주지 ─ 맞아, 친구들이여, 이런 영원의 감정에 스며든다면 그것의 인도주의적 측면은 의심할 바 없이 바닷가재와 거기에 대한 우리 입장에 도움이 될 것이네. 왜냐하면 박애주의적 충동이란, 그렇기 때문에 사람들은 박애주의를 사욕에서 실천하지만, 건강하고도 동시에 정제된 취향의 확장을 의미하지. 선한 모든 것은 그 자체가 보상이야, 그건 부인할 수 없어."

"하지만…"

"하지만 신의 섭리는 여기에서도 나무들이 하늘까지 자라게 나두지 않았어. 그리고 거대한 것 옆의 작은 것들은 그것의 자격뿐만 아니라 장점 또한 지니고 있지. 물론 게에게는 이런저런 것이 부족해. 그것은 말하자면 프로이센과 같은 군국주의 국가에서 여전히 큰 의미가 있는 '규모'가 없어. 하지만 그럼에도 불구하고 그것 역시 말할 수 있지, 나는 무의미하게 살지 않았다고. 그리고 파슬리 버터를 바른 그 게가,

---

89   실러의 희곡 『발렌슈타인의 죽음』 2막 2장에서의 인용구.
90   Kaiser Wilhelm I.(1797~1888) 1861년 프로이센 왕, 1871년 독일 황제.

온갖 식욕을 돋울 만한 매력으로 우리 앞에 나타났을 때 그건 진정한 우월의 순간을 맞이하는데, 압권은 원래 먹는 데 있는 것이 아니라 들이마시고 빨아 마시는 데 있어. 바로 이것이 풍미의 세계에서는 그것의 특별한 장점이라는 걸 누가 부인하겠나? 그것은 말하자면 가장 자연스러운 것이야. 유아에게는 사실 젖을 빠는 것이 동시에 생존을 의미하지. 하지만 학기가 오래된 학생들에게도…"

"슈미트, 됐네." 디스텔캄프가 말을 중단시켰다. "자네가 호메로스와 하물며 슐리만 이외에 그토록 애착을 갖고 요리책 같은 것을 다루는 것이 내겐 항상 의아했어. 순전히 메뉴의 문제를 마치 자네가 은행가와 금전 제후에 속하는 양. 나는 일반적으로 그들은 좋은 음식을 먹는다고 추정하지만…"

"의심할 여지가 없지."

"자, 이것 봐 슈미트, 금융 자본가들은, 이건 내가 내기를 할 수 있는데, 자네의 즐거움과 열정의 반도 안 되게 거북이 수프에 관해 이야기하지."

"디스텔캄프, 그건 맞아. 아주 당연하지. 나는 이 신선함이란 걸 갖고 있어. 모든 것에서 중요한 건 신선함이지. 신선함은 사람에게 기쁨, 열정, 흥미를 주고, 신선함이 없는 곳에는 아무것도 없어. 인간이 영위할 수 있는 가장 가련한 인생은 petit crevé[쁘띠 크레베][91]의 인생이야. 허우적거릴 뿐이지. 그 속에는 아무것도 없어. 에티엔 내 말이 맞나?"

파리와 관련된 모든 문제라면 항상 권위자로 소환되는 이 사람이 동의하며 끄덕였다. 디스텔캄프는 논란거리를 멈추고, 혹은 일반적 미식

---

91 졸장부.

가 사안에서 유명한 개별적 미식가로 방향을 돌리면서 능숙하게 쟁점에 새로운 방향을 주었다. 우선 루모르 남작과 곧이어 자신과 개인적으로 친분이 있는 퓌클러 무스카우 남작을 언급했다. 특히 이 마지막 인물은 디스텔캄프에게 열광의 대상이었다. 누군가 장차 현대적 귀족의 본질을 역사적 인물을 통해 입증하려 한다면, 항상 퓌클러 제후를 표본 모델로 삼아야 할 것이라고. 그는 전적으로 매력적인 사람으로서, 물론 조금은 변덕스럽고, 허영심과 오만함이 있었으나 지극히 좋은 사람이라는 것이다. 그와 같은 인물들이 사라지는 것은 유감이라고. 이와 같은 서론을 마치고 그는 특히 무스카우와 브라니츠 성(城)에 대해 전하기 시작했는데, 이전에 그는 자주 그곳을 여러 날 동안 방문하여 멀고 가까운 곳 이야기를 마치 동화와 같은, 『세밀랏소의 세계 여행』[92]으로부터 데려온 아비시니아 여인과 함께 나누었다.

슈미트는 특히 그의 지식과 성품 전반에 꾸밈없는 존경심을 가지고 있는 디스텔캄프로부터 이런 종류의 이야기를 듣는 것을 그 무엇보다 좋아했다.

마스셀은 이 연로한 교장을 향한 호감을 전적으로 공유하고 ― 비록 베를린 출생이었으나 ― 게다가 얌전히 그리고 관심을 갖고 경청할 줄 알았다. 그럼에도 불구하고 그는 오늘 질문에 또 질문을 하였는데, 이것은 그가 완전히 산만해 있음을 입증해 주었다. 사실 그는 다른 일에 관심이 가 있었다.

그렇게 열한 시가 되었고 종소리와 함께 ― 슈미트의 말문이 중간에

---

92 익명 세밀랏소는 반쯤 지친을 뜻하며, 『세밀랏소의 세계 여행』 등 아프리카와 동방 여러 나라 여행기들과 소설을 집필했던 퓌클러 무스카우는 아비시니아 (에티오피아)에서 한 흑인 여성을 데려왔다.

끊어졌다 — 사람들이 일어나서 식당에서 현관으로 나갔다. 그곳에는 슈몰케가 여름 외투를 모자와 지팡이와 함께 이미 준비해 두었다. 모두 자신들의 것을 집어 들었으나 마르셀만이 숙부를 잠시 한쪽으로 데리고 가 말했다. "삼촌, 말씀 좀 나눴으면 합니다." 이 말에 슈미트는 언제나 그렇듯이 쾌활하고 다정하게 요구를 들어주었다. 그리고, 왼쪽으로 황동 촛대를 머리 위로 든 슈몰케가 앞장섰고, 디스텔캄프, 프리데베르크 그리고 에티엔이 우선 계단을 내려갔으며, 그다음에는 즉시 탁하고 숨 막히는 아들러 거리로 나섰다. 한편 위에서는 슈미트가 자기 조카의 팔을 잡고 그와 함께 자신의 서재를 향해 걸어갔다.

"자, 마르셀, 무슨 일인가? 담배는 피우지 않겠지, 자네는 이미 너무 구름이 낀 것처럼 보이는군. 하지만 실례하네, 나는 파이프를 채워야겠네." 그러면서 담배 상자를 사기 쪽으로 밀면서 소파 구석에 자리 잡았다. "그래! 마르셀… 의자를 가져와 앉아서 말을 해봐. 무슨 일인가?"

"매일 같은 얘깁니다."

"코린나?"

"예."

"그래, 마르셀. 나쁘게 받아들이지 말게나. 하지만 전진을 하기 위해 항상 아버지의 도움을 필요로 하는 사람은 좋은 구애자가 아니야. 자네는 알지, 나는 찬성이라고. 너희는 서로 잘 어울려. 그 아이는 자네와 우리 모두를 간과하고 있어. 그 아이 속 슈미트는 단지 완성만을 지향하는 것이 아니라, 내가 그 아이 아버지이지만 이건 말해야겠네. 완전히 목표에 도달해 있어. 모든 집안에서는 그걸 견뎌내지 못하지. 하지만 슈미트 집안은 그런 성분으로 만들어져 있기에 내가 말하는 완성이 결코 억압적이지 않아. 왜 그럴까? 왜냐하면 우리가 자기 반어 속에서 커서 그것이 항상 완성 뒤에 의문부호를 붙이기 때문이야. 그것이 내가 본래의 슈미트적이라고 부르는 것이야. 알아듣겠나?"

"물론입니다, 삼촌, 계속하세요."

"자, 봐, 마르셀, 너희는 탁월하게 서로 맞아. 그 아이는 더 비상한 기질로 모든 문제에 대해 대답을 알고 있지만, 인생에서는 결코 우위를 주지는 못해. 특이한 사람들은 항상 절반은 아이로 남아있고, 허영심에 차 있고 직감과 bon sens[봉 쌍][93] 그리고 감상, 그리고 모든 불어 단어들이 의미하는 것에 의존하지. 혹은 평이한 독일어로 그들은 자신의 좋은 생각에 의존한다고 할 수 있지. 하지만 실제로 사정은 항상 그렇지 못해. 물론 가끔은 번갯불같이 반 시간 혹은 더 오랫동안 번쩍이지. 맞아, 그런 일이 발생해. 하지만 번쩍이는 것이 한순간 꺼져버리고 재기뿐만 아니라 상식 또한 수돗물처럼 멈춰버리지.[94] 그래, 바로 그것이지. 코린나도 마찬가지야. 그 아이는 이해심 많은 길잡이가 필요해. 그 말은, 교양과 성품이 있는 남자가 필요하단 말이야. 그건 자네고, 자네는 그걸 갖고 있어. 나는 자네의 축복을 비네. 다른 모든 것은 자네 스스로 마련해야 해."

"네, 삼촌, 항상 그 말씀을 하시죠. 하지만 어떻게 시작해야 할까요? 활활 타오르는 열정을 저는 그 애에게 불붙일 수 없어요. 아마 그 애는

93　상식.

94　괴테의 『파우스트』, 〈제2부〉, "황제의 궁. 옥좌가 있는 방" (제1막) "우리에게 약속된 원조금은, / 물 마른 수도처럼 끊어지고 말았습니다."를 암시.

그런 열정을 보일 줄 모르는 것 같아요. 하지만 그렇다고 해도, 어떻게 사촌이 사촌 자매를 열정으로 부추길 수 있을까요? 그렇게는 안 돼요. 열정이란 갑작스러운 것이고 다섯 살부터 계속해서 같이 놀고, 그러니까 구멍가게 자우어크라우트 통 뒤나 토탄, 나무 창고에서 수도 없이 몇 시간 동안 숨고, 항상 둘이서 언제나 행복했어요. 그리고 리햐르트인지 아니면 아르투어인지, 아주 가까이 있으면서도 우릴 찾지 못하였는데. 네, 삼촌, 거기에 열정의 전제인 갑작스러움이란 없지요."

슈미트는 웃었다. "마르셀, 의외로 말 잘했다. 하지만 그럴수록 자네에 대한 내 사랑은 깊어진다. 슈미트적인 것이 자네에게도 있어. 단지 베더콥식 경직 아래 숨겨져 있을 뿐이지. 이건 자네에게 말해줄 수 있어. 자네가 코린나에게 이런 어조를 지속한다면, 자네는 성공이고 그 아이와 분명 뜻을 이룰 거야."

"아, 삼촌, 저는 그렇게 생각하지 않아요. 코린나를 모르세요. 한편으로는 그 아이를 잘 아시지만, 다른 한편으로는 전혀 모르세요. 그 애가 현명하고 유능하고 무엇보다 재기 넘치는 모든 것을 삼촌은 두 눈으로 보고 계세요. 하지만 외양적이고 현대적인 면은 보지 못하세요. 그 대상이 누구건 정복하려는 저급한 아양떨기를 갖고 있다고 말할 수는 없어요. 그런 교태는 갖고 있지 않아요. 하지만 그 애는 가차 없이 한 명을 조준하고 있어요. 특별히 그 사람을 정복하는 것이 그녀에게 절실한 사람. 삼촌은 그 아이가 그 얼마나 격렬한 결의와 극악한 기교를 동원해 선택된 희생물 주변에 거미줄을 칠 줄 아는지 믿지 않으실 거예요."

"그래?"

"네, 삼촌, 오늘 트라이벨 댁에서 전형적인 사례가 있었어요. 그 애는 레오폴트 트라이벨과 이미 코린나가 이름을 말씀드렸던 영국인 넬슨 사이에 앉았는데, 그 영국인은 대부분의 좋은 집안 영국인과 다름 없이 어떤 단순함의 매력이 있었지만 그 외에는 다소 대수롭지 않았어 요. 그것참, 삼촌은 코린나를 보셨어야 했어요. 외양만 보면 그 애는 오 로지 이 섬나라 사람에게 관심 있는 듯 보였고 또 그를 경탄케 하는 데 성공했어요. 하지만 추호라도 그 애가 이 아맛빛 머리의 미스터 넬슨 에게 관심이 있었다고 생각하지 마세요. 그 아이의 관심은 오직 레오폴 트 트라이벨을 향해 있었어요. 그 아이는 그를 향해 직접 단 한마디도, 아니면 적어도 많지 않은 말만을 건넸고, 또 그를 위해 일종의 프랑스 소희극을, 코미디 소품, 막간극을 공연했어요. 확실히 삼촌께 말씀드릴 수 있는데, 그건 완벽한 성공이었어요. 이 불행한 레오폴트는 그 애의 입에 오랫동안 매달려 달콤한 독을 빨아먹고 있는데, 오늘 같은 모습은 전엔 보지 못했어요. 그는 머리부터 발끝까지 경탄 그 자체였고, 모든 표정이 '아, 헬레네는 얼마나 지루한가'(그건 삼촌이 기억하실지 모르 겠지만 레오폴트 형의 부인이에요), '그리고 이 코린나는 얼마나 굉장 한가'를 표현하고 싶어 하는 듯 보였어요."

"그래, 좋아, 마르셀. 하지만 그 모든 것을 나는 그렇게 나쁘다고 보 지 않아. 왼쪽 이웃에게 감명을 주기 위해 오른쪽 이웃과 환담하지 말 라는 법이 어디 있는가? 그건 매일 벌어지는 일이고 여자의 본성에 가 득 차 있는 작은 변덕이야."

"삼촌은 그걸 변덕이라 말씀하시죠. 네, 사태가 그렇다면요! 하지만 완전히 상황이 달라요. 모든 것이 계산에서 비롯된 것이죠. 그 애는 레 오폴트와 결혼하려 해요."

"난센스야, 레오폴트는 어린 애야."

"아닙니다. 스물다섯으로 코린나 자신과 같은 나이죠. 하지만 그가 정말 어린 소년이었더라도 코린나는 거기에 마음을 굳히고 실행했을 거예요."

"불가능해."

"그렇지 않습니다. 단순히 가능할 뿐 아니라, 아주 확실합니다. 제가 추궁하사 그 애 스스로 말했습니다. 레오폴트의 부인이 되고 싶다고요. 그리고 어른이 돌아가시면, 그 애가 제게 확언한바 최대한 10년이 걸릴 터인데, 그리고 초센 선거구에서 선출된다면, 절대 5년이 걸리지 않을 것이므로, 자신은 빌라에 들어가서, 제가 그 애를 정확히 판단하건데 그 애는 회색 앵무새에다 공작 한 마리를 사들일 거예요."

"아, 마르셀, 그건 환상이야."

"아마도 그 애의 환상입니다. 누가 장담하겠어요? 하지만 저는 분명 아닙니다. 왜냐하면 모든 것은 그 애 자신의 말이에요. 삼촌은 그 애가 그 어떤 오만함으로 '번번치 않은 형편'을 이야기하고, 자신이 그것을 위해 만들어지지 않았다는 궁핍하고 검소한 생활을 어떻게 묘사하는지 들어 보셨어야 했어요. 자신은 비계와 순무 그리고 그와 같은 모든 것을 위한 사람이 아니라고, 그 애가 어떻게 그 말을 하는지 들어 보셨어야 했어요. 그저 건성건성이 아니고, 아닙니다, 그 애의 목소리에는 쓰라림이 감지됐습니다. 그 애가 얼마나 피상화되어 있는지, 경악스러운 새 시대가 그 애를 완전히 속박하고 있는 걸 고통스럽게 바라보았습니다."

"흠," 슈미트가 말했다. "그건 맘에 들지 않는군, 그러니까 순무에 관한 것 말이야. 그건 어리석은 속물근성이고 요리 측면에서도 어리석음이야. 왜냐하면 프리드리히 빌헬름 1세가 좋아한 모든 요리들, 그러니까 예를 들어 양고기와 양배추 혹은 딜과 함께 한 잉어 요리 — 그래

마르셀, 그것들에 대적할 것이 어디 있겠나? 그것에 대항하는 것은 한 마디로 몰상식이야. 하지만 나를 믿게. 코린나는 거기에 대항하는 게 아니야. 그러기엔 그 애는 너무도 아버지의 딸이지. 그리고 자네에게 그 애가 과시적으로 현대가 어떻다고 입에 달고 살면서, 아마 파리의 모자 장식 핀이나 거기에 모든 것이 chic[멋진]하고 또 chic한 여름 자켓을 묘사하고, 모든 세상에서 가치와 아름다움에서 그것과 비교될 수 있는 것은 없다는 양 그렇게 행동한다면, 그 모든 건 단순히 폭죽, 왕성한 상상력, jeu d'Esprit[줴 데스프리][95]일 뿐이지. 그 애가 내일은 또 재스민 나무 그늘 아래서 더 없이 행복하게 로테의 팔에서 휴식하는 신학생을 자네에게 묘사하는 게 입맛에 맞으면 마찬가지 자신감과 기교를 가지고 해낼 거야. 그게 내가 슈미트식이라고 부르는 것이지. 아니야, 마르셀, 거기에 관해 자네는 쓸데없이 걱정할 필요가 없네. 그 모든 건 진심이 아니야…"

"그건 진심입니다…"

"그것이 만약 진심이라면 ― 나는 현재로서는 그렇게 생각하지 않지만. 그 이유는 코린나가 특별한 사람이기 때문인데 ― 이 진지함은 그 애에게 도움이 되지 않아, 전혀. 그리고 그로부터 절대 아무 일도 없을 것이야. 그건 믿어도 돼. 왜냐하면 결혼에는 둘이 필요하기 때문이지."

"물론 그렇죠, 삼촌. 하지만 레오폴트가 오히려 코린나보다 더욱 원하는데요…"

"그건 아무 의미가 없어. 왜냐하면 자네에게 말해두지. 쉽게 말하기

---

95 기지가 넘치는 유희.

에는 무게 있는 말인데, 상업고문관 부인이 그것을 원하지 않아."

"확실하세요?"

"전적으로 확실해."

"어떤 징표라도 있으세요?"

"징표, 증거, 마르셀. 자네가 여기서 삼촌 빌리발트 슈미트를 자네 앞에서 몸소 보고 있는 것이 징표와 증거 아니겠나…"

"그게요?"

"그렇지, 이 친구야, 자네 앞에 몸소 보고 있잖아. 왜냐하면 난 나 자신에게서, 그러니까 대상물이자 희생물로서 나의 친구 제니의 본질을 연구할 수 있는 행운을 가졌었어. 제니 뷔르스텐빈더, 이건 그녀의 처녀 때 성이지. 자네가 아마 이미 알고 있듯이, 그녀는 완벽한 부르주아 유형이야. 그녀는 어린 시절부터 그리고 아직 저편 아버지 가게에서의 옛 시절, 그녀 아버지가 쳐다보지 않으면 건포도를 몰래 집어 먹는 데 재능이 있었어. 그녀는 그때도 지금과 같이 「잠수부」와 「대장간을 향한 길」,[96] 그리고 또 여러 가지 짧은 시들을 낭송했지. 그리고 정말 감동적인 것이면 그녀는 당시에도 항상 눈물에 젖어 있었어. 내가 어느 날 나의 유명한 시를 지었을 때, 자네도 알다시피 그녀가 그 이후로 항상 부르는 그 불행한 물건말이야. 아마 오늘도 그걸 불렀을 거야. 그때 그녀는 나의 가슴에 몸을 안기면서 말했어. '빌리발트, 유일한 사람, 그건 신으로부터 온 것이에요.' 나는 반쯤 당황하여 나의 감정과 나의 사랑에 관해 이야기하였지만, 그녀는 그것은 신으로부터 온 것이라며 너무 심하게 흐느끼며 소리를 내어, 나는 한편으로는 나의 자만심에서

---

96 실러의 담시들.

행복하였으나, 동시에 이러한 감정의 힘을 목도하고 소스라쳐 놀랐어. 그래, 마르셀, 그건 우리의 조용한 약혼이었지, 아주 조용하게, 하지만 그래도 아무튼 약혼이었어. 적어도 난 그렇게 여겼고 가능한 한 조속히 내 공부를 마치고 시험을 치르려고 노력했고. 모든 것이 잘 되었지. 내가 약혼을 완성시키려하자 그녀는 나에게 거리를 두더니, 번갈아 가며 친숙하다가는 또다시 낯설게 행동했어. 그녀가 여전히 노래를 부르면서, 내 노래를, 그 집에 오는 모든 남자들에게 추파를 던지다가 결국에는 트라이벨이 나타나더니, 그녀의 밤색 곱슬머리와 더욱이 그녀의 감상벽이라는 마법에 무릎 꿇고 말았어. 왜냐하면 그 당시 트라이벨은 아직 오늘의 트라이벨이 아니었어. 그리고 나서 나는 그들의 약혼통지서를 받았어. 전반적으로 특이한 사건으로 다른 우정이었다면 좌초되었을 것이라 말할 수 있을 거야. 하지만 나는 원한을 품거나 남의 흥을 깨는 사람이 아니야. 그리고 자네도 알다시피 '마음이 짝을 이루는' 그 노래에서 — 그런데 천상의 진부함으로 제니 트라이벨에겐 안성맞춤인 — 그 노래에서 우리 우정은 오늘날까지 살아있지. 완전히 아무 일도 없었던 것처럼. 그리고 결국에 가서는, 그렇지 않을 이유가 무엇이 있겠나? 나 개인적으로는 그걸 벗어났고, 제니 트라이벨은 자신이 잊고자 하는 것은 모두 잊어버리는 재능을 갖고 있어. 그녀는 위험한 인물이네, 그걸 스스로 모르는 데다가, 스스로 감정이 풍요한 마음을, 무엇보다 '높은 것'을 향한 마음을 갖고 있다고 진심으로 자부하기 때문에 더욱 위험하지. 하지만 그녀는 무게를 달 수 있고, 무게가 나가고 이자가 붙는 것에만 마음을 줘. 그녀는 그 돈이 어디에서 오건 간에 50만 이하로는 레오폴트를 떠나보내지 않을 거야. 그리고 딱한 레오폴트는?

자네도 그 정도는 알고 있지. 그 애는 결코 반항하거나 그레트나 그린[97]으로 눈이 맞아 달아날 인물은 아니야. 자네 마르셀에게 말해주는데 트라이벨 사람들은 부뤼크너[98] 이하로는 하지 않을 걸세, 그리고 쾨겔[99]은 차라리 그들에게 낫지. 궁정 냄새가 풍길수록 더욱 좋아. 그네들은 끊임없이 자유주의가 어떻고 감상적이 어떻고 하는데 모든 것은 소극(笑劇)일 뿐이지. 본색을 드러낼 때가 되면, 그들의 구호는 '금이 으뜸패'이고 나머지는 아무 의미가 없어."

"레오폴트를 과소평가하시는 것 같습니다."

"그를 내가 아직도 과대평가하는 것 같아. 나는 그 애를 고등학교 시절 이래 알고 있는데, 그 아이는 거기서 더는 나가지 못했어. 그럴 이유도 없지. 인간은 선한데, 어중간하게 좋아. 성품으로는 중간 이하고."

"삼촌이 코린나와 이야기를 하시면 좋겠어요."

"필요 없어, 마르셀. 참견하면 자연스러운 사태의 진행을 방해할 뿐이야. 모든 것이 흔들리고 불안정할지 몰라도 한 가지는 확실해. 나의 친구 제니의 성격. 거기에 자네 힘의 뿌리가 있어. 그리고 코린나가 어리석은 행동을 지속한다면 그렇게 놔두게. 난 이 사안의 결과를 알고 있어. 자네가 그 아이를 갖게 돼 있어. 그리고 그 아이를 갖게 될 걸세. 그리고 아마도 자네 생각보다 빨리."

---

97   신속한 결혼식으로 유명한 스코틀랜드 남부 마을.

98   Benno Bruno Brückner. 신학교수이며 1872년 이래로 베를린 관구 총감독.

99   Rudolf von Kögel. 최고궁정목사이며 빌헬름 1세의 목회자.

제8장

트라이벨은 일찍 일어나는 사람이었다. 적어도 상업고문관치고는. 결코 8시 지나 서재에 가는 법이 없었다. 완전 정장을 하고, 항상 티 하나 없이 깔끔하게. 그는 개인 서신들을 검토하고 신문을 들여다 본 다음, 부인이 오기를 기다렸다가 함께 첫 아침 식사를 들었다. 일반적으로 고문관 부인은 고문관을 뒤따라 곧장 나타나는데 하지만 오늘은 늦었다. 그리고 배달된 편지들이 몇 안 되고, 벌써 여름철을 예고하는 신문들[100]은 별 내용이 없었으므로 트라이벨은 나직한 조바심의 상태에 빠져들었다. 그리고 그는 자신의 작은 가죽 소파에서 일어서더니 지난날 모임이 개최된 옆에 붙어있는 넓은 두 공간을 보측해 보았다. 식당의 위쪽 내리닫이창은 완전히 내려져 있어서 두 팔로 지탱하고 자기 아래에 위치한 정원을 편안한 자세로 바라볼 수 있었다. 광경은 어제와 동일했는데, 여전히 보이지 않는 앵무새 대신에 프로이라인 호니히가 상업고문관 부인의 볼로냐 개를 줄에 매고 연못 주변을 돌고 있는 것을 볼 수 있었다. 이는 매일 아침 있는 일인데 앵무새가 횡목에 자리를 잡거나 번쩍이는 새장에 담겨 밖에 놓여질 때까지 계속되었다. 그때가 되면 호니히 양은 두 마리의 동일한 집안 응석받이들 사이의 적대감이 발발하는 것을 막기 위해 볼로냐 개와 함께 물러갔다. 하지만 오늘은 그 모든 것

---

100 통상 여름철에는 특별한 뉴스가 없어 시답잖은 기사들만 잔뜩 실리는 시기를 지칭.

이 아직 발생 전이었다. 창문에서 트라이벨은 여전히 정중하게 프로이라인 호니히의 안부를 물었는데 — 이를 들을 때마다 상업고문관 부인은 이런 문의가 매우 불필요하다고 매번 말한 바 있다 — 그리고 만족스러운 확인을 받아낸 다음 그는 미스터 넬슨의 영어 발음을 어떻게 생각하는지 물었다. 왜냐하면 그는 베를린 교육위원에게 시험된 여성 가정교사에게 그와 같은 것을 확인하는 것이 쉬운 일임이 틀림없다고 어느 정도 확신했기 때문이었다. 이러한 믿음을 파손시키기를 원치 않는 호니히는 미스터 넬슨의 'a' 발음을 문제시하는 데 한정하고, 그의 'a'에 영국 발음과 스코틀랜드 발음 사이에 그다지 적절치 않은 중간 위치를 확인했다. 만약 그순간 상업고문관 부인의 등장을 짐작할 수 있는 소리, 앞문 중 걸쇠 하나가 낮은 소리를 내면서 잠기는 소리를 엿듣지 않았더라면 트라이벨은 이 지적을 매우 심각하게 받아들이고 계속 말을 이어 나갔을 것이다. 트라이벨은 이를 인지하고 호니히와 헤어지는 것이 적절하다고 여기고 다시 서재로 걸어갔다. 곧 그곳에 실로 때마침 고문관 부인이 들어와 있었다. 쟁반 위에 잘 차려진 아침 식사가 이미 놓여있었다.

"좋은 아침이요, 제니… 잘 주무셨나?"

"그럭저럭요. 이 끔찍한 포겔장이 요마처럼 날 억눌렀어요."

"나라면 바로 이런 비유적인 표현은 피하겠소. 하지만 당신이 거기에 대해 어떻게 생각하든… 그런데, 아침 식사를 차라리 밖에서 들지 않겠소?"

제니가 동의하고 벨의 버튼을 누르자 하인이 다시 등장해 쟁반을 베란다의 작은 탁자로 옮겼다. "좋아요, 프리드리히," 트라이벨이 말하며 무엇보다 부인에게, 동시에 자신에게도 가능한 한 편하게 발 받침을 몸소 가까이 밀었다. 왜냐하면 제니가 좋은 기분을 유지하기 위해서는 그와 같은 관심이 필요했다.

그 효과가 오늘도 나타났다. 그녀가 미소 지으며 설탕 그릇을 자기 쪽으로 가까이 밀면서 자신의 잘 손질된 흰 손으로 커다란 각설탕을 집으며 말했다. "하나 아니면 둘이요?"

"제니, 두 개 부탁해요. 사탕무와 다행스럽게도 그 어떤 관련도 없는 내가 저렴한 사탕 시절에 즐겁게 참여하지 않을 이유를 모르겠군."

제니도 동의하고 설탕을 넣고 금 테두리까지 차 있는 작은 잔을 남편 쪽으로 밀면서 말했다. "신문을 읽어보셨어요? 글래드스톤[101]은 어때요?"

트라이벨은 평소와 아주 다르게 호탕하게 웃었다. "당신에게 괜찮다면, 제니, 당분간 해협 이쪽에 머무릅시다. 함부르크 혹은 적어도 함부르크 영역에. 그리고 글래드스톤의 상태에 관한 질문을 우리 며느리 헬레네에 관한 질문으로 바꿔봅시다. 그 애는 분명 기분이 상했는데, 그 애 눈에 누가 잘못인지 모르겠어요. 그 애 착석 위치가 적절치 않아서인가? 아니면 우리에게 친절하게도 맡긴 혹은 베를린식으로 말하자면 우리 허리 위에 올려놓은 주빈, 미스터 넬슨을 그렇게 간단하게 호니히와 코린나 사이에 앉힌 것 때문인가?

"여보, 당신은 내가 글래드스톤에 대해 물었을 때 방금 웃으셨죠. 그러지 마셨어야 했어요. 우리 여자들은 완전히 다른 것을 뜻할 때에도 그런 것을 물어볼 수 있어요. 하지만 남자들은 우리의 그런 것을 따라

---

101 빅토리아시대 저명한 정치가인 William Edwart Gladstone(1809~1898)은 여러 차례 영국 총리를 지냈으며 1867년 이후 자유당의 지도자로서 전 유럽에서 개혁 정책의 상징적 인물이 되었다.

하려고 하면 안 돼요. 따라한다고 되지도 않으려니와, 혹은 어쨌든 여자들보다는 못하죠. 왜냐하면 이것은 확실하고 당신 눈에도 띄었겠지만 저 선한 넬슨만큼 황홀해하는 사람은 본 적이 없어요. 그러니까 헬레네는 아마 우리가 자신의 피후원자를 그렇게 착석시켰던 것에 대해 유감이 없었을 거예요. 그리고 그 아이와 그 애 의견에 따르자면 너무 나대는 코린나 사이에 끝없는 시기가 있었다 해도…"

"… 그리고 여자답지 않고 함부르크적이지도 않은, 이 둘은 그 애 의견으로는 상당히 일치하지…"

"… 그 애는 아마 코린나를 어제 처음으로," 제니는 말을 막는 것을 무시하고 계속했다. "용서했을 거예요. 왜냐하면 그건 그 애 자신에게도 유리한 결과를 가져왔어요. 아니면 그 애 스스로 물론 그토록 본보기를 부족하게 보였던 환대에 도움이 되었으니까요. 아니에요, 당신. 미스터 넬슨의 좌석에 대해서 언짢음은 없었어요. 헬레네가 우리 두 사람에게 토라진 것은 우리 모두가 그 애의 암시를 이해하려 하지 않고 그 애 동생 힐데가르트를 아직까지 초대하지 않았기 때문이죠. 그런데 힐데가르트는 함부르크 여성에게는 우스꽝스러운 이름이에요. 힐데가르트는 선조의 영정이 있는 성(城)이나 흰옷을 입은 여성이 출몰하는 곳에서나 어울리죠. 헬레네가 우리에게 불만인 이유는 우리가 힐데가르트에 대해 지나치게 난청이기 때문이죠."

"그 점에선 그 애가 옳소."

"그리고 저는 그 애가 그 점에선 틀렸다고 생각해요. 그건 불손에 달하는 자만이죠. 그게 도대체 뭔가요? 우리는 중단 없이 목재집하장과 그 친척들에게 경의나 표시하는 사람들이라는 건가요? 우리는 헬레네와 그 애 부모의 계획이나 격려하기 위한 사람들인가요? 우리 며느님께서 전적으로 친절한 언니 역할을 할 의도가 있다면, 힐데가르트에게 언제라도 함부르크로 편지를 써서, 그 응석받이 인형에게 울렌호르스트의 알스터 강[102]과 트렙토의 슈프레 강[103] 중에서 어떤 것이 더 아름다운지 결정하게 할 수 있습니다. 하지만 그 모든 것이 우리에게 무슨 상관이겠어요. 오토는 당신의 염료 공장처럼 목재집하장이 있고 그리고 많은 사람들은 오토의 빌라가 우리 것보다 더 낫다고 생각해요. 그건 맞는 말이죠. 우리 것은 거의 구식이고 어쨌든 너무 협소해서 어떻게 할지 모르겠어요. 여전히 우리에겐 적어도 방 두 개가 부족해요. 전 거기에 대해 여러 말을 하고 싶진 않아요. 하지만 우리가 어떻게 힐데가르트를 초대할 수 있겠어요. 마치 우리가 두 집안 관계를 잘 유지하는 걸 간절히 바라고 있고, 더 많은 함부르크 혈통이 집안에 들어오는 걸 바란다는 양…"

"하지만, 제니…"

"'하지만'이란 말은 하지 마세요. 남자들은 그런 사안을 이해하지 못하세요. 왜냐하면 보는 눈이 없으니까요. 제 말씀은 결국에는 그 같은 계획으로 귀착될 것이고 그렇기 때문에 우리가 초대해야 해요. 헬레네가 힐데가르트를 초대한다면 그건 아무 의미가 없어 새 의복 가치는 물론이고 팁 정도도 못되지요. 두 자매가 다시 만난다고 무슨 의미가 있겠어요? 아무것도요. 두 사람은 서로 맞지도 않고 서로 항상 다투는 사이죠. 하지만 우리가 힐데가르트를 초대하면 그건 트라이벨 사람들이 그들의 첫 번째 함부르크 며느리에게 한없이 매혹되어 만약 그 행운이 반복되고 배가 되고 프로이라인 힐데가르트 뭉크가 레오폴트 트

---

102 함부르크에 위치한 강.
103 베를린에 위치한 강.

라이벨 부인이 되고자 희망한다면 행운과 영광으로 생각한다는 걸 의미하게 됩니다. 네, 아셨죠, 결국 그것으로 귀결돼요. 그건 잘 짜여진 사안이에요. 레오폴트가 힐데가르트를 아니 원래 힐데가르트가 레오폴트와 결혼해야 해요. 왜냐하면 레오폴트는 단지 수동적이고 시키는 대로 하지요. 그것이 뭉크 집안이 원하고, 헬레네가 원하고, 우리 불쌍한 오토가, 누가 알겠습니까만, 할 말은 없겠지만 결국에 가서는 그렇게 원해야만 할 겁니다. 그리고 우리가 망설이며 초대를 공표하지 않으니 그런 이유로 우리에게 토라져 원망하며 그토록 유보적이며 마음 상한 양 행동하고 우리가 그 애에게 큰 선심을 써 오로지 그 애의 달군 쇠가 식지 않도록 미스터 넬슨을 여기까지 초대한 날조차도 그 역할을 포기하지 않았어요."

트라이벨은 의자에서 더 뒤로 몸을 젖히고 기교 있게 작은 고리 모양을 공중에 불었다. "당신이 옳다고 생각하지 않아요. 하지만 당신이 옳다고 해도 무슨 일이 있겠소? 오토는 8년 전부터 헬레네와 행복한 결혼생활을 해 오고 있는데 그건 당연한 거고. 내가 아는 사람 중에 함부르크 여자와 결혼해서 불행한 사람은 보지 못했소. 그들에게는 의심스러운 것이라고는 없고, 내적으로나 외적으로 비범하게 잘 세탁된 특징이 있고 그들이 행하고, 행하지 않는 모든 것에서 좋은 가정교육의 영향에 관한 이론을 뒷받침하고 있소. 결코 부끄러워할 이유가 없는 사람들로서 그들은 반박하지만 내심 항상 품어왔던 '영국 여성으로 간주되고' 싶은 열망, 이 이상에 그들은 대부분 매우 근접해 있소. 하지만 거기까지 해 둡시다. 어쨌든 확실한 건, 다시 반복하지만, 헬레네 뭉크는 우리 오토를 행복하게 해 주었고, 힐데가르트 뭉크가 우리 레오폴트 역시 행복하게, 아니 더 행복하게 해 줄 거라는 건 내 생각에 매우 개연성이 높소. 마술이 필요 없을 거요. 왜냐하면 우리 레오폴트보다 더 좋은 사람은 사실 절대로 없으니까. 그 애는 거의 유약한…"

"거의요?" 제니가 말했다. "당신은 그 애를 서슴없이 진지하게 간 주하셔야 해요. 두 아이 모두의 우유수프 같은 성격이 어디서 왔는지 모르겠어요. 베를린 출생이면서 원래 헤렌후트와 그나덴프라이[104]에서 온 것 같아요. 그 애들은 둘 다 생기 없는 뭔가가 있어요. 누구에게 그 책임을 돌려야 할지 정말 모르겠어요…"

"나야, 여보, 물론 나지…"

"제가 너무 잘 알고 있고," 제니가 말을 이었다. "이런 문제들로 골 머리를 쓰는 것이 얼마나 무용한지 알고 있고, 또 그런 성격은 변하지 않는 것을 유감스럽게도 알고 있지만, 거기에 도움을 줄 수 있는 것이 면 도움을 주는 것이 의무라는 걸 또한 알고 있지요. 오토에게는 등한 시 했고 그 애 자신의 무기력에다 이 활기 없는 헬레네를 더 했으니 이 제 그 결과로 리치가 나왔는데, 그 아이야말로 세상에서 볼 수 있는 제 일 큰 인형이 아니겠어요. 헬레네가 그 아이를, 앞니를 보여주는 것까 지 영국식으로 길들일 거로 생각해요. 글쎄요, 전 아무래도 좋아요. 하 지만 여보, 당신께 고백하는데 저는 그런 며느리 한 명과, 그런 손녀 한 명으로 충분하고, 그 불쌍한 청년, 레오폴트에게 뭉크 집안보다 더 적 절한 집안을 찾아보고 싶어요."

"당신은 그 아이를 늠름한 청년으로, 기병, 운동선수로 만들고 싶 어 하는데…"

---

104 드레스덴 근교의 소도시 헤렌후트(Herrenhut)는 18세기 경건주의에서 유래한 종교공동체인 복음주의 교회의 본산지였다. 그나덴프라이(Gnadenfrei)는 슐레 지엔 소재 헤렌후트의 집단거주지.

"아니죠, 늠름한 사람이 아니라, 오로지 사람이지요. 인간이라면 열정이 있어야 하고 열정을 품게 된다면 그건 대단한 것이고 시작이 될 거예요. 저는 스캔들을 싫어하지만, 그와 비슷한 것이 발생하면 기쁘겠어요, 물론 심각하지 않은 걸로, 하지만 최소한 별난 것으로."

"불길한 말로 화를 자초하지 마시오, 제니. 그 아이가 유혹을 시도할 거로는, 내가 유감이라고 해야 할지 혹은 다행이라고 해야 할지 모르지만, 개연성이 크지 않소. 하지만 유혹에 소질이 없는 사람들은, 마치 거기에 대한 벌인 양, 유혹당한 경우가 있소. 정말 끔찍한 여자들이 있는데, 가난하지만 어느 정도 자유분방하고, 물론 이름은 슈미트인 귀부인의 안장에 들어 올려 국경 너머로 실려 갈 만큼 레오폴트는 유약해서…"

"나는 그렇게 생각하지 않아요," 상업고문관 부인이 말했다. "그 아이는 그러기엔 너무 따분해요." 그리고 그녀는 사태 전반에 위험성이 없음을 너무나 확신하였기에 아마도 단지 우연히, 하지만 역시 아마 의도적으로 흘린 이름 '슈미트'에 전혀 놀라지 않았다. '슈미트'는 단순히 습관적으로 던진 이름이고 그 이상도 아니었다. 반쯤 들뜬 젊은 기분에 고문관 부인은 무모한 장난을 남몰래 그려보았다. 콧수염을 단 레오폴트가 이탈리아를 향하며, 그와 함께 포메른 혹은 슐레지엔의 천하태평 남작 집안 딸은 모자에는 깃털 장식을 하고 타탄 무늬의 외투를 약간 떨고 있는 연인 위에 펼친다. 그녀는 이 모든 것을 머릿속에 그려보고 거의 슬플 정도로 스스로 말하였다. "그 불쌍한 아이. 그래요, 그 애가 그럴 자질이 있었더라면요!"

트라이벨 부부가 이 대화를 나누던 9시경, 그들은 같은 시간 젊은 트라이벨 부부 역시 그들의 베란다에서 아침 식사를 하면서 전날 파티를 되돌아보고 있는지는 알 수 없었다. 헬레네는 매우 사랑스럽게 보였으며 거기에는 어울리는 아침 가운뿐만 아니라 그녀의 평소 침침한 물망초 청색 눈에 어떤 활기가 현저히 기여했다. 이 순간까지 그녀가 반쯤 당황하여 앞만 쳐다보는 오토에게 특별히 열정적으로 설교했음이 분명했다. 겉모습과 크게 다르지 않았다면 그녀는 이 돌진을 바로 지속하려 했는데, 리치와 리치의 가정교사인 프로이라인 불스텐이 이 의도를 중단시켰다.

이른 시간임에도 리치는 벌써 옷을 갖춰 입었다. 약간 웨이브가 있는 아이의 금발은 허리까지 내려왔다. 그 외 모든 것은 흰색이었다. 드레스, 긴 양말, 접어 젖힌 칼라. 허리둘레라고 그것을 명명할 수 있다면 그 주위로 폭이 넓은 붉은 띠를 매고 있었는데, 헬레네는 그것을 결코 "붉은 띠"가 아니라, 항상 영어로 "pink-coloured scarf[핑크색 스카프]"라 불렀다. 아이가 보여주던 모습은 즉각 아이 어머니의 린넨 캐비닛에 상징적 피규어로 세워질 수 있었다. 그토록 그 아이는 붉은 띠를 한 면직물 다발의 표현이었다. 지인들 사이에서 리치는 모범적 아이로 여겨졌는데 이는 헬레네의 가슴을 신과 그리고 함부르크에 대한 감사로 채웠다. 왜냐하면 하늘이 여기에 가시적으로 부여한 자연의 선물에 더하여 바로 함부르크 전통만이 줄 수 있는 모범적인 교육이 더해졌다. 이런 모범적 교육은 아이의 생후 첫날부터 시작되었다. 헬레네는 "그것이 아름답지 않다는 이유로" — 당시 일곱 살이 젊었던 크롤라가 이를 부인했다 — 직접 아이에게 젖을 주도록 설득되려 하지 않았다. 뒤따른 협상에서 나이 든 상업고문관이 제안한 슈프레발트 유모가 "잘 알다시

피 그것의 많은 것들이 무고한 아이에게 전해진다."는 언급과 함께 거절되었으므로, 유일하게 남아있는 방편에 도달했다. 토마스 교구 성직자가 적극 추천하는 어떤 기혼 부인이 남다른 성실함으로 시계를 손에 들고 양육을 떠맡았고, 리치는 그 결과 매우 잘 자라 얼마 동안은 그 아이의 어깨에 작은 보조개가 생길 정도였다. 모든 것이 정상이었고, 거의 정상보다 뛰어났다. 우리의 나이 든 상업고문관은 이 사안을 선뜻 신뢰하지 못하였는데, 꽤 시간이 지난 다음에서야, 리치가 봉제 칼로 손을 베였을 때(보모는 그 때문에 해고되었다), 트라이벨은 안도하며 외쳤다. "하느님 맙소사, 정말 피가 보이는구나."

리치의 인생은 질서정연하게 시작되었고 질서정연하게 지속되었다. 그 아이가 입는 속옷들에는 한 날에 걸쳐 성확하게 해낭 날짜가 녕시된 결과, 조부가 이야기하듯, 양말만 보면 날짜를 알 수 있었다. "오늘은 17일이구나." 리치의 인형 옷장은 빗장에 번호가 매겨져 있었고, 평소 세심함 그 자체인 리치가 (그리고 이 끔찍한 날은 얼마 전인데) 온갖 상자들로 장식된 인형 집 부엌에서 "완두콩"으로 분명히 쓰여 있는 상자 속에 곡물을 집어넣은 사건이 발생하자 헬레네는 기회를 놓치지 않고 자신의 사랑하는 딸에게 그 같은 실수가 가져올 결과를 설명했다. "리치야, 그건 상관없는 일이 아니야. 큰일에 주의를 기울이기를 원하는 사람은 작은 것에도 주의할 줄 알아야 해. 생각해 봐, 네가 남동생이 있는데, 그 애가 혹 정신을 잃었다고 해. 넌 Eau de Cologne[105]를 뿌리려고 하는데, 막상 Eau de Javelle[106]을 뿌린 거야. 그러면 네 동생은 장님이 되거나, 그게 피로 들어가면 죽을 수도 있어. 그리고 그건

---

105 오드콜로뉴(화장수).

106 표백, 소독제.

차라리 변명이라도 할 수 있겠지. 왜냐하면 둘 다 흰색에 물처럼 보이니까. 하지만 곡물과 완두콩은, 리치야, 아주 부주의한 경우야. 혹은 더 나쁜, 무관심이지."

리치는 그런 아이였다. 또한 그 애 어머니가 만족스럽게도 하트 모양의 입술을 갖고 있었다. 그 애의 윤기 있는 두 앞니는 헬레네를 완전히 만족시킬 만큼 아직 충분히 보이지 않았다. 그리하여 그녀의 어머니로서의 보살핌은 역시 이 순간 또다시 그녀에게 그토록 중요한 이빨 문제로 향했다. 왜냐하면 자연이 운 좋게 부여한 재료에 그때까지 오직 올바른 교육적 관심이 결핍되었었다고 그녀는 생각했기 때문이었다. "리치, 너는 또 입술을 오므리고 있어. 그래선 안 돼. 입을 반쯤 열고 있는 것이 좋아 보여. 마치 말을 하듯이. 프로이라인 불스텐, 이런 사소하지 않은 사소한 것들에 더 신경을 써 주도록 부탁하고 싶군요… 생일 축하 시는 어떻게 되어가고 있나요?"

"리치가 많이 노력하고 있어요."

"자, 그럼 엄마가 너의 소원을 들어줄게, 리치야. 펠겐트로이 집안 딸을 오늘 오후에 초대하려무나. 하지만 우선 숙제를 해야지… 그리고, 프로이라인 불스텐이 허락하면 (그녀는 끄덕였다) 정원에서 산책하렴. 어디든 가도 되는데, 석회갱 위에 판자가 깔려있는 마당 쪽으로는 가지 말아라. 여보, 그걸 고쳤어야 했어요. 널빤지들이 아무튼 썩었어요."

리치는 한 시간 동안 자유시간을 갖게 되어 행복했다. 엄마에게 손등 키스를 하고, 물탱크를 조심하라는 주의와 함께 프로이라인과 리치는 떠났다. 리치의 부모는 아직도 몇 차례 뒤돌아보면서 어머니에게 감사 표시로 고개를 숙이는 아이를 바라보았다.

"사실," 아이의 엄마가 말했다. "저는 리치를 여기서 데리고 영어 한 페이지를 읽히고 싶었어요, 불스텐은 영어를 이해하지 못하고 발음도 한심하지요. 그토록 low[수준 이하에], 그토록 vulgar[저급해요]. 하지만 내 일까지는 그대로 둘 수밖에 없는데, 우리가 대화를 마쳐야 하니까요. 당신 부모님에게 반하는 말을 하고 싶지 않아요. 왜냐하면 그건 적절치 않고 당신의 본래 고집스러운 성격에"(오토는 웃는다) "고집을 강화시 켜줄 뿐임을 알기 때문이죠. 하지만 예의범절 문제도 현명함의 문제도 모든 것 위에 올려놓으면 안 되죠. 그리고 만약 제가 더 이상 침묵한다 면 그렇게 하는 셈이죠. 당신 부모님의 입장은 이 문제에 있어서 제게 그리고 제 가족에겐 더욱더 모욕감을 느끼게 합니다. 왜냐하면, 오토 당신은 화내지 마세요, 결국에 가서 트라이벨 집안은 뭐죠? 그와 같은 것을 언급하는 것은 불편하고, 당신이 나에게 두 집안 사이에서 저울질 하도록 사실상 강제하지 않았더라면 삼가했을 거예요."

오토는 침묵하며 티스푼을 집게손가락 위에서 균형을 맞추고 있었 다. 헬레네는 하지만 계속하였다. "뭉크 집안은 본래 덴마크에서 왔고, 당신도 잘 알고 있듯이 크리스찬 왕 아래서 백작에 봉해졌지요. 함부 르크 사람이며 자유시의 딸로서 그것을 대수롭게 여기고 싶지 않지만 아무튼 대단한 거예요. 그리고 저희 어머니 쪽도 그래요. 톰슨 집안은 신디케이트[107] 집안이에요. 당신은 그것이 대수롭지 않은 체하세요. 좋 아요. 그렇다고 해 두죠. 하지만 당신께 이 정도는 말해두고 싶어요. 당 신 어머니가 오렌지 가게에서 놀이하고 있었고, 당신 아버지가 어머니 를 그곳에서 데리고 나올 때, 저희 집안 선박들은 벌써 메시나로 향해 가고 있었어요. 식료품과 생산품들이죠. 여기서는 그것 역시 상인이라

---

107 한자동맹 도시의 상원의원들을 배출하는 신분이 높은 상업 집안.

고 부르죠… 지는 당신이 그렇다는 건 아니고요… 하지만 상인이 있고 또 다른 상인이 있죠."

오토는 모든 것을 참아내며 리치가 공놀이를 하고 있는 정원을 바라보았다.

"오토 당신은 제 말에 대꾸할 거 없으세요?"

"하지 않겠소, 헬레네. 뭐 하러 그러겠소? 당신은 내게 내가 이 사안에서 당신 의견일 것을 요구하지 못할 것이요. 그리고 내가 생각이 다르다고 그걸 이야기한다면, 그럴수록 당신을 더욱더 자극할 뿐이요. 내 생각에 당신은 요구해야할 것 이상을 요구하고 있소. 나의 어머니는 당신에 대해 매우 배려하고 어제도 또 한 번 그걸 보여주셨소. 왜냐하면 우리 손님을 위해 베푼 만찬이 특별히 어머니 취향이라고 절대 생각하지 않소. 당신은 또 어머니가 자기 자신에 관한 것이 아니면 검소하신 걸 알지 않소."

"검소하시다고요," 헬레네는 웃었다.

"그걸 인색이라고 합시다. 내겐 다 같으니까. 어머니는 그렇지만 관심을 소홀히 하신 적이 없잖소. 생일이 오면 어머니의 선물도 옵니다. 하지만 그 모든 것이 당신 마음을 바꾸어 놓지 않고 그 반대로 어머니에 대한 당신의 끝없는 반항은 커져만 가고, 그 모든 것의 이유는 오로지 어머니가 자신의 입장을 통해 아빠가 '함부르크 짓거리'라 부르는 것이 이 세상 지고의 것도 아니고, 친애하는 주님이 자신의 세상을 뭉크 집안을 위해 창조하신 것도 아님을 당신에게 암시해 주고 계시기 때문이요…"

"당신은 당신 어머니 말씀을 따라 하는건가요 아니면 당신 스스로 의견을 덧붙인 건가요? 거의 그런 것같이 들려요. 당신 목소리가 거의 떨리고 있는데요."

"헬레네, 우리가 이 문제를 조용히 이야기하고 모든 것을 공평하고 이쪽저쪽 모두 고려하여 저울질하기를 당신이 원한다면, 끊임없이 타는 불에 기름을 부어선 안 돼요. 당신이 어머니께 그렇게 짜증이 나 있는 이유는 어머니가 당신의 암시를 이해하려 하지 않고 힐데가르트를 초대할 기미가 없기 때문이요. 그 점에서 하지만 당신은 잘못 알고 있소. 만약 모든 것이 단순히 자매들 사이의 일이라면, 한 명이 다른 한 명을 초대해야 할 것이요. 그건 그러면 나의 어머니와는 진심으로 관련 없는 일이요…"

"힐데가르트에게 그리고 제게도 찬사의 말이군요…"

"… 하지만 다른 계획을 모색하려 한다면, 그리고 당신은 내게 그렇다고 인정한 바 있는데, 그와 같은 두 번째 가족 결합이 트라이벨가(家)에게도 의심할 바 없이 그토록 바람직하다면, 그건 자연스럽고 강요되지 않은 상황에서 일어나야 해요. 당신이 힐데가르트를 초대하고 그것으로, 예를 들어 한 달이나 두 달 후 레오폴트와 약혼에 이른다면 우리는 정확하게 내가 자연스럽고 강요되지 않은 방식이라 칭한 것을 얻게 되는 것이지요. 하지만 나의 어머니가 힐데가르트에게 초대장을 써서, 거기에서 사랑스러운 헬레네의 자매를 오랫동안 옆에 두고 보면서 두 자매의 행복을 같이 나눌 수 있다면 얼마나 행복하겠냐고 쓴다면, 거기에는 당신의 자매 힐데가르트를 향한 상당히 노골적인 구애와 환심이 표현될 거고 트라이벨 회사는 그걸 피하고 싶은 거예요."

"당신은 거기에 동의하세요?"

"그렇소."

"네, 그건 최소한 확실하군요. 하지만 확실하다고 옳은 것은 아니죠.

당신 말을 옳게 이해했다면 그러니끼 누가 첫발을 떼느냐의 문제군요."

오토는 고개를 끄덕였다.

"네, 그렇다면 왜 트라이벨 집안이 이런 첫발을 떼는 걸 저항하나요? 그 이유를 묻습니다. 세상이 존재하는 한, 구혼자는 신랑이나 남자이죠…"

"물론이야, 헬레네. 하지만 우린 아직 구혼에까지는 오지 않았어. 우선은 아직도 서론에 다리를 놓고 있는 상황이지. 다리를 놓는 것은 이해관계가 더 큰 쪽의 문제이고…"

"하," 헬레네가 웃었다. "우리, 뭉크 집안… 그리고 더 큰 이해관계! 오토, 당신은 그 말을 하지 말았어야 했어요. 저와 제 가족을 폄하해서가 아니라 트라이벨 집안 모두와 당신이 그 선두에서 우스꽝스럽게 보이기 때문이죠. 그건 남자들이 항상 요구하는 존경에 그리 득이 되지 않아요. 네, 당신이 저에게 도전장을 내밀었으니 저도 당신에게 솔직하게 말해야겠군요. 이해관계, 수익, 명예는 당신들 쪽이죠. 당신 집안이 그걸 인식하고 있음을 보여주어야 하겠죠. 오해의 여지가 없도록 그걸 표현해야 할 겁니다. 그것이 제가 말한 첫 단계죠. 그리고 제가 지금 고백하고 있으니 말인데, 여보, 이러한 일들은 심각하고 사무적인 측면 이외에 개인적인 측면도 있어요. 그리고 제가 잠정적으로 추정하는데, 당신 동생과 우리 동생의 외양을 서로 비교하는 것이 당신에게 떠오르지 않았겠지요. 힐데가르트는 미인이고 (그 어른의 이름을 따라 리치의 세례명을 만든) 할머니인 엘리자베트 톰슨을 완전히 닮았어요. 귀족 부인의 chic[108]를 갖추고 있어요. 당신 스스로 제게 그걸 일전에 시인했어

---

108 우아함, 세련됨.

요. 자, 그리고 당신 동생 레오폴트를 보세요! 도련님은 의욕적으로 승마용 말을 구매하여 아침마다 영국인같이 등자를 높게 올리는 좋은 사람이에요. 하지만 소용없어요. 도련님은 평균이고 또한 그 아래죠. 어쨌든 기병은 전혀 아니고, 만약 힐데가르트가 도련님을 택한다면 (저는 그렇지 않을 것이라고 염려하는데) 도련님을 완벽한 신사 근처라도 가게 할 수 있는 유일한 길일 거예요. 그리고 당신은 당신 어머니께 그걸 말해도 돼요."

"난 당신이 그렇게 하는 편을 택하겠소."

"좋은 집안 출신이라면 논쟁과 말다툼을 피하죠…"

"그리고 대신 남편 앞에서 하지."

"그건 다른 거예요."

"그래," 오토가 웃었다. 하지만 그의 웃음에는 뭔가 우울함이 있었다.

부모와 살면서 형의 사업체에 취직하고 있던 레오폴트 트라이벨은 친위대 용기병 복무를 원했으나 그의 허약한 가슴으로 인해 받아들여지지 않았고 모든 가족은 심히 감정이 상했다. 트라이벨 자신은 마침내 극복하였고, 상업고문관 부인은 그보다는 덜, 레오폴트 자신은 전혀 그렇지 못하였다. 그는, 헬레네가 기회가 있을 때마다, 그리고 오늘 아침에도 역시 즐겨 강조하는바, 그럭저럭 만회하기 위하여 적어도 승마 교습을 받았다. 매일 그는 두 시간 동안 안장에 올라, 그가 진정으로 노력했기 때문에 꽤 어지간한 모습을 보여주었다.

오늘도 역시, 2대에 걸친 트라이벨 부부들이 동일하고 위험한 주제에 대해 논쟁했던 같은 아침, 자신이 그와 같이 민감한 대화의 원인이자 핵심임을 전혀 모르는 레오폴트는 여느 때와 같이 트렙토 방향으로 아침 나들이에 나섰다. 부모 집을 나와서, 아직은 이른 시간 인적이 드문 쾨페닉 거리 아래로, 처음에는 형의 빌라, 그리고는 오래된 공병 병영을 지나갔다. 그가 슐레지엔 문을 지나가자 병사(兵舍)의 시계가 바로 7시를 울렸다. 이같이 매일 아침 안장에 올라타는 것이 그에게 기쁨을 주었다면, 특히 오늘, 지난날 저녁의 사건들, 주로 미스터 넬슨과 코린나 사이의 대화가 그에게 강하게 영향을 끼쳤는데, 그 강도가 그로 하여금 그 외에는 자신과 공통점을 찾기 힘든 기사 칼 폰 아이헨호르스트[109]와 함께 "평온을 찾기 위한 승마"의 욕구를 품을 수 있게 하였다. 한편 그에게 주어진 말은 물론 힘과 정열의 덴마크 산은 물론 아니고 화려한 그 어떤 것도 기대할 수 없는, 오랫동안 승마학교에서 사용되었던 그라디처[110]였다. 박차고 나갈 수 있기를 원했으나 레오폴트는 보통 걸음으로 말을 탔다. 비로소 천천히 그는 가벼운 속보에 다다르고 란트베어 운하와 즉시 그다음으로 "슐레지엔 숲"에 도달할 때까지 그 속도를 유지했다. 요한이 말을 타고 떠나는 레오폴트에게, 지난 저녁 그곳에서 두 여성과 시계 수리공이 강도를 당했다고 말했다. "이런 비행이 그칠 줄 모르다니! 허약함, 경찰 태만." 하지만 환한 대낮에 이 모든 것은 큰 의미가 없어 레오폴트는 방해받지 않고 그의 온 주변에서 지저대는 지빠귀와 방울새 소리를 즐길 수 있어 기분이 좋았다. "슐레지엔 숲"을 다시 빠져나오자 그에 못지않게 탁 트인 길을 즐길 수 있었는데, 그 오

---

109 "시동아, 덴마크 말에 안장을 얹어라,/ 내가 말을 달려 평온을 얻도록!"으로 시작하는 고트프리트 아우구스트 뷔르거(1747~94)의 담시에 나오는 인물.
110 토르가우 인근 그라디츠 산 승마용 말.

른편으로는 옥수수밭이 펼쳐있었고, 왼편으로는 슈프레 강과 나란히 위치한 공원이 길에 테두리를 두르고 있었다. 그 모든 것이 매우 아름답고 아침의 신선함으로 인해 그는 다시금 말의 속도를 완보로 줄였다. 하지만 그가 천천히 말을 달렸으나, 이내 작은 나룻배가 다른 강변에서 건너오는 지점에 도달했다. 그 광경을 잘 보기 위해 멈추자 도시 쪽에서 몇몇 말을 탄 사람들이 길을 따라 빠른 속도로 다가오고, 말이 끄는 궤도전차가 지나갔는데, 그가 볼 수 있는 한, 트렙토로 가는 아침 손님은 없었다. 그것은 바로 그에게 안성맞춤으로 자신 주위에 대여섯 명의 토속 베를린 사람들이 앉아 그들이 데려온 개를 의자들 위로 뛰어오르게 하거나 상륙 판자로부터 무엇인가를 물어오게 할 때면, 그에게 정기적으로 원기를 북돋는 야외에서의 아침 식사는 반쪽만의 기쁨이었다. 사람이 없는 이 전차 이전 만석 차량이 아니었다면, 오늘은 이 모든 것을 염려할 필요가 없었다.

7시 반경 그는 그곳에 있었다. 팔이 하나밖에 없어 그에 따른 헐렁한 소매(그는 그걸 끊임없이 흔들어 댔는데)의 한 소년을 손짓으로 부르며 지금 말에서 내려 외팔이에게 고삐를 건네며 말했다. "프리츠, 보리수 아래로 데려가. 여긴 아침햇살이 내리쬔다." 소년은 시키는 대로 하고, 레오폴트는 이제 쥐똥나무로 덮힌 말뚝 울타리를 따라 트렙토 시설 입구를 향해갔다. 고맙게도 이곳의 모든 것은 소원대로였다. 모든 테이블은 비어 있고, 의자들은 뒤집혀 있었으며 그의 친구 뮈첼을 제외하면 종업원도 없었다. 세심한 40대 중반의 이 남자는 이미 오전 시간에 거의 티끌하나 없는 연미복을 입고 있었는데, (항상 매우 관대한) 레오폴트와 결코 문제 될 것이 없는 팁 문제를 놀랄 정도로 섬세하게 다루었다. "아십니까, 헤어 트라이벨," 대화가 한번은 이 방향으로 접어들자 그가 말했다. "대부분의 사람들이 팁을 주지 않으려 하고, 게다가 몫을 깎기까지 합니다. 특히 숙녀들이 그렇지요. 하지만 많은 사람들은 마음씨가 좋고 어떤 사람은 아주 좋습니다. 그들은 사람이 시가만으로 살 수 없다는 걸 알지요, 집에 와이프와 아이 셋이 있으면 더욱 그렇죠. 헤어 트라이벨, 이런 사람들, 특히 스스로 많은 것을 갖고 있지 않은 서민들이 베풀 줄 압니다. 바로 어제 여기서 어떤 사람이 10 페니히인 줄 알고 내게 50 페니히 동전을 실수로 찔러 주었는데, 제가 그에게 그걸 알려주자 그가 돌려받지 않고 단지 이렇게 말하는 겁니다. '그렇게 되어야만 했소, 친구, 우리 친구여. 가끔은 부활절과 오순절이 하루에 떨어집니다.'"

뮈첼이 레오폴트에게 그렇게 말한 것은 몇 주 전이었다. 두 사람은 잡담 체질이었는데 이러한 잡담보다 레오폴트에게 더 편안했던 것은 그가 당연한 것들에 대해 이야기할 필요가 없다는 것이었다. 젊은 트라이벨이 식당으로 들어서고 갓 써레질한 자갈길을 지나 물가 바로 옆 자기 자리를 향해 걸어오는 걸 보면 단지 멀리서 인사를 하고는 즉시 부엌으로 들어간 다음, 그곳에서 3분 후 쟁반 위에 영국 비스킷과 커피 한 잔 그리고 큰 우유 잔을 갖고 앞쪽 나무 아래에 나타났다. 큰 우유 잔이 주된 사안이었다. 왜냐하면 위생고문관 로마이어가 마지막 진찰 이후 상업고문관 부인에게 말했기 때문이었다. "친애하는 여사님, 아직은 큰 의미가 없지만, 미리 예방해야 합니다. 그러기 위해 저희가 있는 것입니다. 나머지에 관해서 우리의 지식은 부분에 불과합니다.[111] 그러니까 부탁을 드리자면, 가능한 한 커피는 적게 그리고 매일 아침 우

---

111 「고린도 전서」 13장 9절.

유 1리터를 드세요."

오늘 아침에도 레오폴트가 나타나자 매일 반복되는 만남의 의식 절차가 재연되었다. 뮈첼은 부엌으로 사라지고 이제 자신의 왼손 다섯 손가락 위에 쟁반을 거의 곡예사의 기교로 균형을 맞추며 건물 전면에 다시 나타났다.

"좋은 아침입니다, 헤어 트라이벨. 오늘은 좋은 아침입니다."

"네, 뮈첼 씨. 아주 좋습니다. 하지만 약간 추워요. 특히 여기 물가에서는요. 정말 몸이 떨립니다. 난 벌써 이리저리 왔다 갔다 했어요. 어디 봅시다, 뮈첼, 커피가 따뜻한지."

레오폴트가 그렇게 친절하게 말을 건 웨이터가 쟁반을 테이블에 놓기도 선에 그는 작은 산을 벌써 붙잡아 한 번에 마셔버렸다.

"아, 훌륭해요. 그건 나이 든 사람에게 좋습니다. 그리고 이제 우유를 마시겠어요, 뮈첼, 하지만 정성껏. 그것을 다 마시면, — 우유가 항상 조금 싱겁군요, 그건 단점이 아니고, 좋은 우유는 본래 항상 조금 싱거워야 하죠 — 그걸 다 마시면, 한 잔 더 청하고…"

"커피요?"

"물론이죠, 뮈첼."

"하지만, 헤어 트라이벨."

"자, 뭡니까? 뮈첼, 내가 아주 특별한 말을 했다는 듯이 아주 당황한 얼굴을 하고 계세요."

"네, 헤어 트라이벨."

"참, 도대체 뭡니까?"

"네, 헤어 트라이벨, 어머니께서 그제 이곳에 오셨어요. 상업고문관님과 어머니의 비서분도 함께요. 헤어 레오폴트, 귀하께서는 바로 '슈페를'[112]과 회전목마를 향해 떠나셨죠. 그때 어머니께서 제게 말씀하셨어요. '뮈첼, 들어보세요. 우리 아들이 거의 매일 아침 오는 것을 아는데 당신께 책임을 지게 할 거예요… 한 잔만, 더는 안 돼요… 댁의 부인도 한 번 치료한 적이 있는 위생고문관 로마이어가 은밀하게, 하지만 매우 진지하게 말했어요. 두 잔은 독이 된다고…'"

"그래서… 그리고 혹시 우리 어머니가 또 다른 말을 하셨나요?"

"상업고문관 부인께서는 또 말씀하시길, '손해를 보지 않을 거예요, 뮈첼… 우리 아들이 열정적인 사람이라고 할 수 없어요. 그 아이는 좋은 사람, 사랑스러운…' 용서하세요, 헤어 트라이벨, 어머니 말을 모두 이렇게 단순히 반복해서요… '하지만 그 애는 커피에 열정이 있어요. 사람이 가져선 안 되는 그런 열정을 갖는 건 항상 나빠요. 그러니까 뮈첼, 커피 한 잔은 좋아요, 하지만 두 잔은 아닙니다.'"

레오폴트는 매우 혼합된 감정으로 경청하고 자신이 웃어야 할지 혹은 화를 내야 할지 몰랐다. "자, 뮈첼, 우리 그럼 두 번째 잔은 그만둡시다." 그러면서 그는 자리에 다시 앉고 뮈첼은 건물 귀퉁이 대기 장소로 돌아갔다.

"한순간에 이제 내 삶을 갖는군," 레오폴트가 다시 혼자 있게 되자 말했다. "조스티 카페에서 내기를 걸고 12잔 커피를 연달아 마시고 쓰러져 사망했다는 사람 이야기를 들은 바 있지. 하지만 그것이 무얼 증명해 보인다는 말인가? 내가 12개 치즈 샌드위치를 먹으면, 역시 쓰러져 죽기는 마찬가지야. 어떤 것이든 12배를 먹으면 사람은 죽는다. 하지만 그 어떤 이성적인 사람이 그의 음식과 음료를 12배나 먹는단 말인

---

112 트렙토에 위치한 음식점.

가? 이성적인 사람이라면 어리석은 짓은 하지 않고 자신의 건강을 자문하고 스스로 몸을 망치지 않을 것을 예상할 수 있어. 적어도 나는 그렇다고 말할 수 있지. 그리고 나의 좋은 어머니는 순진하게도 내가 이런 감독이 필요치 않고 내 친구 뮈첼을 감시인으로 내세워서는 안 된다는 걸 아셔야 해. 하지만 어머니는 항상 고삐를 쥐고 있어야 하고, 모든 것을 정하고, 지시하지. 그리고 내가 무명 저고리를 입기 원해도 모직이어야 해."

그는 이제 우유를 마시기 시작하고 거품이 이미 가라앉은 키가 큰 병을 손에 잡으며 미소 지어야 했다. "내게 적절한 음료. '경건한 사고 방식의 음료'[113]라고 아버지는 말씀하실 거야. 아, 속상해, 모든 것이 속상해. 어딜 가나 후견과 감독이야. 어제 견진성사를 받은 섯보나 너 나빠. 헬레네는 모든 걸 더 잘 알고, 오토는 모든 걸 더 잘 알고, 그리고 이제 어머니까지! 어머니는 내가 청색 혹은 녹색 넥타이를 매야 할지 혹은 가르마를 직선으로 타야 할지 아니면 비스듬히 타야 할지 정해주고 싶어 하시지. 하지만 나는 속상해하지 않겠어. 네덜란드 사람들의 속담에 '화내지 말고, 놀라기만 해라.'는 말이 있지. 나는 그런 습관 또한 버려야겠어."

그렇게 그는 혼잣말을 계속하며 사람들과 상황들을 돌아가며 개탄하다가 갑자기 그의 모든 불만을 자기 자신에게 향했다. "어리석음. 사람들, 상황들, 그 모든 것이 문제가 아니야. 아니야, 아니야. 다른 사람들도 집안 관리를 독차지하는 어머니들이 있어도 자기 하고 싶은 대로 하지. 문제는 나야. 'Pluck, dear Leopold, that's it.'[114] 어제만 해도 사

___
113 실러의 『빌헬름 텔』 4막 3장(V. 2572f.)에서 인용.
114 용기를 내, 레오폴트, 바로 그거야.

람 좋은 넬슨이 내게 헤어지며 그 말을 했고, 그의 말이 맞아. 거기에 답이 있어, 그 어떤 다른 곳이 아닌. 내겐 기력과 용기가 없고 반항은 분명 배운 적도 없고."

이 말을 하며 그는 앞쪽을 응시하며 승마용 채찍으로 작은 자갈들을 치워버리고는 새로 깔린 모래 위에 글자를 썼다. 그리고 그가 잠시 후 고개를 들자 그는 슈트랄라우 강가에서 이쪽으로 오는 수많은 배들을 보았다. 그리고 그사이로 큰 돛을 하고 강 아래로 항해하는 슈프레 강 바지선이 있었다. 그의 시선은 그리운 듯 그것을 바라보았다.

"아, 나는 이런 비참한 상태에서 벗어나야 해. 그리고 사랑이 용기와 결단력을 준다는 것이 사실이면 모든 것은 잘될 거야. 잘되는 것뿐만 아니라, 내겐 쉬운 일이어야 해. 그리고 나 자신을 전적으로 강제하고 압박하고 싸움을 시작해 모든 사람들에게, 누구보다 어머니에게, 사람들이 나를 잘못 판단했고 과소평가했음을 보여주어야 해. 내가 우유부단에 다시 빠지게 되면, 결코 그럴 리 없겠지만, 그녀가 내게 필요한 힘을 줄 거야. 왜냐하면 그녀는 내게 없는 모든 것을 가지고 있고 모든 것을 알고 할 수 있어. 하지만 내가 그녀를 확신할 수 있나? 거기에서 나는 또다시 주된 문제 앞에 서 있어. 물론 때때로 그녀가 나를 신경 써 주고 다른 사람들에게 이야기할 때도 본래 나에게 이야기하는 것 같아. 어제저녁에도 또다시 그랬는데 마르셀이 시기심에 얼굴빛이 바뀌는 걸 나는 또 보았어. 다른 것일 수 없었어. 그리고 그 모든 것들…"

그는 멈췄다. 이제 참새들이 매 순간 성가시게 자기 주위로 몰려들기 때문이었다. 몇 마리는 테이블에 올라와 부리로 쪼면서 대담하게 쳐다보며 아침 먹이를 달라고 독촉하였다. 그는 웃으면서 비스킷을 쪼개서 그 조각들을 던져주었다. 그것들을 가지고 승자들 그리고 그들을 쫓아 다른 새들도 보리수나무로 되돌아갔다. 하지만 훼방꾼들이 사라지기가 무섭게 오래된 생각들이 다시 찾아왔다. "그래, 마르셀에 관해서인데, 나는 그걸 내게 유리하게 해석할 수 있어, 그리고 다른 많은 것들도. 하지만 모든 게 단순히 유희고 변덕일 수도 있어. 코린나는 어떤 것도 심각하게 여기지 않고 원래 두각을 내며 경청자들로부터 경탄과 경이의 대상이 되고 싶은 거야. 그리고 내가 그녀의 이런 성격을 고려하면 결국에 가서 내가 집으로 보내지고 비웃음의 대상이 될 가능성도 생각해 봐야 해. 그건 괴로운 일인데. 그렇지만 나는 시도해 봐야 해… 내가 누군가 털어놓고 이야기하고 내게 조언해 줄 사람이 있기만 하다면. 아쉽게도 나는 아무도, 친구도 없어. 어머니가 그렇게 배려해 두셨지. 그리고 나는 조언과 도움 없이 오로지 홀로 이중 '긍정'을 구해야 해. 우선은 코린나에게서. 그리고 내가 이 처음 '긍정'을 얻었다고 두 번째를 얻은 건 절대 아니야. 너무도 분명할 뿐이지. 하지만 두 번째를 나는 적어도 쟁취는 할 수 있고 그렇게 할 거야… 이런 모든 것이 대수롭지 않은 사람들이 얼마든지 있지만 나에겐 어렵지. 영웅은 타고나는 것이고 나는 그중 하나는 아니야. 그리고 영웅적인 것은 배워서 되는 것이 아니야. '각자는 스스로 능력에 따라서'라고 힐겐한 교장이 항상 말했어. 아, 내가 감당할 수 있는 것보다 더 많은 것이 내 어깨에 놓여 있는 기분이야."

이 순간 사람들이 가득 찬 기선이 강 위로 거슬러 올라와 정박하지 않고 "노이엔 크룩"과 "사도와"[115] 식당 쪽으로 향했다. 배 위에서 음악이 들렸다. 그리고 온갖 노래가 들려왔다. 배가 상륙용 부잔교를 지나

---

115 슈프레 강변의 식당들로 베를린 사람들의 소풍 행선지.

고 곧이어 "사랑의 섬"을 지나가자 레오폴트 역시 자신의 꿈에서 깨어나 시계를 본 다음, 그가 사무소에 정시에 도착해 형 오토의 질책 혹은 그보다 더 나쁜 빈정거리는 말투를 면하기 위해 가야 할 시간임을 확인했다. 그리하여 아직도 구석에 서 있는 뮈첼을 지나치며 다정한 인사를 건네고 외팔이 소년이 그의 말을 지키고 있는 곳으로 걸어갔다. "여기 있군, 프리츠!" 그리고 이제 안장에 올라타 빠른 속보로 돌아가 문을 지나고 곧이어 공병 병영을 또다시 지나가 오른쪽 좁은 길로 들어섰다. 이 길은 말뚝 울타리로 둘러싸인 오토 트라이벨의 목재집하장을 따라가는데, 그 너머로는 앞정원과 나무들 사이에 빌라가 보였다. 형과 형수가 아직 아침 식사를 하고 있었다. 레오폴트는 저 너머 그들에게 인사했다. "좋은 아침이야, 오토. 좋은 아침입니다, 헬레네!" 두 사람은 인사에 답례하고 미소 지었다. 왜냐하면 그들은 매일 행하는 이런 승마 일상을 꽤 우스꽝스럽게 생각하기 때문이었다. 그리고 다름 아닌 레오폴트가! 도대체 그가 무슨 생각을 하며 그러는지!

레오폴트는 그사이 말에서 내려 빌라의 뒷계단에서 기다리는 하인에게 말을 쾨페닉 거리를 따라 부모의 공장 마당과 거기에 속한 마구간으로 가져가도록 했다. 헬레네는 항상 그것을 stable-yard[스테이블 야드]라 불렀다.

제9장

일주일이 지나고 슈미트 집안은 심한 불쾌감에 휩싸여 있었다. 코린나는 마르셀에게 화가 나 있었다. 왜냐하면 마르셀이 코린나를 원망했으므로. (적어도 그녀는 그가 오지 않는 것을 그렇게 해석했다) 그리고 사람 좋은 슈몰케는 마르셀을 원망한다고 또다시 코린나를 원망했다. "그렇게 좋은 기회를 차 버리는 것은 좋지 않아, 코린나야. 내 말을 믿으렴. 행운은 한번 쫓아버리면 화가 나서 다시는 오지 않아. 마르셀은 사람들이 보물 혹은 보석이라고 부르는 것으로, 바로 예전의 나의 남편 슈몰케라 할 수 있지." 매일 저녁 그런 대화가 이어졌다. 오직 슈미트 자신만이 자기 집안에 드리워진 구름을 지각하지 못하고 황금 마스크 연구에 점점 깊이 들이가 디스텔킴프와 점점 더 격렬하게 진행된 토론에서 그것들 중 하나는 분명 아이기스토스라 결정 내렸다. 아이기스토스는 아무튼 7년간 클리템네스트라의 남편이었고 집안의 가까운 인척이었다는 것이다. 그리고 슈미트의 입장에서는 아가멤논 살해가 어느 정도 자신의 아이기스토스 가설과 대립됨을 인정해야겠지만 반면 살해는 다소간 내부적인 것, 말하자면 가족 문제였음을 잊어서는 안 된다는 것이다. 그런 이유로 민족과 국가를 고려한 장례와 의식의 문제들은 본래 다뤄질 수 없었다고. 디스텔캄프는 침묵했고 토론으로부터 미소를 띠며 물러났다.

나이 든 그리고 젊은 트라이벨 집안에서도 모두 꽤 언짢은 기분이 지배했다. 헬레네는 오토에게 불만이었고, 오토는 헬레네에게 그리고 어머니는 다시금 두 사람에게 불만이었다. 하지만 비록 자기 자신에 대해서이지만, 가장 불만족한 사람은 레오폴트였다. 오직 나이 든 트라이벨만이 자신을 둘러싼 언짢음을 거의 느끼지 못하였거나 그러기를 원치 않았고 오히려 평소와 달리 좋은 기분을 만끽했다. 그 이유는 빌리발트 슈미트의 경우와 같이 내내 자신의 장기에 몰두하고 이미 쟁취한 승리를 자랑할 수 있었기 때문이었다. 포겔장이 그러니까 자신과 미스터 넬슨을 위해 거행된 만찬 직후 트라이벨을 위해 정복되어야 할 선거구로 떠났는데, 그 목적은 일종의 예비 선거운동으로 토이피츠 초센 주민들의 마음과 생각 그리고 결정적 순간에 그들이 취하리라 추정되는 입장을 탐색하기 위함이었다. 이러한 자신의 과업을 수행함에 있어 단지 주목할 만하게 활동할 뿐만 아니라 거의 매일 자신의 선거캠페인의 결과에 대해, 활약의 중요성에 따라, 길고 짧게 보고하는 몇몇 전보들을 보내왔음이 언급 되어져야 한다. 이 전보들이 이전 베르나우 전쟁 통신원[116]의 그것들과 필사적인 유사함을 보여준다는 사실을 트라이벨은 눈치챘다. 하지만 그는 결국에는 자신의 마음에 드는 것만 주의를 기울였기 때문에 특별히 이의를 제기하지 않았다. 이런 전보들 중 하나에는 다음과 같이 쓰여 있었다. "모든 것이 순조롭게 진행되고 있음. 토이피츠로 송금 요망. V 배상." 그리고는 "쉐르뮈첼 호숫가 마을들은 우리 차지임. 천만다행. 토이피츠 호수에서와 같이 도처에 같은 성향. 송

---

116 베를린의 저널리스트 율리우스 슈테텐하임(1831~1916)은 자신의 풍자신문 《말벌》에서 Wippchen('핑계', '농담'을 의미)이라 불리는 익살스러운 인물을 통신원으로 등장시켜 우스꽝스러운 보도로 인기를 얻었다. 기사는 사건이 일어난 현장이 아닌 베를린 인근 베르나우에서 쓰여졌다.

금이 아직 도착하지 않았음. 조속히 요망. V 배상.”… “내일은 슈토르코 방향으로! 그곳에서 결정이 나야 함. 송금을 그사이에 수령함. 하지만 이미 지출한 것만을 충당함. 전쟁 수행에 관한 몬테쿠콜리[117]의 발언은 선거전에도 해당. 추가 전보는 그로스 리츠로 요망. V 배상” 허영심으로 으쓱해진 트라이벨은 이에 따라 그 선거구가 확보된 것으로 간주했고, 기쁨의 잔에 유일하게 일말의 쌉쓸한 방울이 떨어졌다. 그는 이 사안에 대해 제니가 그 얼마나 비판적인 입장인가를 잘 알고 있었으므로, 그 때문에 자신의 행운을 홀로 만끽할 수밖에 없었다. 통틀어서 그가 신뢰하는 프리드리히가 다시 한번 “도깨비들 속에 단 하나뿐인 감정이 깃든 가슴”[118]으로 그는 이 인용구를 스스로 끊임없이 반복했다. 하지만 어떤 공허함이 남아있었다. 눈에 띄는 것은 더군다나 베를린 신문들이 아무런 보도도 하지 않는다는 사실이었다. 그에게 이것이 더욱 두드러진 이유는 포겔장의 모든 보고들에 따르면 그 어떤 심각한 반대가 없기 때문이었다. 보수주의자와 민족자유주의자 그리고 몇몇 직업 국회의원들이 그의 경쟁자가 될 수 있었다. 하지만 그것이 무엇을 뜻하였나? 포겔장이 작성해 등기우편으로 트라이벨 저택 주소로 보낸 어림 견적에 따르면 전 선거구에 걸쳐 오직 일곱 명의 민족자유주의자가 있을 뿐이었다. 세 명의 중등학교 교사, 한 명의 지방 판사, 합리주의적 성직자인 교구 감독, 교육받은 농장주 두 명이 그들이었다. 반면 정통 보수주의자들은 그나마 이같이 얼마 안 되는 작은 무리보다 뒤져있었다.

---

117 합스부르크 육군 원수이자 전쟁 작가(1609~80)인 Montecuccoli는 지안 지아코모 트리블치오를 인용하며 전쟁 수행에 필요한 것은 “돈, 돈 그리고 또 돈”이라고 하였다.
118 실러의 담시 「잠수부」에서 인용.

"심각한 경쟁자 — 결여." 포겔장의 편지는 그렇게 마쳤다. "결여"라는 단어는 밑줄 처져있었다. 그것은 희망에 넘치는 말이었다. 하지만 진심 어린 기쁨 가운데 불안의 자취가 남아있었다. 포겔장이 떠난 지 1주일 이 지나자 직감적으로 되풀이되는 불안과 걱정을 입증해 줄 실로 중요한 날이 시작되었다. 그것은 직접적으로, 첫 순간에 입증된 것은 아니었고 유예는 분(分)에 따라 짧게 산정되었다.

트라이벨은 자신의 방에서 아침 식사를 하고 있었다. 제니는 두통과 흉몽으로 자리를 떴다. "또다시 포겔장 꿈을 꾸었단 말인가?" 그는 이런 비웃음이 한 시간 내 그 자신에게도 보복 되리라고는 예상하지 못했다. 프리드리히가 우편물들을 가져왔다. 그 가운데 이번에는 엽서와 편지는 별로 없고 그 대신 십자형 띠로 묶은 신문들이 있었는데, 겉으로 판단하기에 특이한 표장들과 시 문장(市 紋章)들로 장식되어 있었다.

이 모든 것들은 (우선은 추측일 뿐으로) 자세히 살펴보면 순식간에 확인될 것들이었다. 트라이벨이 십자형 띠를 제거하고 신문 압지를 책상에 펴고는 쾌활한 마음으로 몰두하여 읽었다.《벤디쉬 슈프레강의 수호자》,《무장 해제, 불명예》,《항시 전진》그리고《슈토르코 전령》[119] — 그것들 중 둘은 슈프레 강 이쪽, 둘은 강 건너에서 왔다. 모든 맹목적 열정으로부터 재앙만을 예상하기 때문에 통상 모든 성급한 독서를 반대하는 트라이벨은 이번엔 주목할 만한 민첩함으로 신문에 달려들어 푸른색으로 표시된 부분들을 훑어보았다. 이미 48년 혁명에 반대 입장을 취하고, 히드라의 머리를 짓밟았던 포겔장 중위(그렇게 명칭이 모든 부분에 반복되었다)는 자신을 위해서가 아니라, 그의 정치적 동

---

119 폰타네가 만들어낸 신문명.

지인 상업고문관 트라이벨을 위해서 선거 구역에 삼일 연속으로 자신을 소개했다고 쓰여 있었다. 트라이벨은 차후 선거구를 방문할 것이며 포겔장 중위가 표명한 원칙들을 반복할 것이라고. 이는 원래 후보자의 진심에서 우러나온 추천으로 간주된다고 현재 말할 수 있다고. 왜냐하면 포겔장의 프로그램에 따르자면 너무 많은 통치행위에다 개인적 이해관계가 대변되고 있다면서, 따라서 그에 따라 모든 비용이 드는 "중간 단계들"이 포기되어야 하며 (이는 다른 한편으로는 세금 인하에 해당한다), 그리고 현재, 부분적으로 이해할 수 없는 복잡한 양상에 유일하게 남아도 좋은 것은 자유로운 제후와 자유로운 민중이라는 것이다. 그로써 두 가지 회전축 혹은 중심점이 존재하나 이는 사안에 해가 되지 않는다는 것이다. 왜냐하면 인생의 깊이를 천착하거나 탐색한 사람이라면 단순히 중심점이란 존재하지 않으며 — 그는 유념하며 중앙[120]이라는 말을 피했다 — 인생은 원이 아니라 타원으로 움직인다고 알고 있다고. 그렇기 때문에 두 개의 회전축이 자연스럽게 주어진 것이라고.

"나쁘지 않아," 트라이벨이 다 읽은 후 말했다. "나쁘지 않아. 논리적인 데가 있어. 약간은 정상이 아니지만 논리적이야. 단지 나를 의아하게 만드는 것은 마치 포겔장 스스로 쓴 것처럼 들린다는 거야. 머리를 짓밟힌 히드라, 경감된 세금, 중앙을 두고 하는 끔찍한 어어유희 그리고 마지막으로 원과 타원 넌센스. 그 모든 게 포겔장 자신이야. 그리고 네 군데 슈프레 신문사로 보낸 사람도 물론 또다시 포겔장이야. 나는 내 파펜하이머를 알고 있지.[121]" 그러면서 트라이벨은《벤디쉬 슈프레 강의 수호자》신문을 다른 것들과 함께 테이블에서 소파로 치운 다

---

120 1871년 설립된 가톨릭 국민정당을 암시.
121 실러의 『발렌슈타인의 죽음』 3막, 15장. V 1871에서 차용.

음 다른 신문들과 마찬가지로 십자형 띠로 도착한《민족신문》의 반을 손에 잡았다. 그런데 필적과 전체 주소로 판단하건대 포겔장이 아닌 다른 사람이 보낸 것이 확실했다. 이전에는 상업고문관이《민족신문》의 구독자이자 열성적 독자였으나 이제는 매일 매일 15분 동안 신문을 읽으면서 읽을거리를 바꾼 것을 애석해했다.

"자 어디 볼까," 그는 마침내 말을 하며 신문을 펼쳐 익숙한 눈으로 신문의 세 단을 훑어보았다. 맞다, 거기에 있었다. "의회 소식. 토이피츠 초센 지역구." 표제를 읽고는 그는 멈췄다. "모르겠어. 매우 특이해. 하지만 결국에는 어떻게 다를 수가 있겠나? 그건 세상의 가장 자연스러운 시작이야. 계속 읽어보자."

그리하여 그는 계속 읽었다. "3일 전부터 우리의 조용하며 통상 정치 싸움으로 방해받지 않던 지역구에 선거 준비가 시작되었다. 분명 역사적 지식과 정치적 경험, 실로 건전한 상식이라고 할 수 있는 것에서 부족한 것을 '기민함'으로 보충하려고 다짐한 정당이 바로 그 주역이다. 다른 것은 몰라도 「토끼와 고슴도치」 동화는 아는 것으로 보이는 바로 이 정당이 실제 다른 정당들과의 경쟁이 시작되는 날, 동화 속 고슴도치의 외침으로 다른 정당들을 대적하려 한다. '내가 벌써 여기 있다.' 시기상조 등장은 그렇게만 설명될 수 있다. 극장 초연에서처럼 모든 좌석들이 포겔장 중위와 그의 추종자들로 예약된 듯 보인다. 하지만 그것은 착각일 것이다. 이 정당은 대담함은 있어도 거기에 들어가야 할 것이 없다. 상자는 있지만 내용물이 없다…"

"제기랄," 트라이벨이 말했다. "신랄하게 나오는군… 나와 관련된 부분은 불편하지만 그렇다고 포겔장에게 불만은 없어. 그의 강령에는 현란한 데가 있어. 그걸로 나를 포섭했지. 그런데 자세히 보면 볼수록 의심스러워. 이미 40년 전 히드라를 밟아 죽였다고 상상하는 군화 신은 자들은 여전히 몇몇 사각형 동그라미와 영구 운동기관 페르페툼 모빌레를 찾고, 불가능한 것, 그 자체로 모순인 것을 성취하려 하지. 포겔장은 그들 중 하나이고. 아마도 이건 단순히 비즈니스의 문제야. 지난 8일 동안을 합산해보면. 하지만 난 기사의 첫 문단만 읽었을 뿐이야, 후반부에선 더 신랄하게 그를 공격하겠지, 혹은 나도 역시." 그리고 트라이벨은 계속 읽었다.

"우리 지역에서의 이전 활동은 차치하고라도 어제와 그제에 걸쳐, 우선 마르크그라프 피스케, 그리고 슈토르코와 그로스 리츠를 방문하는 호의를 베푼 신사를 심각하게 여기는 것은 불가능하다. 또한 그의 얼굴 표정이 심각하면 할수록 더더욱 그러하다. 그는 근엄한 광대 말볼리오[122]류에 속하는데 그들의 수가 일반적으로 생각하는 것보다 많다. 그의 횡설수설을 지칭하는 이름이 아직 없다면 세개의 C로 가득찬 노래라고 부를 수 있을 것이다. 내각(Cabinet), 브란덴부르크 선제후국(Churbrandenburg), 주(州)의 자유(Cantonale Freiheit). 이걸로 이 돌팔이들이 세상을, 아니면 적어도 프로이센 국가를 구출하려 한다. 거기에는 특정 방식이 있음을 부인할 수 없다. 망상에도 방식이 있듯이. 포겔장 중위의 노래는 우리를 극도로 불쾌하게 만들었다. 그의 모든 강령은 공석 위협이다. 가장 안타까운 것은 그가 홀로, 자신의 이름으로서가 아니라 우리가 매우 존경하는 베를린 기업가 상업고문관 트라이벨(베를린 청색공장, 쾨페닉 거리)의 이름을 빌려 이야기했다는 것이다. 트라이벨에게서 우리는 뭔가 더 나은 것을 기대했다. 좋은 사람이지만 나

---

122 셰익스피어의 『십이야』에 나오는 희극적 인물.

뻔 음악가가 될 수 있고,[123] 정치적 아마추어주의가 어떤 결괴를 가져오는가에 대한 또 다른 증거이다."

트라이벨은 또다시 신문을 접고는 손으로 그 위를 철썩 때리며 말했다. "이것만은 확실해. 그건 토이피츠 초센에서 쓴 글은 아니야. 그건 텔의 화살이야.[124] 근거리에서 날아 온. 그건 최근 부겐하겐에서 단지 우리를 반대했을 뿐만 아니라 조롱하려고 했던 민족자유주의자 교사가 쓴 글이야. 하지만 목적을 이루지 못했어. 종합적으로 나는 그의 말을 부인하고 싶지 않아. 아무튼 포겔장보다 그가 내 마음에 들어. 게다가 《민족 신문》은 이제 반은 궁정 신문이고 자유 보수주의자들과 동조하지. 내가 방향을 바꾼 것이 어리석었거나, 적어도 성급했어. 내가 기다렸었다면 지금쯤이면 훨씬 나은 사람들과 정부 쪽에 서 있을 수 있을 텐데. 그 대신에 나는 어리석은 작자와 그의 우스꽝스러운 원칙에 코가 꿰인 셈이 되었어. 하지만 난 이 모든 사안에서 벗어날 거야, 영원히. 한번 혼이 나면 조심을 하게 돼… 사실 난 약 천 마르크 혹은 적어도 더는 크지 않은 돈을 들이고 빠져나와 다행이라고 스스로 축하할 수 있을 거야. 내 이름만 거명되지 않았더라면. 내 이름. 그건 난처한 일이야…" 그러면서 그는 신문을 다시 펼쳤다. "다시 한번 그 부분을 읽어야겠어, '우리가 존경해 마지 않는 베를린 기업가 상업고문관 트라이벨' ─ 그래, 맘에 들어, 듣기 좋아. 그리고 이젠 포겔장 덕분에 나는 우스꽝스러운 인물이 되었네."

그리고 이런 말을 하며 정원을 산책하며 신선한 공기로 가능한 한

---

123 클레멘스 브렌타노의 희극 『폰세 드 레옹』의 대사가 하이네에 의해 널리 인용되는 이 어구가 되었다.
124 실러의 『빌헬름 텔』(4장, 3막; V. 2792)에서 인용.

화를 해소하기 위해 그는 일어섰다.

하지만 그것은 뜻대로 이루어지지 않을 듯 보였다. 왜냐하면 집 벽을 돌아 뒷정원으로 돌아가는 순간과 동시에 그는 매일 아침과 다름없이 오늘도 또다시 볼로냐 개를 연못 주변에 산책시키는 프로이라인 호니히를 보았기 때문이었다. 트라이벨은 움찔했다. 왜냐하면 경직된 프로이라인과의 대화는 이 순간 그의 입맛에 맞지 않았기 때문이었다. 하지만 그녀는 그를 발견하고 인사했다. 공손한 태도 그리고 무엇보다 넉넉한 친절함이 그의 덕목에 속하는지라 마음을 가다듬고 쾌활하게, 어쨌든 그녀의 지식과 판단에 관한 한 진심으로 신뢰하는 프로이라인 호니히에게 다가갔다.

"정말 반가워요, 친애하는 호니히 양, 이렇게 혼자 그것도 이렇게 때마침 만나서… 오랫동안 이런저런 것들을 가슴에 품고 있었는데 내려놓고 싶군요…"

호니히는 얼굴을 붉혔다. 트라이벨의 좋은 평판에도 불구하고 그 말을 듣고 달콤한 염려가 그녀를 엄습했기 때문이었다. 그것이 완전히 가당찮은 생각이었음이 다음 순간 거의 잔인하게 명료해졌다.

"그러니까 내가 관심을 두는 것은 나의 사랑스러운 손녀 아이의 교육입니다. 그 아이에게 실행되고 있는 함부르크식 교육은 — 이런 단두대식 표현을 의도적으로 사용하자면 — 순박한 베를린식 나의 입상에서 볼 때 상당히 염려스럽습니다."

치카라고 불리는 볼로냐 개는 이 순간 줄을 당기며 마당에서 정원으로 길을 잃은 뿔닭을 뒤쫓아 가려는 듯 보였다. 호니히는 동요함이 없이 강아지를 철썩 때렸다. 치카는 짖는 소리를 내고 머리를 이리저리 흔들어 (실제로는 벨트에 불과한) 저고리에 바느질해 매달아 놓은 작은 종들이 울리기 시작했다. 그리고 그 작은 동물은 다시 진정히고 연못 주변 산책이 재개되었다.

"아세요, 프로이라인 호니히, 그렇게 리치도 교육되고 있어요. 항상 제 엄마가 손에 들고 있는 줄에 매어, 만약 뿔닭이 나타나 리치가 따라가려 하면 마찬가지로 철썩 맞게 되는데, 아주, 아주 약하게, 그리고 그 차이란 단지 리치는 짖지 못하고 머리도 흔들지 않고 물론 울리기 시작할 방울도 없소."

"리치는 천사예요," 16년의 가정교사 경력 동안 표현의 신중함을 체득한 호니히가 말했다.

"정말 그렇게 생각하오?"

"정말로 그렇게 생각합니다, 상업고문관님. '천사'에 대해 저와 고문관님의 의견이 일치하면요."

"아주 좋습니다, 프로이라인 호니히. 아주 적절합니다. 나는 그저 리치에 대해 선생과 이야기하고 싶었는데, 천사에 대해 이야기를 듣는군요. 전체적으로 천사에 대한 확고한 판단을 내릴 기회는 많지 않습니다. 자, 천사를 무엇이라 생각하는지 말해주세요. 하지만 날개 이야기는 하지 마세요."

호니히는 미소 지었다. "네, 상업고문관님, 날개는 말고, '세속적인 것에 의해 손대지 않은' 그것이 천사라고 말씀드릴 수 있겠네요."

"좋습니다. '세속적인 것이 닿지 않은', 나쁘지 않아요. 네, 그보다 더, 그 말을 전적으로 동의하고 아름답다고 생각해요. 그리고 오토와 내 며느리 헬레네가 명확하고 목표 의식을 갖고 진정 작은 제노베바[125]

---

125 전설에 따라 팔츠 백작 지그프리트(750년 경)의 덕이 뛰어난 부인으로 18세기 독일 민중서적 및 극과 오페라에 등장하는 인물.

나 작은 순결한 수잔나[126] 를 키울 것을, 용서하세요, 당장 더 좋은 예를 찾을 수 없군요, 의도한다면, 혹은 모든 것이 어떤 튀링엔의 방백 혹은 내 개인적으로는 좀 못한 신의 피조물과 혼인할 성 엘리자베트의 모조품을 만들어냄을 목표로 한다면, 나는 반대할 게 없어요. 나는 그런 과제를 실행하는 것이 매우 어렵지만 불가능하다고 생각지 않아요. 누군가 적절히 말한 바 있고 지금도 회자되고 있듯이, 그런 것을 단순히 바라는 것만으로도 이미 대단한 것이에요."

프로이라인 호니히는 끄덕였다. 왜냐하면 그녀 스스로 이쪽 방향으로 목표를 잡은 노력을 생각하고 있었기 때문이었다.

"내 말에 동의하고 있군요," 트라이벨은 말을 이었다. "네, 기쁩니다. 그리고 두 번째에서도 우리가 역시 한마음이어야 한다고 생각합니다. 아세요, 프로이라인 호니히, 나는 충분히 이해합니다만 엄마가 자식을 진짜 천사로 키우려고 하는 것은 내 개인적인 취향과는 상반됩니다. 이런 것들의 본질이 무엇인지 아무도 알 수 없어요. 종국에 이르러 의심할 바 없이 자신의 판관 앞에 서게 되면 누가 그걸 원치 않겠습니까? 나 자신도 원한다고 말하고 싶습니다. 하지만 친애하는 프로이라인 호니히, 천사에는 이런 천사도 있고, 다른 의미의 천사도 있습니다. 천사가 빨래통 천사와 다름이 아니고 오점 없는 영혼이 비누 소비에 따라 산출되고 성장하는 사람 전체의 순수함이 양말의 흰색 명도에 있다고 한다면 나에겐 조금은 두려운 감정이 엄습합니다. 그리고 게다가 자신의 손자의 아마빛 머리털이, 선생께서도 눈치채셨겠지만, 너무 신경을 써준 결과 거의 반은 색소 결핍증처럼 되면, 나이 든 할아버지에겐

---

126 『구약』의 "목욕하는 수잔나".

끔찍한 두려움이 앞섭니다. 불스텐 양을 응원해줄 수 있겠습니까? 불스텐은 이해심이 있는 분이고, 이 같은 함부르크식에 속으로는 반기를 든다고 난 생각해요. 기회를 찾을 수 있다면 기쁘겠습니다…"

이 순간 치카가 또다시 가만히 있지 못하고 이전보다 더 크게 짖었다. 이런 논의 도중 방해받기 싫어하는 트라이벨은 짜증이 나려 하는데 막상 그렇게 되기 이전에 빌라로부터 세 명의 숙녀들이 시야에 들어왔다. 둘은 완전히 똑같이 짚빛 여름철 직물로 된 옷을 입고 있었다. 두 사람 모두 펠겐트로이였다. 그 뒤를 헬레네가 따라왔다.

"어이구, 다행이군, 헬레네야," — 아마도 양심에 가책을 느끼는 — 트라이벨이 우선 며느리를 향해 말했다. "다행이다, 다시 널 보게 돼서. 우리 논의의 대상이 바로 너였다. 아니 오히려 너의 사랑스러운 리치였지. 프로이라인 호니히는 어린 리치가 천사라고 단언했다. 내가 반박하지 않았다고 너는 생각해도 된다. 천사 할아버지가 싫은 사람이 어디 있겠니? 하지만, 숙녀분들, 어떤 사연으로 이렇게 일찍 내게 방문의 영예를 준겁니까? 혹은 우리 집사람에게? 집사람은 두통이 있어서요. 불러드릴까…?"

"오, 아니에요, 아버님," 헬레네가 모처럼 상냥하게 말했다. "아버님을 뵈러 왔어요. 펠겐트로이 집안사람들이 그러니까 오늘 오후 할렌 호수로 야유회를 가려 해요, 오토와 저뿐만 아니라 트라이벨 집안분들 모두 참가한다면요." 펠겐트로이 자매들은 헬레네가 말을 이어가자 양산을 흔들며 이 모든 사실을 확인했다. "그리고 늦어도 3시까지요. 저희는 lunch[점심]에 약간 dinner[만찬] 성격을 주거나 dinner[만찬]를 저녁 8시까지 미뤄야겠어요. 엘프리데와 블랑카가 아들러 거리에 가서 슈미트 집안분들도 오시라고 청하려고요. 적어도 코린나는요. 교수님은 아마 나중에 오시겠지요. 크롤라는 이미 약속했고 4중창단을 데리고 오겠다고 해요. 그중 두 명은 포츠담 시정부의 연수생이라고…"

"그리고 예비역 장교예요." 동생 펠겐트로이, 블랑카가 설명을 덧붙였다…

"예비역 장교라," 트라이벨이 심각하게 반복했다. "자, 숙녀분들, 그게 결정적인 거죠. 이 나라에 사는 가장(家長)치고, 비록 잔인한 운명이 그에게 딸을 허락하지 않았더라도, 예비역 장교와의 야유회를 거절할 용기가 있을 거로 생각하지 않아요. 그러니 흔쾌히 수락합니다. 그리고 세 시에. 집사람은 물론 최후의 결정이 자기 머리 위에서 내려져 기분이 상해 나로서는 집사람이 거의 순간적으로 tic douloureux[틱 둘루뢰][127]가 심해지는걸 걱정하지만 그래도 나는 집사람이 동의할 설 확신해요. 4중창에다 그와 같은 사회적 조합의 피크닉이라니, 거기에 대한 기쁨이 지배적인 감정으로 남을 겁니다. 거기에 맞설 편두통은 없을 겁니다. 멜론 못자리를 보여드릴까요? 아니면 lunch에 심각한 위협을 주지 않는 가벼운 식사, 아주 가볍게 들겠습니까?"

세 명 모두 감사히 거절했다. 펠겐트로이 자매는 직접 코린나에게 가기 위해. 헬레네는 리치 때문에 다시 집에 가야 하므로. 불스텐이 주의를 기울이지 않아 그녀가 "shocking[충격적]"하다고밖에 말할 수 없는 일이 벌어지게 했다는 것이다. 다행히 리치는 착한 아이이고 그렇지 않았다면 거기에 대해 심각하게 걱정했을 것이라고.

"리첸은 천사야, 자기 엄마처럼," 트라이벨이 말했다. 그리고 이 말을 하면서 내내 유보적 태도로 한쪽에 서 있었던 호니히와 눈길을 교환했다.

---

127 고통스런 얼굴 경련.

제10장

슈미트 집안에서도 수락했다. 코린나는 특별히 기뻐했는데 그 이유는 트라이벨가(家)에서의 만찬 이래 집안의 적적함 속에서 심히 지루했고, 부친의 훌륭한 연설들은 이미 외우고 있었고, 사람 좋은 슈몰케의 이야기도 마찬가지였다. 그러기에 "할렌 호수에서의 오후"가 거의 시(詩)적으로 "카프리 섬에서의 4주"처럼 들렸다. 코린나는 따라서 이 기회에 외양적으로도 또한 펠겐트로이 자매들과 견줘 자신의 입지를 주장할 수 있도록 최선을 다하기로 결심했다. 왜냐하면 그녀의 마음속에는 이 피크닉이 평소와는 달리 진행되고 무언가 대단한 것을 가져올 것이라는 생각이 어렴풋이 들었기 때문이었다. 마르셀은 참석하도록 초청되지 않았다. 그의 사촌 코린나는 지난 일주일에 걸쳐 관찰된 그의 태도를 고려해 보고는 여기에 관해 전적으로 찬성하였다. 모든 것이 즐거운 하루를 약속해 주었다. 특히 모임의 조합을 고려해 볼 때 더욱 그랬다. 사전에 약속한 바에 따르면 트라이벨이 제안한 "항상 본질적이라는" 크렘저 파티 마차를 배척한 다음, 함께 가는 것을 포기하는 대신, 각자 4시 정각에, 그리고 어쨌든 대학에서 통상적인 15분 지체를 초과함이 없이, 할렌 호수에서 만나기로 한 그것이 주요 사안이었다.

그리고 실제로 4시가 되자 모두가 모였다. 아니 거의 모두가. 나이 든 그리고 젊은 트라이벨 부부 그리고 펠겐트로이 가족, 그들 각자는 마차를 타고 도착했고, 크롤라는 그의 4중창과 함께, 해명되지 않은 이유로, 새로 도입된 증기 기차를 타고 왔다. 하지만 코린나는 전적으로 혼자 ― 슈미트는 나중에 오기로 했다 ― 도시 철도를 타고 왔다. 트라이벨가(家)에서는 레오폴트만이 빠졌는데, 그는 미스터 넬슨에게 꼭 편지를 써야 한다며 30분 늦은 도착에 사전 양해를 구했다. 코린나는 그로 인해 순간적으로 기분이 상했다가, 사실 이편이 더 나을 것이라는 생각이 들었다. 짧은 만남이 긴 만남보다 내용이 풍요로울 수 있다고.

"자, 친구 여러분," 트라이벨이 말을 열었다. "모든 것을 순서대로 이야기해 봅시다. 첫 번째 문제는, 어디에 자리를 잡느냐입니다. 우리는 선택의 여지가 많습니다. 여기 1층, 인상적으로 나열된 테이블에 머물 것인가 아니면, 그걸 중시하신다면 발코니 혹은 테라스라고 칭할 인접한 베란다로 갈까요? 혹은 내실의 한적함, 할렌 호수의 어떤 규방을 선호하십니까? 아니면 드디어 네 번째 마지막으로 탑에 올라 그 어떤 인간의 눈도 이제까지 싱싱한 풀잎을 발견할 수 없었던 이 경의의 세계를 볼 충동을 느끼십니까? 그러니까 아스파라거스 못자리와 철쭉이 산재되어 있는 사막의 파노라마가 발아래 펴져 있는 것을 보고 싶은 충동을 느끼십니까?"

"제 생각은요," 펠겐트로이 부인이 말했다. 그녀는 겨우 40대 후반인데도 벌써 비만하여 60세의 천식을 갖고 있었다. "제 생각으로는요, 트라이벨님, 현재 있는 곳에 머물기로 하지요. 저는 올라가는 것은 찬성하지 않습니다. 그리고 사람은 지금 갖고 있는 것으로 만족해야 한다고 항상 생각하고 있습니다."

"놀랍도록 겸손한 부인이에요," 코린나가 크롤라에게 말했다. 그는 그녀가 갖고 있는 것을 단순한 숫자로 인용하면서 조용히 덧붙였다. "하지만 탈러[128]로."

"좋습니다, 그러면," 트라이벨이 계속했다. "아래 머물기로 하죠. 뭐하러 높은 것을 향해 애를 씁니까? 나의 친구 펠겐트로이가 방금 언명했듯이 사람은 운명의 결정으로 주어진 것에 만족해야 합니다. 다른 말로 하면, '네가 가지고 있는 것으로 행복하게 향유하라'[129]. 하지만 친애하는 야유회 참가자 여러분, 우리의 흥겨움을 더하기 위해, 아니, 더 적절하고 정중하게, 그것을 지속시키기 위해 무엇을 해야 할까요? 왜냐하면 우리 흥겨움에 생기를 준다는 것은 그 흥겨움의 순간적 존재를 의문시하는 것일 테니까요 — 신성모독이니 나는 이를 범하지 않겠어요. 야유회란 항상 즐겁죠. 그렇지 않습니까, 크롤라?"

크롤라는, 사정을 아는 사람들에게는 지헨[130]이나 무거운 맛의 바그너[131]에 대한 조용한 갈망을 표현하는 악동과 같은 미소로 확인해 주었다.

트라이벨 역시 그렇게 이해했다. "야유회는 그러니까 항상 유쾌합니다. 그리고 우리는 4중창도 준비했고 슈미트 교수도 오실 거고 레오폴트도 올 겁니다. 그것만으로도 벌써 프로그램이 완성됐네요." 이런 소개의 말을 한 다음 중세 복장으로 근처에 서 있는 웨이터에게 손짓하며 말을 이어 나갔다. 외양상 웨이터를 향해, 하지만 실은 자신의 친구들을 향한 말이었다. "웨이터, 내 생각에 우선 몇몇 테이블을 여기 우물

---

128 화폐 단위.
129 크리스치안 퓌르히테고트 겔러르트(1715~69)의 시 「스스로 형편에 만족하기」 4연의 첫 두 행 "네게 신이 내린 것을 향유하라, 네가 없는 것은 결핍하라!"를 변용.
130 소유자 이름의 양조장 및 맥주 명.
131 마찬가지로 소유자 이름의 바이에른식 식당 및 맥주 명.

과 라일락 덤불 사이에 가까이 붙이면 신선한 공기에 그늘도 조금 얻을 수 있겠습니다. 그리고 자, 친구, 장소의 문제가 해결되고 행동 무대가 표시되면, 몇 인분 커피 — 그러니까 우선 5인분 — 그리고 이당류 그리고 어떤 종류든 케이크 조금. 새로운 독일에 성실하고 정직하게 진력하라고 충고하는 구식 독일 케이크는 제외하세요. 맥주 문제는 나중에 결정하기로 합시다. 우리 지원군들이 도착하면."

지원군들은 실로 모든 일행들이 희망한 것보다 가까이 와 있었다. 그를 둘러싼 구름을 몰고 온 슈미트는 길가 먼지로 방앗간 주인처럼 회색을 뒤집어서, 적잖이 교태를 부리는 젊은 숙녀들이 먼지 터는 것을 감당해야 했다. 정상 상태로 돌아와 그가 나머지 일행들의 모임에 착석하자마자 벌써 천천히 다가오는 마차 속 레오폴트가 보였고, 두 명의 펠겐트로이 자매들이 길가까지 마중 나가 (코린나는 남아있었다) 방금 나이 든 슈미트를 복원시켜 어느 정도 용인될 만한 상태로 돌려놓았던 것과 동일한 작은 평직 무명 손수건들을 흔들어 환영했다.

트라이벨 역시 일어서서 자신의 작은 이들이 다가오는 것을 보았다. "특이해," 슈미트와 펠겐트로이 사이에 앉아 그들에게 말했다. "특이해, 사람들은 말하지. 그 아버지에 그 아들이라고. 하지만 때때로 그렇지 않은 경우도 있어요. 모든 자연법칙들이 오늘날 흔들리고 있습니다. 과학이 그것들을 혹독하게 압박하죠. 아세요, 슈미트, 만약 내가 레오폴트 트라이벨이라면 (나의 부친의 경우는 조금 달랐지요. 여전히 구시대 어른이셨죠) 그 어떤 것도 오늘 나로 하여금 여기로 높이 말을 타고 와, 그러니까 안장에서 우아하게 뛰어내리고 — 왜냐하면, 슈미트, 우리도 그런 한때가 있었지 않소 — 말채찍으로 구두와 언급할 수 없는 것들을 털어내고, 최소한 젊은 신처럼, 레지옹 도뇌르[132] 혹은 유사한 난센스를 흉내 내며 단추 구멍에는 붉은 카네이션을 꽂는, 이 모든 것을 그 누구도 막지 못했을 거요. 저 젊은 아이를 보시오. 마치 처형당하는 것처럼 오고 있지 않나? 왜냐하면 저건 마차가 아니라, 짐수레야. 썰매. 누가 알겠어요. 소양이 없으면 찾아오는 법이 없지요."

이런 말을 하는 동안 레오폴트는 두 명의 펠겐트로이의 팔짱에 끼워 다가왔다. 두 자매들은 à tout prix[아 뚜 프리][133] 피크닉 분위기를 연출하려 작정한 듯 보였다. 코린나는, 상상할 수 있듯이, 이런 친밀함을 탐탁치 않게 여기며 혼잣말을 했다. "유치한 애들!" 그리고는 그녀 역시 일어나 다른 사람들과 함께 레오폴트를 맞이했다.

마차가 밖에 여전히 서 있었는데, 결국 나이 든 트라이벨이 이를 주목했다. "얘야, 레오폴트, 왜 아직 서 있지? 돌아갈 걸 기다리냐?"

"먹이를 먹이나 봐요, 아빠."

"좋아, 그렇다면. 여물 자루를 가지고는 멀리 갈 수 없겠지. 여기에는 더 원기 왕성한 활력소가 적용되어야 해. 그렇지 않으면 무슨 일이라도 생길 거야. 웨이터, 말에게 맥주 반 리터를 가져다 주시오. 뢰벤브로이로. 그걸 가장 필요로 할 테니까."

"내 생각에," 크롤라가 말했다. "그 환자는 고문관께서 주는 약을 원하지 않을 겁니다."

"그 반대라고 난 보증하오. 저 말에는 뭔가 있어요. 단지 쇠약해 있을 뿐이지."

대화가 지속되는 동안 밖에서 일어나는 것을 지켜보던 사람들은 초

---

132 나폴레옹 1세가 창설한 유력한 결사 단체.
133 반드시.

췌한 동물이 맥주를 게걸스럽게 마시고는 미약하나마 기쁨의 울음소리를 내는 광경을 보았다.

"바로 저거야," 트라이벨이 의기양양하게 말했다. "나는 사람을 볼 줄 알지. 저 말은 좋은 시절이 있었고 이 맥주를 마시고 자신 속에 옛 시절이 돌아온 거야. 기억이란 항상 좋은 것이지. 제니, 그렇지 않은가?"

상업고문관 부인은 길게 뽑은 "네, 트라이벨"로 대답하며 그런 어조를 통해 자신에게 그와 같은 논평을 모면해 주는 편이 좋겠음을 암시했다.

온갖 종류의 잡담으로 한 시간이 경과하였다. 잠시라도 침묵하는 사람이라면 자기 주변에 펼쳐진 장면의 영향을 받았다. 우선 테라스가 호수 쪽 아래로 뻗어 있었고, 반대쪽 호숫가로부터, 그곳에 설치된 사격장에서 과녁을 향해 쏘는 약한 테싱 소구경 총소리가 들여왔다. 그사이로 상대적으로 가까운 곳으로부터 호숫가를 따라 위치한 2열 볼링장 레인의 굴러가는 공 소리와 그사이로 청년들이 볼링 놀이하는 소리가 들렸다. 호수 자체가 제대로 보이지 않아 펠겐트로이 처녀들이 결국 초조해졌나. "호수를 봐야 해요. 알렌 호수에 와서 알렌 호수를 보지 못하다니요!" 그리고 그들은 등받이의자 둘을 끌고 와, 이런 방식으로 호수 수면을 발견할 수 있을까 하여 그 위에 올라갔다. "아, 저기 있어요. 좀 작네요."

"'풍경의 눈'은 작아야 해," 트라이벨이 말했다. "태양은 더는 눈이 아니지."

"그런데 백조들은 어디 있지요?" 언니 펠겐트로이가 호기심에 차 물었다. "백조 움막만이 두 개 보이네요."

"이런, 엘프리데," 트라이벨이 말했다. "너무 많은 걸 바라고 있어요. 그건 항상 그렇지. 백조가 있는 곳엔 백조 움막이 없고, 백조 움막이 있는 곳엔 백조가 없지. 하나는 지갑을 갖고 있고, 다른 하나는 돈을 가졌지. 나의 젊은 친구, 이런 관찰을 인생에서 다양하게 할 것입니다. 엘프리데 양은 크게 손해를 보지 않을 거로 생각합니다."

엘프리데는 놀라 그를 처다보았다. "그건 무엇과 그리고 누구와 관련된 건가? 레오폴트? 아니면 오로지 관계가 완전히 잠들어 버리지 않도록 하기 위해 아직도 서신 교환을 하고 있는 이전 가정교사? 혹은 공병 중위? 세 명 모두를 지칭할 수도 있어. 레오폴트는 돈이 있지… 흠."

"어쨌든," 트라이벨이 이제 모든 사람들을 향해 말을 이어갔다. "한번은 어디서 읽은 적이 있는데, 가장 바람직한 것은 끝까지 즐기지 말고 쾌락의 중간에 작별을 고하는 것이라고. 그리고 이 생각이 지금 내게 듭니다. 의심할 바 없이 이 장소는 북독일 저지가 소유한 것들 중 가장 아름다운 곳에 속합니다. 그리고 아직 그렇지 않았다면, 노래와 그림으로 찬미되기에 전적으로 적합합니다. 우린 이제 마르크 브란덴부르크 학파가 있는데, 그들 앞에서 안전한 것이라고는 없습니다. 언어든 색채든 차이 없이 일류 조명 예술가죠.[134] 하지만 그것들이 그토록 아름답기 때문에, 마지막까지 즐기지 않는다는 바로 전 인용구를 상기합시다. 다른 말로 하자면 '출발'에 대해 생각해 봅시다. 나는 신중하게 '출발'이라는 말을 씁니다, 회귀도 아니고 구습으로의 시기상조 귀

---

134 베를린 화가 Walter Leistikow(1865~1908)와 19세기 말 인상주의 화가들을 지칭.

환도 아닙니다. 그런 생각은 조금도 없습니다. 오늘을 마치는 말은 아직 아닙니다. 그것이 우리를 완전히 옭아 넣기 전, 이런 특정 목가로부터 물러나기! 파울스보른까지 숲 산책, 혹은 이것이 너무 모험적으로 보인다면 훈데켈레[135]까지를 제안합니다. 이름의 산문적 평범함[136]은 시적으로 훨씬 근접해 있다는 점에서 상쇄됩니다. 아마도 이 같은 변경으로 나의 친구 펠겐트로이 부인으로부터 특별한 감사를 받을 수 있을지 모르겠습니다…"

그녀의 비만과 가쁜 숨의 암시만큼 짜증스러운 것이 없는 펠겐트로이 부인은 자신의 친구 트라이벨에게 등을 돌리는 것으로 만족했다.

"오스트리아 왕실의 감사.[137] 그러나 항상 그렇습니다. 정의로운 자는 항상 고통을 당합니다. 한적한 숲길에서 부인의 사랑스러운 언짢음의 모서리를 떼어 드리겠습니다. 팔을 주시겠어요, 친애하는 부인?"

그리고 모두가 일어나서 두 명, 세 명 그룹으로 테라스 아래로 걸어 내려가 호수 양쪽으로 이제 이미 반쯤 어두워져 있는 그루네발트로 향했다.

주된 행렬은 왼편에 머물렀다. 펠겐트로이 부부가 앞서고 (트라이벨은 자신의 친구로부터 또다시 해방되었다) 크롤라의 4중창단, 거기에 엘프리데와 블랑카 펠겐트로이가 시보 두 명과 젊은 상인 두 명 사이에

135   그루네발트 호숫가 정원식당 이름들.
136   훈데켈레(Hundekehle)는 글자 그대로 "개의 목"을 뜻한다.
137   실러 『발렌슈타인의 죽음』(2막 6장, V. 1099).

서 걸었다. 젊은 상인 두 명 중 한 명은 유명한 요들 가수로 그에 맞는 모자를 쓰고 있었다. 그리고 오토와 헬레네가 뒤따라왔고, 트라이벨과 크롤라가 끝에서 걸었다.

"올바른 결혼보다 더 나은 것은 없습니다." 크롤라가 트라이벨에게 말하며 그들 앞 젊은 부부를 가리켰다. "상업고문관께서는 장남이 이런 매력적이고 멋진 며느리와 저토록 행복하고 다정하게 걷는 걸 보고 진심으로 기뻐해야 합니다. 벌써 저 위에 가까이 앉아 있습니다. 그리고 이제 팔짱을 끼고 걷고 있네요. 거의 두 사람이 지긋이 손을 잡고 있는 것처럼 보입니다."

"내게는 아이들이 오전에 말다툼했다는 확실한 증거일세, 가엾은 오토가 이제 벌금을 치러야 하지."

"오, 트라이벨. 또다시 조롱하고 계십니다. 아이들은 물론이고 누구도 고문관님을 만족시키지 못할 겁니다. 다행스럽게도 고문관께서는 생각하지도 않으시면서 말씀만 그렇게 하시죠. 그렇게 훌륭한 교육을 받은 숙녀와는 절대 다툴 수 없겠죠."

이 순간 요들 노래가 들려왔는데 진짜 티롤 요들송 같아 피헬스베르크 언덕으로부터 반향이 그에 답할 이유가 없었다.

크롤라는 웃었다. "저건 젊은 메츠너입니다. 그는 특이할 정도로 좋은 목소리를 갖고 있어요. 적어도 아마추어치고는요. 원래 4중창을 통솔하고 있습니다. 하지만 그가 조금이라도 신선한 공기를 낌새채면, 그는 끝장입니다. 그러면 운명은 엄청난 힘으로 그를 사로잡고 그는 요들송을 불러야 합니다… 하지만 젊은 부부 이야기로 돌아갑시다. 고문관께서는 저를 속이려는 건 아니겠지요." ― 크롤라는 호기심이 있는 데다 사적인 이야기를 듣기 좋아했다. ―"우리 앞의 저 두 사람이 불행한 결혼생활을 하고 있다고 저를 속이시려는 건 아니겠지요. 그리고 말다툼과 관련하여, 함부르크 여성들은 다툼을 배제하는 교양 수준을 갖추고 있다고 반복해서 말씀드릴 수 있습니다."

트라이벨은 머리를 앞뒤로 흔들었다. "네, 아세요, 크롤라, 당신은 똑똑한 사람이고 여자들을 알지요. 네, 뭐랄까, 테너 가수들만이 여자들을 알듯이 당신도 여자들을 알지요. 왜냐하면 테너 가수는 중위보다는 훨씬 앞서죠. 하지만 그 자체로 다루어질 문제인 결혼이란 특정 분야에서 귀하는 끔찍한 결핍을 보여줍니다. 그리고 왜? 그 이유는 크롤라 당신 스스로 결혼에 있어서, 그것이 안주인의 공로인지 귀하의 공로인지는 몰라도, 예외적으로 운이 좋았기 때문입니다. 그리고 귀하의 경우가 보여주듯이, 그런 경우도 있지요. 하지만 그 결과는 귀하가 ― 아무리 최고의 것들도 그 이면이 있는 법인데 ― 정상적인 남편이 아니며, 사안에 대해 속속들이 알고 있지 않습니다. 귀하는 예외적인 경우만 알고 있지 규칙을 알지 못해요. 결혼에 대해서는 오직 끝까지 싸워놓고 나간 자만이 이야기할 수 있습니다. 상흔을 보여줄 수 있는 노병만이… 뭐라더라? '프랑스로 두 명의 보병이 돌아가고 있었다. 고개를 떨구고'[138]… 바로 그겁니다."

"오, 그건 상투어일 뿐이요, 트라이벨."

"… 그리고 가장 심각한 결혼이란, 친애하는 크롤라, 끔찍하게 '교양 있게' 다투는 경우이죠. 이런 표현을 써도 좋을지 모르겠는데, 벨벳 장갑을 끼고 싸움을 벌입니다. 혹은 더 정확하게, 로마 카니발에서처럼 색종이 조각을 얼굴에 던집니다. 보기에는 좋을지 몰라도 아프긴 마찬

---

138 하이네(1797~1856)의 시집 『노래의 책』(1827)에서 시 「IV 보병들」의 1행과 4행.

가지죠. 그리고 이런 외양적으로 즐거워 보이는 색종이 던지기에 우리 며느리는 통달해 있습니다. 내 가엾은 오토가, 이 여자가 한 번은 할퀴든지, 완전히 이성을 잃어버리든가, 괴물, 거짓말쟁이, 가련한 유혹자란 말을 차라리 했으면 하고 이미 종종 스스로 생각해 보았으리라 장담합니다…"

"하지만, 트라이벨, 그런 말을 하실 순 없지요. 그건 난센스입니다. 오토는 유혹자가 아니고, 괴물 또한 아니고요…"

"아, 크롤라, 그것이 문제가 아니에요. 문제는 며느리가 최소한 그런 것을 생각할 수 있어야 한다는 거예요. 질투의 충동이 있어야 하고 그런 순간엔 그 아이로부터 격렬하게 그것이 뛰쳐나와야 한다는 거예요. 하지만 헬레네가 가지고 있는 것이라고는 기껏해야 울렌호르스트의 온도에 비교될 수 있어요. 그 애가 가지고 있는 것이라고는 오직 덕목과 원저 비누[139]에 대한 확고부동한 믿음뿐이죠."

"자, 좋아요. 사정이 그렇다면 불화는 어디에서 옵니까?"

"그것도 있죠. 단지 다른 방식으로 나타납니다. 다르지만 나을 것도 없어요. 뇌우는 아니고, 반쯤 모기 물린 상처에 독소 함량이 있는 몇 마디 혹은 정적, 묵언, 부루퉁함, 결혼의 내적 반란, 반면 밖으로는 얼굴에 주름 하나 없지요. 다툼의 모습입니다. 우리 앞에 거니는, 일방적으로 보이는 이 모든 다정함이란 속죄일 뿐이 아닐까 걱정입니다. 카노사 성의 안뜰[140]에 오토 트라이벨, 그의 발은 눈에 덮여 있는데. 딱한 친

---

139 일상적 비누.
140 독일 황제 하인리히 4세의 카노사의 굴욕(1077년)을 암시. 그는 교황 그레고리우스 7세와 대립하다가 파문을 당하자 참회복을 입고 교황이 머무는 이탈리아 카노사 성으로 찾아가 면죄를 받았다.

구를 보세요. 그는 쉬지 않고 머리를 오른쪽으로 기울입니다. 헬레네는 전혀 동요 없이 곧바른 함부르크 자태를 흐트러트리지 않아요… 하지만 이제 우린 입을 다물어야 합니다. 4중창이 노래를 시작합니다. 어떤 노랜가요?"

"유명한 '그것이 무엇을 의미하는지 모르겠어요?'[141] 입니다."

"아, 그렇군요. 언제든지, 특히 야유회에서 던질 수 있는 질문이지요."

- - - - - - - - - - - - - -

호수의 오른쪽으로는 오직 두 쌍이 걸어갔다. 나이 든 슈미트와 그의 젊은 시절 친구인 제니가 앞서고 레오폴트와 코린나가 그들 뒤에 얼마 떨어져 있었다.

슈미트는 자신의 숙녀에게 팔을 건네고 동시에 그녀의 외투를 들어주겠다고 청했다. 나무들 아래는 약간 후텁지근했다. 제니는 그 제안을 감사히 받아들였다. 사람 좋은 교수가 레이스 장식을 계속하여 질질 끌며 노간주나무와 관목에 번갈아 가며 걸리게 하자 그녀는 외투를 다시 달라고 했다. "아직도 40년 전과 똑같아요, 친애하는 슈미트. 정중하지만 제대로 성공하지 못하네요."

"네, 부인, 이 잘못으로부터 나를 사면하게 할 수 없군요. 그건 동시에 내 운명이었습니다. 나의 경의(敬義)가 성공했었더라면, 생각해 보세요, 나의 인생과 그대의 인생 또한 어떻게 완전히 다르게 변했을까를…"

---

141 펠릭스 멘델스존 바르톨디(1809~47)가 작곡한 하인리히 하이네의 유명한 시의 1행.

제니는 낮은 소리로 한숨을 쉬었다.

"네, 부인, 그랬더라면 그대 인생의 동화는 시작도 하지 않았겠지요. 왜냐하면 모든 큰 행운은 동화이니까요."

"모든 큰 행운은 동화," 제니는 천천히 그리고 풍부한 감정으로 반복했다. "얼마나 맞는 말이고 얼마나 아름다워요! 그리고 빌리발트, 아세요, 제가 지금 영위하고 있는 부러움을 사고 있는 인생이 저의 귀와 가슴에 그 같은 단어들을 거부합니다. 시적 깊이가 있는 그런 발언이 제게 다가오기까지 오랜 시간이 흘렀습니다. 그것은 저와 같은 본성의 사람을 영원히 괴롭히는 고통입니다. 그리고 당신은 행운을 이야기하시고, 빌리발트, 큰 행운이라고까지! 이 모든 것을 겪은 제 말을 믿으세요. 그토록 갈망하는 것들은 그것을 가지고 있는 자에게 아무 가치가 없다는 것을요. 종종 제가 잠을 이룰 수 없어 제 인생을 곱새기면 외양적으로 내게 그토록 많은 것을 행한 행운이 내게 맞는 그 길들로 나를 인도하지 않았고, 더욱 평범한 환경 속에서 그리고 식견의 세계, 그리고 무엇보다 이상의 세계 속 남자의 부인으로서 아마 더 행복해졌을 것이라는 게 분명해집니다. 당신은 얼마나 트라이벨이 좋은 사람이며 내가 그의 선량함에 감사의 감정을 갖고 있음을 아십니다. 그럼에도 제게는 아쉽지만 저의 남편에 대해 저 지고한 종속의 기쁨이 결여되어 있습니다. 그것이야말로 우리의 가장 아름다운 행복과 다름이 아니며 진정한 사랑과 실로 동일한 것입니다. 그 누구에게도 이런 말을 해서는 안 됩니다. 하지만 당신, 빌리발트 앞에서 저는 제 마음을 쏟아 놓습니다. 그게 제 생각에 인간의 권리이고 아마도 저의 의무이기까지…"

슈미트는 동의하듯 고개를 끄덕이며 그르친 인생의 온갖 고통을 표현하도록 의도된 어조로 간단히 "아, 제니…"라고 말할 뿐이었다. 그의 표현은 성공이었다. 그는 스스로 자신의 목소리에 귀 기울였고 마음속으로 자신의 역을 훌륭하게 해냈음을 자축했다. 그녀의 모든 총명함에도 불구하고 제니는 자신의 이전 숭배자의 "아"를 믿을 만큼 허영심이 충분했다.

그렇게 그들은 침묵하며 외양적으로 자신들의 감정 속에 침잠하여 나란히 걸었다. 슈미트가 그 어떤 질문이라도 하여 침묵을 깰 필요를 느낄 때까지. 이에 그는 오랜 방편을 사용하기로 결정하고 대화를 자녀들로 돌렸다. "그래, 제니," 그는 여전히 베일에 싸인 목소리로 대화를 시작했다. "잃은 것은 잃은 것이오. 그리고 나 자신보다 누가 그걸 더 깊이 느꼈겠소. 하지만 인생을 깨달은 당신과 같은 여인은 인생 그 자체에서 위안을 찾을 수 있소, 무엇보다 매일 매일 의무를 완수하는 기쁨 속에서. 거기에는 무엇보다 자식들이 있소. 그렇소, 손자도 있고. 백합과 장미같이 사랑스러운 리치. 그리고 그런 것이, 내 생각에, 여성의 마음이 그것에서 스스로 일어서야 할 지지대입니다. 그리고 내가 그대에게, 귀중한 친구여, 실제 결혼생활의 행복을 이야기하지 않는다고 해도, 왜냐하면 우리는 트라이벨이 어떤 사람이다라는 평가에 동의하므로, 나는 당신은 행복한 어머니라고 말할 수 있소. 건강하고 혹은 사람들이 건강하다고 부르는, 훌륭한 교육과 품행의 두 아들이 당신에게서 성장했소. 그리고 마지막 요인이 오늘날 의미하는 것을 생각해 보시오. 오토는 자신의 성향에 따라 결혼하여 내가 아는 한 모든 사람들의 흠모의 대상인 아름답고 부유한 숙녀에게 마음을 주었소. 내가 옳게 소식을 들었다면 트라이벨가(家)에서는 두 번째 약혼이 준비 중이고 헬레네의 자매가 레오폴트의 신부가 되려고 한다지요…"

"누가 그 말을 하나요?" 갑자기 감상적 몽상으로부터 단호한 현실의 어조로 돌아온 제니가 불쑥 물었다. "누가 그런 말을 하나요?"

이와 같은 격앙된 어조에 슈미트는 약간 곤경에 빠졌다. 그는 그렇다고 생각했었거나 혹은 아마도 한 번 또한 유사한 것을 들은 바 있어서, 이제 "누가 그런 말을 하는가"라는 질문 앞에 상당히 어찌할 바를 몰랐다. 다행스럽게도 그건 그리 심각하게 의도했던 말이 아니었고, 제니는 대답을 기다리지 않고 크게 활기를 띠며 말을 이어갔다. "친구여, 당신은 그 모든 것이 얼마나 신경이 쓰이는지 짐작하지 못하실 거예요. 그건 목재집하장 쪽에서 즐겨 나를 도외시하고 일을 처리하는 방식입니다. 친애하는 슈미트, 당신은 당신이 들은 것을 반복하고 있어요. 하지만 그런 것들을 닥치는 대로 퍼뜨리는 사람들과는 심각하게 따질 것이 있어요. 그건 무례함이죠. 헬레네는 조심하는 게 좋을 거예요."

"하지만, 제니, 친애하는 친구여, 그렇게 격앙할 필요는 없어요. 나는 그걸 당연하게 여겼기 때문에 그렇게 말해본 것뿐이에요."

"당연하게," 제니는 비웃듯이 반복하고 그 말을 하면서 자신의 외투를 또다시 벗어 교수의 팔 위에 던졌다. "당연하게. 가까운 친구들이 그와 같은 약혼을 당연한 것으로 간주하도록 그 정도까지 목재집하장에서 일을 벌여 놨어요. 당연한 게 아니에요. 전혀 그 반대죠. 그리고 똑똑한 체하는 오토 처가 제 여동생 힐데가르트 옆에서 단지 그림자로 남아있는 걸 상상해 보면 ─ 그리고 저는 기꺼이 그렇게 생각해요. 왜냐하면 그 애는 나이가 어릴 때도 완전히 우스꽝스러울 정도의 오만함에 차 있었죠 ─ 저는 뭉크 집안 함부르크 며느리 한 명으로 충분하다고 말해야겠어요."

"하지만, 나의 소중한 친구여, 이해할 수 없구려. 그대는 진정 나를 놀라게 하는군요. 의심할 바 없이 헬레네는 아름다운 여성이고 내가 그렇게 표현해도 된다면 특별하게 맛깔스러운…"

제니는 웃었다.

"…깨물어 줄 만큼 앙증맞은, 내 표현을 허락한다면," 슈미트가 말을 이어갔다. "그리고 예전부터 물과 접촉하는 모든 사람들이 가지고 있는 저 특유의 매력이 있죠. 무엇보다 나는 오토가 사랑에 빠져있다고까지는 말하지 않겠지만 자기 처를 사랑한다는 데는 의심할 바 없지요. 그리고 오토의 생모인 나의 친구, 당신은 이 행복과 다투고 이 행복을 당신 집안에서 곱절로 보게 될지도 모른다고 분개하고 있는 것이요. 모든 남자들은 여성의 아름다움에 종속됩니다. 나 역시 그랬고, 지금도 그렇다고 거의 말하고 싶습니다. 그리고 이 힐데가르트가 헬레네를 능가한다면 ─ 그건 내게 전적으로 개연성이 있는데, 왜냐하면 막내둥이가 항상 가장 뛰어난 법이요 ─ 당신이 그 애에 대해 반대할 것이 무엇인지 모르겠네요. 레오폴트는 좋은 청년이고, 아마 너무 불같은 성격도 아니며, 매우 매력적인 여성과 결혼하는 것에 반대하지 않는다고 생각합니다. 매우 매력적이고 게다가 부유하기까지 하니."

"레오폴트는 어린아이고 절대 자기 의지대로 결혼할 수 없어요. 형수 헬레네의 의지에 따라서는 절대 안 되죠. 그렇게 된다면 제젠 자리에서 내려와 뒷방으로 은퇴함을 뜻할 겁니다. 그리고 게다가 스스로를 종속시킬 마음이 생길 젊은 귀부인이라면, 그러니까 남작 딸이나 진짜, 그러니까 진짜 추밀원 고문관 딸이거나 최고 궁정목사의 딸… 하지만 조랑말을 타고 블랑케네제[142]로 달려가고 스티치 바늘에 금줄로 가사를 처리하고 아이까지 키울 수 있다고 상상하고, 그리고 이곳에서는 혀

---

142 엘베강 북쪽 강변에 위치한 함부르크 교외 고급 주택가.

가자미와 가자미를 구별할 줄 모른다고 진심으로 믿고, 우리가 바닷가재를 이야기하면 항상 랍스터라고 부르고, 카레 가루와 간장을 대단한 비밀인 양 취급하는 대수롭지 않은 젊은 것, ─ 그런 우쭐거리는 수다꾼은, 친애하는 빌리발트, 그건 우리 레오폴트에게 맞지 않습니다. 레오폴트는 그 애에게 부족한 모든 것에도 불구하고 더 높은 곳으로 향해야 합니다. 그 애는 단순할 뿐이에요, 하지만 좋은 아이죠. 그것도 고려되어야 합니다. 그리고 그렇기에 그 아이는 현명한 여자가 필요해요. 정말 현명한. 지식과 현명함 그리고 일반적으로 더 차원 높은 것. 그것이 중요하죠. 그 이외의 것은 아무 가치가 없어요. 모든 외양적인 것은 참담함입니다. 행복, 행복! 아, 빌리발트, 지금 같은 순간, 내가 이것을 고백하는 사람이 당신이니 ─ 행복, 그것은 오직 여기에 있습니다."

그리고 그때 그녀는 손을 가슴에 올려놓았다.

레오폴트와 코린나는 약 50 걸음 떨어져 따라오면서 그들은 평소와 같이 대화를 나눴다. 그러니까 코린나가 이야기했다. 하지만 레오폴트는 말을 하겠다고 확고히 결심했다. 기필코. 최근 고통을 주는 압박은 그로 하여금 계획했던 것들을 이전보다 근심을 덜 갖고 마주하게 만들었다. ─ 평정을 찾을 필요가 있었다. 적어도 몇 번은 자신의 목표로 인도하는 질문을 던지는 데 근접하였다. 하지만 위풍당당하게 자신 앞에서 성큼성큼 걸어가는 모친의 모습을 보자 또다시 포기하였다. 그러고 나서 항상 뒤 따라가는 대신 선두에 설 수 있도록 때마침 그들 앞에 있는 숲의 빈터를 대각선으로 통과하자고 마침내 제안했다. 이러한 움직

임의 결과 모친의 눈길을 뒤에서 혹은 옆에서 받게 될 것임을 알고 있었으나, 타조의 입장[143]과 같이 자신의 용기를 마비시키는 모친을 항상 눈앞에서 보지 않아도 된다는 느낌에 안도감을 느꼈다. 그는 이런 특이한 신경질적 상태를 설명할 수 없었고, 단순히 두 개의 해악 중 그나마 덜한 것을 선택했다.

대각선을 통과한 결과, 그들은 이제 이전에 뒤쳐진 것만큼 앞서게 되었다. 그때, 할렌 호수의 아스파라거스 못자리 그리고 그 재배와 위생의 중요성에 대한 무관심한 대화, 억지스러운 대화를 그만두고 레오폴트는 갑자기 말을 시작하는 것이었다. "코린나, 알아요, 당신에게 안부의 말을 전할 게 있다는 걸?"

"누구한테서요?"

"맞춰보세요."

"네, 미스터 넬슨인가요?"

"하지만 공정하지 못합니다. 그건 실로 예언과 같아요. 자, 당신은 쓰였다는 사실도 알지 못하는 편지들을 읽을 수 있군요."

"네, 레오폴트, 내가 당신을 그런 믿음에 내버려두면, 당신 앞에 예언자로 자리 잡을 수 있겠지요. 하지만 나는 조심할 겁니다. 왜냐하면 무엇보다 신비롭고 최면술적이고 심령론자적인 것은 건강한 사람에게는 단순히 전율입니다. 두려움을 심어주는 것을 나는 좋아하지 않습니다. 나는 좋은 사람들의 마음을 얻고 싶습니다."

"아, 코린나, 당신은 우선 그걸 바랄 필요도 없어요. 나는 당신이 마음을 얻을 수 없는 그 어떤 사람이 있다고 상상할 수 없어요. 미스터 넬

---

143 위험의 신호가 나타났는데 현실을 부정하며 눈을 감아버리는 현상.

슨이 당신에 대해 쓴 것을 읽어봐야 할 겁니다. 그는 amusing[재미있는]
으로 시작하고, charming[매력적인]과 high-spirited[활기찬]가 나오더니
fascinating[매혹적인]으로 끝을 맺습니다. 그리고는 비로소 인사말이 나
오는데 이전 것들에 비하면 거의 평범하고 진부해 보입니다. 하지만 그
안부 인사가 미스터 넬슨에게서 왔는지는 어떻게 알았죠?"

"그것보다 쉬운 수수께끼를 본 적이 없어요. 당신 아버님께서 당신
이 리버풀에 편지를 써야 하므로 늦게 올 것이라 하셨죠. 자, 리버풀은
미스터 넬슨을 의미하고, 넬슨을 들으면 나머지는 저절로 나오죠. 예언
이라는 것도 모두 비슷할 거로 생각해요. 그리고 레오폴트 아세요, 내
가 미스터 넬슨의 편지를 읽은 것처럼 쉽게, 예를 들어, 당신의 미래를
확실하게 읽을 수 있죠."

레오폴트는 심호흡으로 대답했다. 그리고 그의 가슴은 행복과 구원
의 감정으로 환호하고 싶을 지경이었다. 왜냐하면 코린나가 정확히 읽
었다면, 그리고 그녀는 정확히 읽어야 했는데, 그렇다면 모든 문의와
그와 연결된 걱정들로부터 모면되는 것이다. 그리고 그녀는 그가 아직
도 말할 용기가 없던 것을 이야기할 것이다. 더없이 행복하여 그는 그
녀의 손을 잡고 말했다. "당신은 그걸 할 수 없어요."

"그렇게 어렵나요?"

"아니. 그건 사실 쉽죠. 하지만, 쉽거나 어렵거나, 코린나, 들어봅시
다. 그리고 나 또한 솔직하게 말하겠소. 당신이 맞췄는지 혹은 아닌지.
단지 먼 미래는 말고, 오직 가까운, 가장 가까운 미래."

"자, 그럼," 코린나는 짓궂게 그리고 여기, 저기에서 단어들을 특별
히 강조하며 시작했다. "보이는 것은 이거예요. 우선 아름다운 9월 어
느 날, 그리고 아름다운 집 앞으로 많은 아름다운 마차들이 서 있고 운

전석에 앉은 가발 쓴 마부와 뒤쪽에는 하인 두 명이 있는 맨 앞의 마차는 신부 마차입니다. 그리고 거리는 신부를 보려는 사람으로 가득 차 있고 이제 신부와 그 옆에 신랑이 걸어옵니다. 그리고 이 신랑은 나의 친구 레오폴트 트라이벨이지요. 그리고 이제 다른 마차가 쫓아오고 신부 마차가 넓고 넓은 강가를 따라 달립니다…"

"하지만 코린나, 당신은 수문과 처녀 다리 사이의 우리 슈프레 강을 넓은 강이라고 부르려는 건 아니겠죠…"

"…넓은 강을 따라가다 결국에는 고딕식 교회 앞에 섭니다."

"12 사도[144]…"

"그리고 신랑이 내려 신부에게 자기 팔을 내밉니다. 그리고 젊은 한 쌍은 교회 쪽으로 걸어가고, 그 속에는 이미 오르겔이 울리고 벌써 불이 밝혀져 있어요."

"그리고 이제…"

"그리고 이제 그들은 제단 앞에 서 있고, 반지를 교환한 다음 축복이 내려지고 찬송가 혹은 적어도 찬송가 마지막 시행을 부르죠. 그리고 이제 다시 돌아가, 같은 넓은 강을 따라, 하지만 그들이 출발했던 도시 주택이 아니라 멀리 멀리 야외로, 작은 별장 앞에 다다를 때까지…"

"그래요, 코린나, 그렇게 되어야겠죠…"

"그들이 별장 앞에 멈춰 서고 그리고 승리의 아치 앞에, 그것이 가장 높은 곳에는 커다란 화환이 걸려 있어요. 화환에는 두 개의 첫 글자가 빛나고 있죠. L과 H."

"L과 H라고요?"

---

144 신고딕 양식으로 1871년과 1874년 사이에 지어진 베를린의 12 사도 교회.

"네, 레오폴트, L과 H요. 그리고 어떻게 다를 수 있겠어요? 왜냐하면 신부 마차가 울렌호르스트에서 왔고 알스터를 따라가다가 나중에는 엘베강 아래로, 그리고 이제 멀리 블랑케네제 뭉크 빌라 앞에 서 있죠. L은 레오폴트이고 H는 힐데가르트예요."

그 순간 그 말은 진정 언짢은 기분처럼 레오폴트를 엄습했다. 하지만 급히 정신을 가다듬고 자칭 예언자인 그녀를 사랑스럽게 살짝 토닥이며 말했다. "당신은 여전히 똑같아요, 코린나. 그리고 최고로 훌륭한 인간이자 나의 유일한, 막역한 친구인 사람 좋은 넬슨이 이 모든 것을 들었더라면 열광하면서 'capital fun[최고의 장난]'이라고 했을 겁니다. 당신이 내게 관대하게도 내 형수의 자매를 얻어 주어서요."

"저는 다름 아닌 예언자이니까요," 코린나가 말했다.

"예언자라," 레오폴트가 반복하며 말했다. "하지만 이번은 틀렸어요. 힐데가르트는 아름다운 여성이고 수백 명의 남자들이 그녀를 얻게 된다면 스스로 행운으로 여길 겁니다. 하지만 당신은 나의 어머니가 이 문제에 어떤 입장을 취하는지 알고 있습니다. 어머니는 그곳 친지들의 끊임없는 거만함에 시달리고 아마 백 번은 맹세했을 것입니다. 한 명의 함부르크 며느리, 대단한 톰슨 뭉크 집안 대표 며느리 한 명으로 이미 충분하다고. 어머니는 진정으로 뭉크 집안에 대해 반쯤은 싫어하시고, 내가 힐데가르트와 함께 어머니 앞에 그렇게 나타나면 어떤 일이 벌어질지 모릅니다. 어머니는 '안 돼'라고 하실 거고 끔찍한 장면이 벌어질 겁니다."

"누가 알겠어요," 코린나가 말했다. 그녀는 결정적인 단어가 매우 가까이 왔다는 것을 알고 있었다.

"…어머니는 '안 돼', 거듭 '안 돼'라고 하실 겁니다. 그건 교회에서 아멘같이 확실해요." 레오폴트는 소리를 높여 말을 이어갔다. "하지만 이런 경우는 일어나지 않을 겁니다. 나는 힐데가르트와 어머니 앞에 가지 않을 것이고, 그 대신 더 가까운 더 좋은 선택을 할 겁니다… 나는 알고 있고, 거기에 당신이 그린 모습은 농담이고 기발한 상상이며, 처지가 딱한 나에게 승리의 문이 세워져야 한다면 머리 위에 걸려 있는 화환에 힐데가르트의 H가 아닌 다른 글자를 백 개, 천 개의 꽃들이 달고 있어야 한다는 걸 무엇보다 당신은 알고 있지요. 어떤 글자인지 말해줄 필요가 있나요? 아, 코린나, 나는 당신 없인 살 수 없어요. 이 시간이 나의 인생을 결정해야 합니다. 그리고 말해요. 가타부타를 지금." 이 말을 하면서 그는 그녀의 손을 잡고 키스로 덮었다. 왜냐하면 그들은 개암나무 울타리의 보호를 받으며 걸어갔기 때문이었다.

이 같은 고백에 따라 약혼을 fait accompli[페따 꼼쁠리][145]로 당연히 간주한 코린나는 현명하게도 더 이상 그 어떤 토론을 삼가고 간단하게 말했다. "하지만 레오폴트, 우린 한 가지를 스스로 숨겨서는 안 돼요. 우리 앞에는 어려운 싸움이 놓여있어요. 당신 어머니가 뭉크 집안 며느리 한 명으로 진저리가 났다는 것은 납득이 가요. 하지만 어머니에게 슈미트 며느리가 합당한지는 아직 확실치 않아요. 어머니는, 아마도 내가 당신에게 그리고 아마 힐데가르트에게도 부족한 것을 갖고 있기 때문에, 어머니 눈에 이상적인 며느릿감이리는 암시를 기끔 하신 것은 맞지만요. 나는 '아마도'라고 말을 하고 이런 제한적인 단어를 강조하지 않을 수 없어요. 왜냐하면 사랑은, 저는 그걸 분명히 아는데요, 겸허위에 서 있습니다. 저는 제 결함이 얼마나 많은지 느낍니다. 그건 적절

---

145 기정 사실.

한 징후겠지요. 네, 레오폴트, 큰 행복과 사랑의 인생이 우리 앞에 놓여 있습니다. 하지만 그것은 당신의 용기와 결의를 전제로 합니다. 여기 신비롭게 바스락거리고 빛나는 숲 지붕 아래, 레오폴트 당신은 내게 맹세해야 합니다. 당신의 사랑 속에 인내하고 견뎌 내겠다고."

레오폴트는 단순히 원하는 것만 아니라 그렇게 할 것을 단언했다. 왜냐하면 사랑이 겸허하고 겸손하게 만든다면 그건 분명 맞는 말로서, 그것은 또한 분명 강하게 만든다는 것이다. 코린나가 변화했다고 느낀다면 그도 역시 다른 사람인 것을 느낀다고. "그리고," 그는 결론적으로 말했다. "한 가지는 말할 수 있어요. 나는 거창한 말은 한 적이 없고 나의 적들도 나에게 허풍을 험담하지 못할 겁니다. 하지만 내 말을 믿어주세요. 내 가슴이 높이 뛰고 너무 행복하여 나는 어려움과 투쟁이 내게 오길 바랄 정도예요. 당신에게 내가 당신과 걸맞는 사람이란 걸 보여주고 싶은 충동을 느낍니다…"

이 순간 나무 우듬지들 사이에 초승달이 보이고, 4중창이 막 도착한 그루네발트 성으로부터 호수 위를 가로질러 노랫소리가 들려왔다.

> 내가 종종 헛되이 당신을 찾아
> 밤을 쳐다보면,
> 인생의 어두운 개울도
> 슬퍼하며 서 있는 듯하네…[146]

그리고 멈추었다. 혹은 다시 부는 저녁 바람이 소리를 다른 쪽으로

---

146 니콜라우스 레나우(1802-50)의 시 「달빛」의 끝에서 두 번째 연.

가져갔다.

　15분이 지난 후 모두들 파울스보른 앞에 멈췄다. 또다시 서로 인사하고 카카오 리큐어를 돌리면서 (트라이벨이 몸소 주인 역할을 했다) 잠시 휴식을 취하고는 몇 분이 지난 후 ― 마차들은 할렌 호수에서부터 따라와 있었다 ― 마침내 귀로에 올랐다. 펠겐트로이 가족들은 4중창단에게 마차에서 감격의 작별을 하면서 트라이벨이 추천했던 크렘저 파티 마차를 거절했던 것을 몹시 애석해하였다.

　레오폴트와 코린나 역시, 높은 갈대숲 그늘에서 다시 한번 확고하게 그리고 말없이 그들의 손을 꽉 잡은 다음에야 비로소, 서로 헤어졌다.

제11장

레오폴트는, 출발할 무렵 부모의 4륜 마차 마부석 앞자리에 만족해야 했는데 그건 마차 내부에서 자신의 어머니와 마주하는 것보다 전체적으로 어쨌든 더 나았다. 어머니는 혹시, 숲에서든 파울스보른 앞에서의 짧은 휴식 도중이든 무엇인가 눈치챘을 수도 있었다. 슈미트는 또다시 교외 기차를 이용했고, 코린나는 펠겐트로이 마차에 동승했다. 그녀는 마차의 뒷자리를 차지하고 있는 펠겐트로이 부부 사이에 공간이 허락하는 대로 앉았는데, 앞서 일어난 일들로 인해 평소에 비해 잡담이 거의 내키지 않았고, 엘프리데와 블랑카가 두 배로 수다스럽고 아직도 4중창에 완전히 매혹당하였기에 그녀에게는 매우 안성맞춤이었다. 아주 좋은 상대로서 요들송 가수가, 단지 사복만을 입고 나타난 여름 중위[147]를 능가하는 결정적 승리를 쟁취한 듯 보였다. 그밖에, 펠겐트로이 가족들은 아들러 거리까지 가, 그들의 손님을 그곳에 내려주겠다고 고집을 부렸다. 코린나는 진심으로 감사를 표하고, 다시 한번 손짓하며 세 계단을 오른 다음 즉시 현관에서 오래된 나무 계단을 올라갔다.

그녀는 출입구 열쇠를 가지고 가지 않았기에 종을 울릴 수밖에 없었다. 종을 울리는 것을 그녀는 좋아하지 않았다. 곧 슈몰케가 등장했다. 그녀는 자신이 이따금 강조하며 말하는 "주인"의 외출을 기회 삼

---

147 여름에만 훈련에 참가하는 예비역 중위를 비웃는 표현.

아 가장 좋은 옷을 입고 조금 맵시를 뽐냈다. 가장 두드러진 것은 이번에도 또다시 보닛인데, 그것의 주름장식이 방금 다리미에서 나온 것처럼 보였다.

"왜 그러세요, 나의 소중한 슈몰케," 코린나가 문을 다시 닫으면서 말했다. "무슨 일이죠? 생일인가요? 그건 아니지요, 내가 알고 있으니까. 혹시 그분의?"

"아니야," 슈몰케가 말했다. "그의 생일도 아니지. 그러면 이런 스카프와 이런 리본도 하지 않았을 거야."

"그렇다면, 생일이 아니면 무엇인가요?"

"아무것도 아니야, 코린나. 말끔하게 하는데 항상 이유가 있어야 하니? 코린나, 너는 쉽게 말을 하지. 매일 주님은 너에게 30분 거울 앞에 앉아 가끔은 그 이상으로 너의 고수머리를 지지게 해 주시지…"

"하지만, 슈몰케…,"

"그래, 코린나, 너는 내가 모른다고 생각하지. 하지만 나는 모든 걸 보고 훨씬 더 많이 보고 있어… 그리고 나는 네게 말해줄 수 있어. 슈몰케가 한번은 말했지, 그가 그걸 매력적이라 생각한다고, 그런 고수머리를…"

"하지만 부군인 슈몰케가 그랬나요?"

"아니, 코린나, 슈몰케는 그렇지 않았어. 슈몰케는 아주 단정한 사람이었어. 사실 그렇게 특이하고 부당한 것을 말해도 된다면, 그는 거의 너무 단정했어. 하지만 너의 모자와 외투를 내게 건네렴. 하느님 맙소사, 얘야, 이것 좀 봐! 어쩌면 끔찍한 먼지가? 비가 오지 않아서 다행이네. 그러면 비단은 망가져. 그리고 교수는 그렇게 돈이 많지 않고. 그분이 불평하지 않는다고 해도, 부유한 건 아니야."

"그래요, 그래요," 코린나가 웃었다.

"자, 들어봐, 코린나, 넌 다시 웃고 있어. 하지만 그건 절대 웃을 거리가 아니야. 연로하신 아버님은 충분히 고생하셔. 끈이 부족할 정도로 숙제 노트 다발을 집에 가져오시니. 그건 그렇게 많단다. 왜냐하면 내가 여기가 아플 정도니까. 아버님은 참 좋은 분이셔, 60세가 돼서야 이제 조금은 영향을 받으시지. 물론 아버님은 그걸 인정하려 하지 않으시고 마치 20세인 양 행동하셔. 그래, 말도 안 돼. 그리고 지난번에는 전차에서 뛰어내리셨어. 내가 마침 그곳을 지나고 있었는데. 나는 당장이라도 뇌졸중이 오는 줄 알았어… 그런데, 코린나, 뭘 가져다줄까? 아니면 이미 식사해서 더는 필요한 것이 없어…"

"아니요, 아무것도 먹지 않았어요. 또는 아무것도 먹지 않은 것과 다름없어요. 제공된 빵 과자는 항상 오래된 거예요. 그리고 파울스보른에서 작은 컵에 달콤한 리큐어를 마셨죠. 그건 음식으로 칠 수 없죠. 하지만 식욕이 좀처럼 없네요. 머리가 너무 어지러워요. 병이 날 것 같아요…"

"아, 쓸데없는 소리, 코린나. 그건 또 다른 너의 변덕이야. 이명현상이 있거나 이마가 뜨거워지면 넌 항상 곧장 신경열이라 말하지. 그리고 그건 정말 신을 믿지 않는 거야. 왜냐하면 불길한 말을 하여 화를 자초하면 안 돼. 아마 약간 축축하고 안개도 끼고 저녁 연무도 있었겠지."

"네, 우리가 갈대 옆에 서 있을 때, 바로 그때 안개가 꼈어요. 호수는 사실 전혀 보이지 않았죠. 아마 그것 때문일 거예요. 하지만 머리가 정말 어지러워요. 침대에 가 몸을 감싸야겠어요, 그리고 아빠가 집에 오셔도 더는 말씀드리지 않겠어요. 언제 오시는지 누가 알겠어요, 그리고 너무 늦을지도."

"왜 곧장 모시고 오지 않았니?"

"그러길 원하지 않으셨어요. 오늘 자신만의 '저녁'을 갖고 계십니다. 제 생각에 쿠 댁에 계실 거예요. 거기서는 대개 오래 계시고, 어린 자녀들도 있으니까요. 하지만 마음 좋은 슈몰케, 당신과 반 시간만 더 이야기하고 싶어요. 당신은 정말 항상 뭔가 인정이 있으세요…"

"오, 그렇게 말하지 마라, 코린나. 도대체 내가 어떤 인정이 있겠니? 아니면 사실은 말이야, 내가 너한테 그 어떤 인정이 없을 수 있겠어? 너는 내가 이 집에 왔을 때만 해도 정말 아주 어렸지."

"그래요, '인정 많거나 없거나'," 코린나가 말했다. "전 다 좋아요. 그리고 제가 누워 있으면, 친애하는 슈몰케, 제게 침대로 티를 갖다주세요, 작은 마이센 포트를요. 다른 작은 포트는 슈몰케가 드세요. 그리고 티 샌드위치 두 개를요. 얇게 잘라, 버터는 너무 많이 바르지 말고요. 왜냐하면 저는 위를 주의해야 해요. 그렇지 않으면 위에 문제가 생기고 6주 동안 침대에 누워 있죠."

"그래 좋아," 슈몰케가 웃으며 주전자를 다시 불 위에 올려놓기 위해 부엌으로 갔다. 왜냐하면 뜨거운 물은 항상 있었다. 아직 끓지 않았을 뿐이었다.

15분이 경과하고 슈몰케가 다시 돌아와 이미 침대에 있는 코린나를 발견했다. 코린나는 누웠다기보다 앉아 있었다. "자신은 이미 훨씬 좋아졌다."고 안심시키며 그녀를 보러온 슈몰케를 맞이했다. 따뜻한 침대를 찬양하는 말이 정말 사실이고, 그녀는 이번에도 또다시 회복하여

모든 것을 다행스럽게 이겨낼 거라며.

"나도 그렇게 생각해," 슈몰케가 쟁반을 침대 머리의 작은 테이블 위에 놓으면서 말했다. "자, 코린나, 어떤 것을 따라줄까? 깨진 주둥이 주전자는 오래 우린 것이야. 나는 네가 약간 잉크 맛이 날 정도로 진하고 쓰게 즐겨 마시는 걸 알지…"

"물론이에요, 진하게 마시겠어요. 그리고 설탕도 많이요. 하지만 우유는 아주 조금. 우유는 위장에 애를 먹이죠."

"맙소사, 코린나, 위장 얘기는 그만해. 너는 마치 보르스도르프 사과처럼 누워서 죽음이 코 주변에 앉아 있다는 양 항상 말하지. 아니야, 코린나야, 그렇게 빨리 되는 게 아니야. 이제 티 샌드위치를 집으렴. 가능한 한 얇게 썰었어…"

"네 좋아요. 그런데 햄샌드위치도 가져왔네요."

"내가 먹으려고, 코린나야. 나도 뭘 먹어야지."

"아, 우리 슈몰케, 그러면 나는 슈몰케의 손님이 될래요. 티 샌드위치는 정말 아무것도 아닌 것처럼 보여요. 그리고 햄샌드위치가 내게 정말 웃음을 보내요. 그리고 벌써 모두 구미가 당기게 잘려져 있네요. 이제야 내가 배고픈 걸 알겠어요. 한 조각만 주세요, 화내지 않는다면."

"코린나, 어떻게 그렇게 말할 수 있어. 내가 어떻게 화가 날 수 있겠니. 나는 단지 집안 살림을 꾸리는 하녀일 뿐이야."

"아빠가 듣지 않으셔서 다행이에요. 아빠는 그렇게 하녀라고 하는 말을 참지 못하시는 걸 알잖아요. 그걸 아빠는 꾸민 겸손이라 하시죠…"

"그래, 그래, 그렇게 말하시지. 하지만 역시 아주 영리한 슈몰케는 비록 교육을 받지는 못했으나 '들어봐, 로잘리, 겸손은 좋아 그리고 꾸민 겸손(왜냐하면 겸손이란 본래 항상 꾸민 것이니까)은 없는 것보다는 낫지'라고 항상 말했지."

"흠," 약간 충격을 느낀 코린나가 말했다. "그 말에 일리가 있어요. 슈몰케, 부군은 정말 빼어난 분이었던 게 틀림없어요. 그리고 아까 남편께서는 단정한 무엇이 있었다고, 거의 너무 단정했다고 말했어요. 그런 걸 듣는 걸 난 좋아요. 그러면서 뭔가 생각할 거리를 갖고 싶어요. 어떻게 그분이 단정했었는지… 그리고 그분은 경찰에 계셨죠. 그리고 솔직히, 난 우리가 경찰이 있어 행복해요. 내가 다가가 길을 묻고 물어볼 수 있는 모든 경찰이 있어 좋아요. 그리고 경찰들은 모두 공손하고 예의 바름이 틀림없어요. 적어도 나는 그렇게 느꼈어요. 하지만 단정함과 너무 단정함에 대해서는…"

"그래, 사랑스러운 코린나, 맞아. 하지만 차이점이 있단다. 그리고 분과라고 부르는 것이 있지. 그리고 슈몰케는 그런 분과에 있었지."

"물론이에요. 그분이 모든 곳에 있을 수는 없지요."

"아니, 모든 곳은 아니지. 그리고 그는 바로 가장 어려운 도덕과 풍기 단속을 담당하는 분과에 있었어."

"그런 것이 있어요?"

"그래, 코린나, 그런 것이 있단다. 그리고 또한 있어야 해. 그리고, 네가 보고 들었겠지만 사람들은 그런 짓을 하지. 여성들과 소녀들한테도. 베를린 아이들은 모든 걸 보고 들으니. 그리고 그런 가엾고 불행한 존재들이 도덕과 풍기에 반하는 짓을 하게 되면 (왜냐하면 많은 사람들이 정말 가난하고 불행하단다) 그들은 심문당하고 처벌되지. 그리고 심문이 있으면, 거기에 슈몰케가 앉아…"

"특이해요, 거기에 대해 내게 지금까지 한 번도 이야기해준 적이 없

있었어요. 그리고 슈몰케, 그때 같이 있었나요? 정말이지, 매우 특이하군요. 그리고 그래서 부군께서 단정하고 그토록 흔들림 없었다는 건가요?"

"그래, 코린나, 그 말이야."

"자, 슈몰케가 그렇게 말을 하면 나는 믿을게요. 하지만 사실 놀랍지 않아요? 부군인 슈몰케가 당시만 해도 젊었거나 한창나이 남자였는데. 그리고 많은 여성들 그리고 특별히 그런 사람들은 사실 종종 빼어나게 예쁘지요. 그리고 거기에 슈몰케가 앉아 있듯이 한 사람이 앉아 항상 엄격하고 덕 있게 보여야 해요. 그 사람이 단지 우연히 거기 앉아 있다는 이유만으로요. 난 어쩔 수 없이 참 힘들다고 생각해요. 왜냐하면 그건 실로 사막의 유혹하는 자[148]와 같아요. '내가 모든 것을 네게 주리라.'[149]"

슈몰케는 한숨을 내쉬었다. "그래, 코린나, 내가 너에게 솔직히 고백할게. 나 역시 가끔 울었단다. 바로 여기 목덜미의 끔찍한 통증은 그 당시에 비롯됐지. 우리가 결혼하고 2년과 3년째 사이에. 그때 난 거의 5킬로나 빠졌어. 우리가 그때 저울이 있었더라면 더 나갔을 거야. 왜냐하면 저울을 재러 가면, 몸무게가 더 나가지."

"가엾은 여인," 코린나가 말했다. "네, 힘든 시절이 분명해요. 그런데 어떻게 이겨냈나요? 다시 몸무게가 나가게 되었다면, 위안과 안정을 줄 뭔가 있었을 텐데요."

"있었지, 코린나야. 네가 이제 모든 걸 알고 있으니 어떻게 된 것이고, 어떻게 내가 안정을 다시 찾았는지 말해줄게. 왜냐하면 말해줄 수 있지, 끔찍했다고. 어떨 때는 몇 주 동안 눈을 감을 수도 없었어. 물론,

---

148 「마태복음」 4장 8, 9절.
149 「누가복음」 4장 5 ~7절.

결국에는 조금 잤지만. 자연이 그렇게 의도하고 결국에는 시기심보다 더 강력하지. 하지만 시기심이란 매우 강해. 사랑보다 더. 사랑은 그렇게 나쁘진 않지. 하지만 내가 말하고자 하는 것은, 내가 아주 힘들 때, 그저 거기에 매달려 그에게 양고기와 콩을 차려 놓을 만큼만 힘이 있을 때, 잘게 썬 것을 그는 좋아하지 않고, 칼날 냄새가 난다고 항상 말할 때면 그는 나와 이야기를 나눠야 한다는 걸 안거야. 왜냐하면 나는 말하지 않았어. 그러기에 나는 자존심이 너무 컸어. 그러니까 그는 나와 이야기하기를 원했고. 그리고 때가 되어 기회를 잡고는 평상시 부엌에 놓인 네 다리 등받이 없는 의자를, 내겐 마치 어제 일과 같아, 내 쪽으로 밀면서 말했어. '로잘리, 말 좀 해봐, 무슨 일이야?'"

코린나의 입가에는 빈정거림의 표정이 완전히 사라졌다. 그녀는 생반을 옆으로 치우고 오른 팔로 탁자에 기대어 일어서며 말했다. "계속하세요, 슈몰케."

"자, 도대체 뭐야? 그가 내게 묻는 거야. 그런데 동전만 한 눈물이 흘러나왔어. 그리고 나는 말했어. '슈몰케, 슈몰케.' 그러면서 그의 본심을 알기 위해 그를 응시했지. 그것은 날카로운 눈빛이었지만 여전히 친근하였다고 말할 수 있었어. 왜냐하면 나는 그를 사랑했으니까. 그리고 그가 아주 평온하고 전혀 얼굴색이 변하지 않는 걸 보았어. 그리고는 내 손을 잡으며 다정하게 쓰다듬으며 말했지. '로잘리, 그건 모두 허튼소리야. 거기에 대해 당신은 아무것도 몰라. "풍기조"에 있지 않기 때문에 당신은 거기에 대해 아무것도 몰라. 당신에게 말할 수 있어. 날이면 날마다 풍기조에서 시간을 보내다 보면 그 모든 곤궁과 비참함에 머리끝이 쭈뼛거려. 그리고 그들 중에 완전히 굶주림에 시달리기까지 하는 사람들이 오면, 그런 경우도 있는데, 또 때때로 아주 특이하게 그 지경에 이른 가엾은 자식들의 치욕에 밤낮으로 한탄하는 부모들이 아직도 자식을 사랑하고 인간적으로 가능하다면 도와주고 구해주려는 것을 우리가 분명히 알고 있지. ─ 로잘리, 당신에게 이야기할 수 있어. 그런 걸 매일 볼 수밖에 없고, 가슴 속 심장이 있고, 제1친위연대에 근무하여 예의범절과 훈육과 건강함의 편에 섰다면, 나는 말할 수 있어. 유혹이나 그 모든 것은 다 끝난 일이야. 뛰어나가 울고 싶고, 몇 번은 나도 그랬어. 연배가 있는 나는 어루만지거나 "이것 봐 아가씨" 같은 것은 더는 없어. 그리고 집에 돌아오면 행복하게도 로잘리라고 하는 단정한 처(妻)가 양고기와 콩을 차려 놓았지. 이제 만족해, 로잘리?' 그러면서 그는 내게 키스했지…"

이야기하며 가슴이 차오른 슈몰케는 코린나의 옷장에 가 손수건을 가져왔다. 그리고 다시 자세를 바로잡아 자신의 말이 더는 목에 걸리지 않게 되자 코린나의 손을 잡고 말했다. "자, 슈몰케가 그런 사람이었어. 어떻게 생각해?"

"아주 단정한 분이세요."

"물론이지."

이 순간 종소리가 들렸다. "아빠"라고 코린나가 말하자 슈몰케가 일어나서 교수님을 위해 문을 열었다. 그녀는 곧장 다시 돌아와, 아빠께서 코린나가 없어 놀랐다고 말했다. 무슨 일이 있었는지는 모르지만 머리가 조금 아프다고 곧장 침대로 가는 법은 아니라고. 그리고는 파이프에 불을 붙이고 신문을 집으며 이렇게 말씀하셨다고. "슈몰케, 집에

와서, 다행이야. 모든 파티는 허튼짓이야. 이 말을 슈몰케 당신께 평생 유언으로 남기겠소." 하지만 이 말을 하면서 쾌활해 보였고, 슈몰케는 아버지가 매우 즐거운 시간을 보냈다고 확신한다는 것이었다. 왜냐하면 아버지에게는 많은 사람이 가지고 있는 단점이 있는데 슈미트 집안은 특히 그렇다고. 즉, 그들은 무엇이든 더 잘 알고 있고, 모든 것에 대해 이야기한다고. "그래, 코린나, 이런 면에서 너도 완전히 슈미트 집안사람이야."

코린나는 사람 좋은 슈몰케에게 손을 뻗으며 말했다. "슈몰케 말이 맞을 거예요. 그렇게 나에게 말해주어 정말 좋아요. 슈몰케가 아니었다면 도대체 누가 내게 그런 말을 해 주겠어요? 아무도 없죠. 나는 제멋대로 자랐고 현재보다 더 나쁘게 되지 않은 게 신기해요. 아빠는 좋은 교수이시지만 좋은 교육자는 아니세요. 그리고 항상 너무 나를 좋게만 봐주시고 말씀하세요. '슈미트 집안사람이면 스스로 도울 줄 안다.' 혹은 '결국에는 돌파구가 열릴 거야.'"

"그래, 항상 그렇게 말씀하시지. 하지만 가끔 따귀가 더 나아."

"세상에, 슈몰케, 그런 말은 하지 마세요. 나를 겁나게 해요."

"오, 넌 철이 없구나, 코린나. 널 겁나게 할 게 뭐가 있니. 너는 활달한 사람으로 성장해서 이미 어린애가 아닌데. 벌써 6년 전에 결혼했겠다."

"네," 코린나가 말했다. "나를 누군가 원했다면 말이죠. 하지만 어리석게도 나를 아무도 원하지 않았어요. 그래서 내 스스로 건사해야 했죠…"

슈몰케는 제대로 듣지 못했다고 생각하고 말했다. "네가 스스로 건사해야 했다고? 그게 무슨 말이니, 무슨 뜻이야?"

"그 말은, 우리 슈몰케, 제가 오늘 저녁 약혼했다는 거예요."

"하늘에 계신 아버지, 그게 가능해. 하지만 내가 그렇게 놀란다고 화내지마… 그건 사실 좋은 일이지. 그럼 좋아, 누구와?"

"알아맞혀 보세요."

"마르셀"

"아니요, 마르셀은 아니에요."

"마르셀이 아니라고? 그래, 코린나야, 그럼 난 모르지, 그리고 알고 싶지 않아. 다만, 결국에는 알게 되겠지. 그럼 누구야?"

"레오폴트 트라이벨."

"이게 웬일이야…"

"나쁜가요? 거기에 혹 반대하세요?"

"그럴 리가, 내가 어떻게 그러겠니. 그리고 내가 그런다면 그건 적절치 않아. 그리고 트라이벨가(家) 사람들. 그들은 모두 좋은 사람들이고 존경받고 있지. 특히 나이 드신 상업고문관은 항상 재미있으시고 이렇게 말씀하시지. '저녁이 깊어질수록, 사람들이 더 다정해진다'와 '오늘같이 앞으로도 50년' 등과 같은 것들을. 그리고 큰아들 역시 아주 훌륭해. 레오폴트도 역시 그래. 약간 말랐어, 그건 사실이나, 결혼이란 서커스단이 아니니까. 그리고 나의 슈몰케가 자주 이렇게 말했어. '이것 봐, 로잘리, 신경 쓸 것 없어. 그런 것으로 속을 수 있고, 틀릴 수 있어. 마르고 약해 보이는 사람은 종종 전혀 약하지 않아.' 그래, 코린나, 트라이벨은 좋은 사람들이야. 다만 그 엄마, 상업고문관 부인, 그래 들어봐, 난 어쩔 수 없어. 하지만 고문관 부인은 내 맘에 안 드는 뭔가가 있어. 그리고 항상 가장하는 척하며 어린아이를 운하에서 구한 애완견에 대해서 눈물을 짤 것 같은 이야기를 할 때나, 혹은 교수가 뭔가에 대해 설교하고 저음으로 '신께서 말씀하시길…' 중얼거리면서, 항상 아무도 알지 못하고 고문관 부인도 분명 모르는 이름이 나오면, 부인은 눈에서 눈물이 즉시 나온 상태로 그렇게 머물러 있으면서 떨어져 내릴 생각을 하지 않아."

"하지만 그분이 그렇게 울 수 있다는 건 사실 좋은 거예요, 슈몰케."

"그럼, 어떤 사람들에게는 그건 좋은 것이고 따뜻한 마음을 보여주지. 나는 더는 말하고 싶지 않아. 차라리 내 가슴을 치겠어, 또 그래야만 해. 왜냐하면 그건 내 눈물도 헤프긴 마찬가지야… 아, 슈몰케가 살아있을 때를 생각하면 그때는 많은 것이 달랐어. 3등 관람석 입장권을 매일 가져왔고 때때로 2등 관람석도. 그러면 나는 옷을 갖춰 입고, 코린나, 왜냐하면 당시만 해도 서른이 채 안 됐고 날씬했어. 오 하느님, 그때를 생각하면! 당시에 에어하르트란 여배우가 있었는데, 나중에 백작과 결혼했지. 아, 코린나, 난 그때도 좋은 눈물을 많이 흘렸지. 사람의 마음을 후련하게 해주기 때문에 좋은 눈물이었단다.《마리아 스튜아트》에서 가장 많이 눈물을 흘렸지. 훌쩍거리는 소리로 인해 아무 말도 알아들을 수 없었어. 그러니까 맨 마지막에 그녀가 모든 하녀들과 나이 든 유모와 헤어질 때. 모두들 검은색 옷을 입고, 그녀 자신은 가톨릭신자처럼 항상 십자가를 갖고 있었어. 하지만 이 에어하르트는 아니었어. 그리고 내가 그 모든 것을 다시 생각하고 내가 어떻게 눈물을 멈출 수 없었나를 생각하면 난 정말 상업고문관 부인에게 반하는 말을 할 게 없어."

코린나는 한숨을 쉬었다. 반은 농담조로, 반은 심각하게.

"왜 한숨을 쉬니. 코린나야?"

"네, 왜 내가 한숨을 내쉬죠, 슈몰케? 나는 슈몰케 말이 맞다고 생각하기 때문이에요. 고문관 부인이 그토록 쉽게 울거나 혹은 항상 눈에는 눈물이 번쩍인다고 해서 반대할 게 없으니까요. 많은 사람들이 그렇죠. 하지만 고문관 부인은 물론 아주 특이한 분이에요. 나는 그분을 신뢰하지 않아요. 그리고 가엾은 레오폴트는 사실 어머니를 두려워하고 어떻게 말해야 할지 아직도 몰라요. 곧 온갖 종류의 고투가 벌어질 거예요. 하지만 나는 감수할 거예요. 그리고 레오폴트에 매달릴 겁니다. 그리고 시어머니가 나를 반대하면, 결국에 가서 손해 볼 것 없어요. 시어머니들은 본래 항상 반대하시고, 모두들 자신의 작은 인형이 너무 아깝다고 생각하죠. 글쎄, 두고 보기로 해요. 나는 그의 약속을 받았고 나머지는 방법이 생기겠지요."

"그건 맞다, 코린나. 그를 꽉 잡아. 사실 난 놀랐어. 날 믿어. 마르셀이 더 나았을 거야. 왜냐하면 너희 둘은 서로 어울리니까. 하지만 난 그걸 단지 너에게만 하는 말이야. 이제 네가 트라이벨을 얻었으니, 그를 잡은 것이고, 거스를 이유가 없지. 레오폴트는 잠자코 있으면 되고, 노파 역시. 그래, 그 노파는 특히. 그래도 싸지."

코린나가 고개를 끄덕였다.

"이제 잠자거라, 얘야. 충분한 잠은 항상 좋아. 무슨 일이 닥치고, 다음 날 어떻게 자신의 힘을 필요로 할지 모르니까."

제12장

펠겐트로이 마차가 아들러 거리에 멈춰 코린나를 내려주던 것과 비슷한 시간에 트라이벨 마차도 상업고문관 주택 앞에 멈춰, 고문관 부인과 레오폴트가 내렸으며 반면 나이 든 트라이벨은 자리에 남아 젊은 부부를 — 그들은 자신들의 말을 사용하지 않았는데 — 쾨페닉 거리 아래 "목재집하장"까지 동반하였다. 거기서부터, 진심 어린 입맞춤 후 (왜냐하면 그는 다정한 시아버지 역할을 좋아하였다) 그는 몸소 부겐하겐으로 마차를 향하게 했다. 그곳에서는 정당 모임이 있었다. 그는 상황이 어떤지를 다시 보고 싶었으며, 필요하다면 《민족신문》의 보도가 자신을 결코 으스러뜨리지 못했음을 보여주려 했다.

평소 트라이벨의 정치적 행보를 — 물론 종종 그러했듯이 — 의혹까지는 아니더라도 가볍게 비웃었던 고문관 부인은 오늘 부겐하겐 행을 축복하며 몇 시간 동안 홀로 있게 되어 기뻤다. 빌리발트와의 산책은 그녀의 마음을 휘저었다. 자신을 이해시켰다는 확실성 — 그것보다 더 상위의 것은 없었다. "많은 사람들이 나를 부러워해, 하지만 중국에 내가 가진 것은 무엇이지? 석고와 금빛 테두리장식 그리고 시고 단 얼굴의 호니히. 트라이벨은 좋은 사람이지, 특히 나에게도. 하지만 그의 따분한 성격이 납과 같이 무겁게 그를 누르고 있지. 그리고 그는 그것을 느끼지 못해도, 나는 그걸 느껴… 그리고 그 와중에 상업고문관 부인 그리고 항상 똑같이 상업고문관 부인. 벌써 10년째가 되어가고 있어. 그 모든 노력에도 불구하고 더는 위쪽으로 움직이질 않아. 그리고 그렇게 멈춰있고, 또 그렇게 멈춰버릴 거라면, 예술과 학식을 가리키는 다른 칭호가 더 고급스럽게 들리는 게 아닌지 정말 모르겠어. 그래, 그건 그렇게 들려… 그리고 그 영원한 '호의적 환경'이라니! 난 커피 한 잔만 마시고 침대에 들면 중요한 건 잠을 자는 거야. 자작나무냐 호두나무냐는 중요치 않지만, 잠을 자는 것과 잠을 자지 않는 것은 다르지. 가끔 난 잠이 오지 않아. 잠이란 우리로 하여금 인생을 잊게 해 주기 때문에 인생에서 가장 좋은 것이지… 그리고 애들도 달랐을 거야. 내가 코린나를 보면, 생기와 환희가 거품이 날 정도야. 그 애가 그저 그렇게만 해도, 내 두 아이를 쉽게도 포켓 속에 집어넣을 수 있어. 오토는 대수롭지 않고, 레오폴트는 전혀."

이와 같은 달콤한 자기기만에 빠져 있는 동안 제니는 창가에 다가가 앞정원과 거리를 번갈아 가며 보았다. 맞은편 집, 위쪽 높이 열린 다락방 밝은 빛 아래에 실루엣처럼 한 여성이 익숙한 솜씨로 다림질하고 있었다. 마치 그 여성의 노랫소리를 듣는 것 같았다. 상업고문관 부인은 이 우아한 광경에서 눈을 떼지 못하였고 진정 부러움과 같은 것이 그녀에게 밀려왔다.

그녀 뒤로 문이 열리는 것을 깨닫고는 눈을 돌렸다. 프리드리히가 차를 가져왔다. "내려 놓으세요, 프리드리히 그리고 프로이라인 호니히에게 부탁할 일이 없다고 하세요."

"잘 알겠습니다, 상업고문관 부인. 그런데 여기 편지가 있습니다."

"편지?" 고문관 부인이 말했다. "누가?"

"젊은 도련님이."

"레오폴트가?"

"네, 고문관 부인… 회답을 주시면…"

"편지… 회답이라… 그 애가 왜 그런다지," 그리고 고문관 부인은 봉투를 찢고 내용을 훑어보았다. "어머니! 괜찮으시면 오늘 짧게 상의하고 싶어요. 프리드리히에게 가부를 알려주세요. 레오폴트 올림."

제니는 그녀의 감상적 기분이 순식간에 사라질 정도로 당혹스러웠다. 이 모든 것이 매우 불길한 것을 의미할 수 있음이 확실했다. 하지만 그녀는 기운을 차리고 말했다. "내가 레오폴트를 기다린다고 말하세요."

레오폴트의 방은 그녀 방 위층에 위치해 있었다. 그가 성급히 왔다 갔다 하며 평소 습관과는 달리 서랍을 닫는 큰 소음이 분명히 들려왔다. 그리고는 곧이어 착각이 아니라면 그녀는 계단을 내려오는 그의 발소리를 들었다.

그녀는 제대로 들었다. 이제 그가 들어와 방을 가로질러 (그녀는 아직 창가에 서 있었다) 그녀에게 다가와 손등 키스를 하려 했다. 그를 마주한 그녀의 거부하는 듯한 눈길로 인해 그는 멈춰 서 허리를 숙였다.

"이게 뭐냐, 레오폴트. 지금 10시이고 잠잘 밤 시간에 너는 내게 카드를 보내고 대화를 요구하다니. 내일 아침 일찍까지 미룰 수 없는 뭔가가 마음에 있는 것이 새롭구나. 무슨 일이냐? 원하는 게 뭐냐?"

"결혼하려고요, 어머니. 저 약혼했어요."

상업고문관 부인은 놀라 뒤로 물러섰다. 다행히도 그녀가 그 앞에 서 있던 창문이 그녀를 지탱해 주었다. 좋은 일을 기대한 것은 아니었으나 그녀를 무시하고 약혼이라니 그건 염려했던 것 이상이었다. 펠겐트로이 자매들 중 한 명? 그녀는 두 명 모두 어리석고 펠겐트로이 집안 전체를 현저하게 수준 이하로 생각했다. 나이 든 펠겐트로이는 큰 가죽 사업체의 창고 관리인이었으며, 주변 여성들을 자주 교체하는 미망인이었던 주인의 귀여운 가사 가정부와 결혼했다. 그렇게 일이 시작되었고 그녀의 눈엔 부족한 점이 많았다. 하지만 뭉크 집안과 비교해 보면 결코 훨씬 나쁘진 않았다.

"엘프리데 아니면 블랑카?"

"둘 다 아니에요."

"그러면…"

"코린나."

그것은 감당할 수 없었다. 제니는 반쯤 졸도하고 비틀거려서, 아들이 즉시 뛰쳐나와 붙잡지 않았더라면 바닥으로 쓰러졌을 것이다. 그녀는 잡기도 어려웠을 뿐 아니라 옮기기는 더 어려웠다. 하지만 이 모든 상황에 대처한 가엾은 레오폴트는 체력을 입증해 보이면서 어머니를 소파까지 옮겼다. 그다음 전기 벨 단추를 누르려 했는데, 대부분 졸도한 여성들과 마찬가지로 제니는 어떤 일이 벌어지고 있는지 모를 정도로 졸도했던 것은 아니었으므로 벨을 울리지 말도록 표시하기 위해 그의 손을 잡았다.

그녀는 이내 회복하고 자신 앞의 오드콜로뉴 작은 병에 손을 뻗어 이마에 소량을 바르고는 말했다. "그러니까, 코린나와."

"네, 어머니."

"그리고 이 모든 게 단순히 유희가 아니고. 너희들 정말 결혼하려고."

"네, 어머니."

"그리고 여기 베를린, 너의 좋은, 반듯한 아버지와 내가 결혼했던 루이젠슈타트 교회에서?"

"네, 어머니."

"네, 어머니. 그리고 항상 네, 어머니. 마치 명령에 따라 이야기하는 것 같구나. 마치 코린나가 네게 '네, 어머니'라 항상 말하라고 가르친 듯이. 자, 레오폴트, 상황이 그러하다면, 우리 둘은 우리 역할을 암송할 수 있지. 너는 쉬지 않고 '네, 어머니', 나는 쉬지 않고 '안 돼, 레오폴트'라고 하지. 그리고 무엇이 오래 가는지 보기로 하자. 너의 '네'와 나의 '안 돼'."

"어머니는 어머니에게 유리하게 입장을 세운 것 같아요."

"내가 아는 한 그렇지 않다. 하지만 만약 그렇다면 나는 네게 방금 배웠을 뿐이야. 어쨌든 그건 아들이 어머니 앞에 나타나 느닷없이 '저 약혼했어요'라고 선언했을 때 단도직입적인 절차이지. 좋은 집안에서는 그런 식으론 안 된다. 연극에서는 그럴지도 모르지, 예술이나 학문에서도. 그 속에서 성장한 똑똑한 코린나. 그 아이가 아버지 대신 숙제를 채점한다고 누군가가 그러더라. 하지만 어쨌든 예술과 학문에서는 가능할지 몰라도, 그건 내가 상관할 바 아니고, 만약 그 아이가 나이 든 교수, 그의 아버지를 (그런데 그분은 신의를 존중하는 사람이지) '저 약혼했어요' 하면서 놀라게 한다면 그분은 기뻐하겠지. 또한, 그럴 이유가 있어. 왜냐하면 트라이벨 집안은 나무에서 자라지 않았고, 지나가는 사람마다 흔들어 떨어뜨릴 수 없지. 하지만 나는 기쁘지 않아, 그리고 너의 이 약혼을 금지한다. 너는 얼마나 네가 완전히 미숙한지 또다시 보여주었어. 실로 그래, 레오폴트, 얼마나 어린애 같은지."

"친애하는 어머니, 제게 좀 더 배려해 주실 수 있다면…"

"배려라고? 네가 이런 터무니없는 일을 작정하면서 나를 배려했니? 너는 약혼했다고 말한다. 누구를 속이려고 하는 거니? 그 애가 약혼한 거고 너는 단지 약혼 당했어. 그 애가 너를 가지고 장난하는 거야. 거절하는 대신 너는 그 애 손에 키스하고는 무슨 개똥지빠귀처럼 덫에 순순히 붙잡힌 거야. 자, 나는 그걸 막을 수 없었어, 하지만 나는 그 이상을 막을 수 있고 막을 거야. 너희들 마음대로 약혼하여라. 하지만 청하건대 비밀리에 눈에 띄지 않게 해라. 그걸 알린다는 것은 생각할 수도 없다. 발표는 없을 거다. 네가 스스로 알리고 싶다면 하객들을 가르니 호텔[150]에서 받아라. 내 집에서는 안 된다. 내 집에서는 약혼도 없고, 코린나도 없다. 다 끝난 얘기다. 배은망덕의 오랜 이야기를 나 스스로 경험하고 사람들의 버릇을 잘못 들이고 사회적으로 그들 수준 이상으로 끌어올리는 것은 현명하지 못하다는 것을 깨달아야만 하는구나. 그리고 너도 나을 게 없다. 너는 내게 이런 번민을 면하게 해 줄 수 있었어. 이런 스캔들을. 네가 유혹을 당했다는 것은 오직 반만 핑계가 될 수 있어. 그리고 이제 너는 나의 뜻을 알았고, 또한 너의 아버지의 뜻이라고도 말할 수 있겠다. 왜냐하면 아무리 많은 우행을 범한다 해도, 자기 집안의 명예가 달려있는 문제에 있어서는 그를 믿을 수 있어. 그러니 이제 가라, 레오폴트, 그리고 잘 수 있다면 잠을 자라. 평온한 양심은 좋은 베개다…"

레오폴트는 입술을 깨물고 스스로 비통하게 미소를 지었다.

"… 그리고 네가 혹 의도하는 바가 무엇이든 간에 — 내가 너의 그런 모습을 본 적이 없을 정도로 네가 미소 지으며 그렇게 당돌하게 서 있으니, 그건 단순히 이질적 정신의 영향인데 — 네가 무엇을 의도하든지, 레오폴트야, 부모의 축복이 자식의 집안을 세운다는 걸 잊지 마라.

---

150 제한된 서비스를 제공하는 호텔로, 여기서는 폄하하는 의미로 사용.

내가 너에게 충고한다면 현명하기 바란다. 위험한 인물과 순간의 기분 때문에, 그것 없이는 그 어떤 인생도 진정한 행복이 불가능하니, 그 인생을 지탱하는 토대를 상실하지 말아라."

스스로 놀랍게도, 내내 의기소침해지지 않는 레오폴트는 한순간 대담하려는 듯 보였다. 하지만, 말하면서 격앙이 점점 커지는 어머니를 쳐다보고는 모든 말이 상황의 어려움을 오로지 증가시킬 것임을 깨달았다. 그리하여 그는 조용히 허리를 숙이고 방을 나섰다.

그가 나가자마자 상업고문관 부인은 소파 자리에서 일어나 양탄자 위에서 오가기 시작했다. 창가로 다시 갈 때마다 그녀는 멈춰 서서 다락방과 아직도 밝은 빛 아래 서 있는 다림질하는 여성을 쳐다보았다. 그리고는 그녀의 눈길은 다시 아래쪽을 향해 그녀 앞 거리의 부산한 광경을 바라보았다. 여기 앞정원에, 왼팔을 안쪽에서 격자 울타리 난간에 지탱하고 귀여운 금발의 하녀가 서 있었다. 그녀는 레오폴트의 "도덕률"을 고려해 거의 고용되지 않을 뻔했었다. 그녀는 활발하게 웃음을 지으면서 바깥쪽 보도에 서 있는 "사촌"과 이야기를 나누고 있었는데, 바로 그때 부겐하겐으로부터 마차를 타고 도착한 상업고문관이 빌라로 걸어오자 하녀는 물러났다. 늘어선 창문들을 쳐다본 트라이벨은 즉시 자기 부인의 방에만 불이 켜져 있음을 발견하고 당장 그녀의 방에 들어가 저녁과 그의 여러 가지 경험에 대해 보고하기로 결정했다. 《민족신문》 보도로 인해 그가 부겐하겐에서 처음 마주했던 맥 빠진 분위기는 그의 매력의 영향 아래서 사라졌다. 그도 그럴 것이 트라이벨은 미소를 동반하며 여기에서 거의 비호감의 대상인 포겔장을 포기하였던 것이었다.

제니가 이런 문제에 대해 어떠한 입장인지를 알고 있었으나 그는 이런 승리에 대해 이야기해야겠다고 느꼈다. 하지만 그가 들어서서 자기 부인의 명백히 격앙된 모습을 보고 "제니, 좋은 저녁"이라는 쾌활한 인사가 혀에서 얼어붙어 버렸다. 그는 그녀에게 손을 내밀며 단지 이렇게 말할 뿐이었다. "무슨 일이 있었소, 제니? 당신은 수난을 당한 것처럼 보여요… 아니, 신성모독은 아니고… 당신은 우박 피해를 당한 보리처럼 보여요."

"내 생각에는 말이죠, 트라이벨," 그녀는 방 안에서 계속 왔다 갔다 하며 말했다. "당신은 당신 비유를 좀 더 높이 잡으세요. '우박 피해를 당한 보리'는 특히 상스러울 정도는 아니더라도 시골풍의 여운이 있어요. 토이피츠 초센 사업이 벌써 결실을 보는 게 보여요…"

"나의 제니, 내 생각에, 잘못은 나에게 있다기보다는 독일 민족의 어휘와 은유에 있소. 언짢음과 낙담을 표현하는 단어들은 뚜렷하게 하층 계급적 성격을 띠고 있소. 그것 말고 생각할 수 있는 것으로는 자기 가죽이 떠내려가는 유피공에 관한 것이요."

그는 말을 멈췄다. 왜냐하면 화난 눈빛이 그를 향하자 또 다른 비유 찾기를 포기하는 편이 적절하다고 생각했기 때문이었다. 또한 제니가 이야기를 시작하였다. "나에 대한 당신의 고려는 항상 같은 수준에 머물러 있어요. 당신은 내가 쇼크 받은 것을 알고 있어요. 그리고 당신의 염려에 의복을 입힌 형태는 조야한 비유의 그것이에요. 내 격앙의 원인이 당신의 호기심을 특별히 일깨우지는 않는 것 같군요."

"그렇지 않아, 제니… 당신은 그걸 나쁘게 생각해선 안 돼요. 당신은 나를 알고 있고 그게 다 무슨 말인지 알고 있지 않소. 쇼크라! 그건 내가 듣고 싶지 않은 단어인데. 분명 또다시 안나, 해고 혹은 사랑 이야기. 내가 틀리지 않다면 그 여자는 밖에서…"

"아니요, 트라이벨, 그게 아니에요, 안나는 자기가 하고 싶은 것을 해도 좋고, 나에 관한 한 자기 인생을 슈프레발트 여성[151]으로 끝마쳐도 좋아요. 나이 든 교장인 그의 부친은 자신의 손자에게 자신의 딸에게 소홀히 했던 것을 가르칠 수 있어요. 사랑 이야기가 내게 쇼크를 준다면 그건 다른 쪽에서 와야 해요…"

"그러니까 사랑 이야기는 맞구먼. 그럼 누군지 말해 봐요."

"레오폴트."

"이런…" 트라이벨이 이 이름을 듣고 경악했는지 기뻐했는지는 그의 감탄사로는 구분할 수 없었다. "레오폴트? 그게 가능한가?"

"가능 이상입니다. 그건 확실해요. 왜냐하면 15분 전 그 애가 몸소 여기에 와서 이 사랑 이야기를 알렸어요."

"유별난 아이야…"

"그 애가 코린나와 약혼했어요."

상업고문관 부인이 이 소식으로 커다란 효과를 기대했던 것은 오인의 여지가 없었으나 그 효과는 전혀 일어나지 않았다. 트라이벨의 첫 감정은 다소 쾌활한 실망이었다. 또한 그는 수브레트 역을 맡는 여가수, 혹은 "서민층의 정숙한 처녀"를 기대했는데, 그의 편견 없는 견해에 따르면 경악과 끔찍함과는 정반대를 불러일으키는 발표 앞에 서 있었다. "코린나," 그가 말했다. "그리고 그렇게 단호하게 어머니와 상의

---

151 유모를 의미. 여기서는 평가절하의 의미로 사용됨.

도 없이 약혼하고. 괘씸한 녀석. 사람들은 항상 남을 과소평가하지. 누구보다도 자기 아이들을."

"트라이벨, 무슨 말씀이에요? 지금은 심각한 질문을 당신처럼 부겐하겐 분위기의 정서로 다루기에는 적절한 시간이 아니에요. 당신은 집에 와 크게 격앙된 저를 발견하고 나서 제가 이 격앙의 이유를 알리는 순간, 당신은 온갖 특이한 농담이 적절하다고 생각하세요. 그것은 저와 제 감정을 우스꽝스럽게 만드는 것과 거의 다름이 없음을 느낄 줄 아셔야 해요. 제가 당신의 전체 입장을 올바르게 이해했다면, 당신은 소위 이런 약혼을 스캔들로 간주하는 것과는 멀찌감치 떨어져 있으세요. 우리가 이야기를 계속하기 전에 그에 대해 확실히 하고 싶어요. 그것이 스캔들인가요 아닌가요?"

"아니지."

"그럼 당신은 거기에 대해 레오폴트의 해명을 요구하지 않을 건가요?"

"안 하지."

"그리고 당신은 이 사람에 대해 역정을 내지 않으시나요?"

"전혀 내지 않아."

"당신과 나의 친분을 무가치하게 만들고, 이제 자신의 침대틀을 ― 그것 말고는 뭐가 있겠어요 ― 트라이벨가(家)에 들고 들어오려는 이 사람에 대해서요."

트라이벨은 웃었다. "이것 봐요, 제니, 당신의 이 표현 방식은 성공했소. 귀여운 코린나가, 말하자면 (수레를 말에 매는) 긴 막대들 사이에 자신의 침구를 달고 이곳 트라이벨 집안으로 옮기는 걸 나의 불행이라 할 수 있는 상상력으로 눈앞에 그려보면, 나는 15분 동안 웃을 수 있겠소. 하지만 나는 차라리 웃지 않겠소. 그리고 당신은 매우 심각한 것을 고집하니 이제 나 또한 심각한 말을 하겠소, 당신이 거기에 쏟아낸 말들은 첫째, 터무니없고, 둘째로 불쾌하오. 그리고 또 뭐였더라, 맹목적이고, 건망증에, 오만하고, 거기에 대해선 말하고 싶지 않소…"

제니는 완전히 창백해졌고, 전율했다. 왜냐하면 "맹목적이고 건망증"이 겨냥하는 바를 잘 알고 있었기 때문이었다. 사람 좋은 데다가 상당히 영리한 사람으로서 모든 오만에 숨김없이 대항하는 트라이벨은 이제 말을 이어갔다. "당신은 거기에 배은, 스캔들, 수치를 말하고, 유일하게 빠진 단어가 '불명예'인데, 그러면 당신은 영광의 절정에 올라선 것이요. 배은망덕이라. 당신은 영리하고, 항상 쾌활하고 즐거움을 주는 사람, 최소한 일곱 명의 펠겐트로이 사람들의 상대가 될 사람을 — 가까운 친척들은 말할 나위도 없이 — , 당신은 비너스와 큐피드가 그려있는, 그런데 그건 우스꽝스러운 서투른 그림이지, 우리 집 마졸리카 도기에서 그 아이의 우아한 손으로 끄집어낸 대추야자 열매와 오렌지 가격을 계산할 작정이요? 그리고 우리 역시 사람 좋은, 나이 든 교수, 빌리발트 집에 초대받아, 그는 통상 당신에겐 특별한 사람인데, 우리 집 와인과 비교해 동등하거나 크게 나쁘지 않은 브라우네베르거[152]를 맛보지 않았소? 그리고 당신은 완전히 신바람이 나, 그곳 응접실에 서 있는 오래된 피아노의 반주에 따라 당신의 오래된 노래를 읊지 않았소? 아니요, 제니, 그런 이야기를 내게 하지 마시오, 그럼 나는 정말 화가 날 수 있어요…"

제니는 그의 손을 잡고 더는 말하는 것을 막으려 했다.

"아니오, 제니, 아직 아니야, 나는 끝나지 않았소. 말하는 도중이요.

---

152 품질이 뛰어난 모젤 와인.

스캔들이라고 당신은 말하고 있소, 치욕이라고. 자, 당신에게 내가 말하는데, 단순히 상상 속 치욕이 현실의 치욕이 되지 않도록 주의하시오. 그리고 — 당신이 그와 같은 이미지를 좋아해서 하는 말인데 — 화살이 사수에게 되돌아가지 않도록.[153] 당신은 나와 당신 자신을 거의 불후의 우스꽝스러움으로 끌고 들어가는 길로 인도하고 있소. 우리가 도대체 누구요? 우리는 몽모랑시도 뤼지냥[154]도 아니요 — 말이 나온 김에 하는 말인데, 아름다운 멜루지네가 그쪽 출신이라지. 당신이 관심 갖을 것 같아서 — 우리는 비스마르크나 아르님[155] 혹은 여타 변경 귀족도 아니오. 우리는 트라이벨, 혈로염과 녹반(綠礬) 제조업자, 그리고 당신은 아들러 거리의 뷔르스텐빈더 집안 출신이오. 뷔르스텐빈더는 꽤 좋아요. 하지만 첫 뷔르스텐빈더가 첫 슈미트보다 결코 더 높은 위치에 있지는 않았을 거요. 그래서 부탁이요, 제니, 과장은 그만두세요. 그리고 가능하다면, 모든 전쟁 계획을 그만두고 헬레네를 수용했듯이 코린나 역시 그만큼의 평정을 갖고 받아들이시오. 시어머니와 며느리가 서로 끔찍하게 사랑할 필요는 없소. 두 사람이 결혼하는 게 아니니까. 용기를 갖고 이런 신중하고 어려운 과제에 자신의 인격을 다해 임하고자 하는 여성에게 이 사안이 달려 있소…"

제니는 이 트라이벨의 필리피카[156] 후반부에 들어오니 특이하게도 조용해졌다. 그것은 자기 남편의 성격을 잘 알고 있는 데 그 이유가 있었다. 그녀는 그가 과도할 정도로 언어의 토로 욕구와 습관을 갖고 있

---

153 실러의 『빌헬름 텔』의 헤르만 게슬러가 주인공 텔에게 한 말을 암시.
154 오래된 프랑스의 귀족 가문.
155 오래된 변경 귀족 가문.
156 그리스 철학자 데모스테네스(기원전 383~322)가 마테도니아의 필립을 향해 행한 탄핵 연설.

어서, 자신의 영혼으로부터 특정의 감정들이 이야기된 다음에야 비로소 그와 대화를 나눌 수 있다는 것을 알고 있었다. 결국에 이런 내적 자기해방 행위가 그토록 신속하고 철저하게 시작했다는 것은 그녀에게는 좋은 일이었다. 지금 언급된 것들은 내일 더는 언급될 필요가 없었다. 이미 끝난 이야기였고 평화로운 타협의 가능성을 열어주었다. 트라이벨은 특히 모든 사물을 두 가지 측면에서 고려하는 사람이어서, 그에 따라 제니는 그가 밤사이에 레오폴트의 이 약혼을 또한 이면에서 관조하는 데 이를 것이라 전적으로 확신했다. 그리하여 그녀는 그의 손을 붙잡고 말했다. "트라이벨, 대화를 내일 아침 계속하기로 해요. 당신이 좀 더 진정하시면 제 의견의 합당함을 오인하지 않으실 거로 믿어요. 어쨌든 제 의견을 바꿀 거라 기대하지 마세요. 저는 행동으로 옮겨야 할 가장인 당신의 의견을 이 문제에서 당연히 선취하지 않겠어요. 하지만 당신이 행동하지 않는다면, 제가 행동합니다. 당신의 반대 위험에도 불구하고요."

"하고 싶은 대로 하구려."

그러면서 트라이벨은 문을 세게 닫고는 자기 방으로 건너갔다. 안락의자에 몸을 던지고는 그는 혼자 중얼거렸다. "만약 그 사람 말이 결국에 가서 옳다면!"

그리고 다를 수 있었을까? 사람 좋은 트라이벨, 그는 결국에는 스스로 3세대에 걸쳐 점점 부를 축적한 공장 경영의 산물이었다. 그리고 모든 훌륭한 정신적 그리고 영혼적 성향, 그리고 토이피츠 초센이란 무대에서의 그의 정치적 객원 공연에도 불구하고 자신의 감상주의적 배우자와 마찬가지로 스스로의 피 깊숙이 부르주아 본성이 박혀 있었다.

제13장

다음 날 아침 상업고문관 부인은 평소보다 일찍 일어나 아침 식사를 홀로 들고 싶다고 자기 방으로부터 트라이벨에게 알리도록 했다. 트라이벨은 그것은 지난 저녁의 언짢음이 원인이라고 생각하였으나 그 점은 잘못 생각한 것이었다. 왜냐하면 제니는 자신의 방에 머무는 30분을 실제로는 힐데가르트에게 편지를 쓰는 데 활용할 작정이었다. 한가롭고 평화롭게 또는 신경전을 지속시키며 커피를 마시는 것보다 오늘 더 중요한 것이 있었다. 그리고 실로, 작은 잔을 비우고 쟁반 위로 치워 버린 다음, 소파 자리에서 일어나 책상에 앉아 엄청난 속도로 겨우 손바닥 크기의 작고 상이한 종이들 위로 미끄러지듯 글을 써나갔다. 다행히 통상적인 4페이지짜리였다. 그녀는 기분만 적절하면 편지가 쉽게 써졌다. 하지만 오늘 같은 날도 없었다. 그리고 작은 선반 시계가 9시를 울리기 전, 그녀는 종이들을 한데 모아 테이블 위에 마치 카드 한 벌인 양 하나로 모아 두드려 정돈하고는 다시 한번 반쯤 소리 내며 쓴 것을 읽어나갔다.

"사랑하는 힐데가르트야! 여러 주 동안 우린, 다시 한번 너를 우리 집에서 보고자 하는 오래전부터 품어왔던 소원을 이루는 것을 생각해 왔단다. 5월까지는 이곳 날씨가 나빠, 나에게 가장 아름다운 계절을 의미하는 봄이라고는 말할 수 없단다. 하지만 거의 2주 동안은 달랐지. 우리 정원에는, 내가 기억하기로 네가 사랑하는 나이팅게일이 노래하고, 그래서 우리는 진심으로 너의 아름다운 함부르크를 몇 주 동안 떠나, 우리에게 너와 함께할 시간을 주었으면 한다. 트라이벨 어른은 나와 같은 소망을 전하고 레오폴트가 같이 한단다. 여기서 너의 언니 헬레네에 관해 말하는 것은 불필요하겠지. 너를 향한 너희 언니의 애정 어린 감정을 너는 우리만큼 잘 알고 있을 터이니. 내가 올바로 관찰했다면 그런 감정은 최근 끊임없이 증가하고 있단다. 거기에 대해 나는 편지에서 가능한 한도 내에서 너에게 자세히 이야기하고 싶다. 가끔 창백한 그 애를 보면, 창백함이 그 애에게 어울리긴 하지, 그렇지만 마음속 깊이 아프다. 나는 그 이유를 물을 용기가 없어. 그건 오토가 아니야. 그건 내가 확신하지. 왜냐하면 그 애는 좋은 사람일 뿐만 아니라 또한 사려 깊지. 그리고 나는 아마 다름 아닌 향수가 그 원인이라고 느껴. 나에겐 그것이 너무도 당연해서 항상 그 애에게 말하고 싶어. '떠나라, 헬레네, 오늘 떠나거라, 내일 떠나거라 그리고 내가 가사 전반에 대해, 그리고 특히 린넨 다림질을 최선을 다해 돌볼 것이니 걱정하지 말아라. 트라이벨 어른을 위해서만큼, 아니 그보다 더. 트라이벨은 많은 다른 베를린 사람들처럼, 아니 그보다 더 이런 사안에 있어서는 훨씬 까다롭지.' 하지만 나는 그런 말을 하지 않아 왜냐하면 의무를 성취했다는 자각에서 오는 행복 이외에 그 어떤 다른 행복도 헬레네가 기꺼이 포기하리라는 것을 내가 알기 때문이지. 무엇보다 아이에 대해. 리치를 긴 여행에 데리고 가 수업이 중단되는 것은 리치를 남겨두는 것만큼 거의 상상할 수 없는 것이야. 예쁜 아이! 나의 부탁이 헛되지 않다면, 그 아이를 보고 네가 얼마나 기뻐할지. 왜냐하면 사진은 매우 부족하게 모습을 보여줄 뿐이지. 특히 어린이들은. 아이들의 모든 매력은 투명한 피부색에 있으니까. 피부색은 표현에 미묘한 차이를 줄 뿐만 아니라, 표현 그 자체이지. 왜냐하면 네가 아마도 기억할 크롤라가 최근에 또다시 주장하듯이, 피부색과 영혼의 관계는 참으로 주목할 만해. 나의 사랑스러운 힐데가르트, 우리가 너에게 해줄 수 있는 것은? 사실, 거의 없단다. 우리 집 공간의 협소함은 너도 알지. 트라이벨은 그 외에 새로운 열정을 만들어 선거에 나간단다. 그것도 특이한, 벤트어처럼 들리는 지명의 지역에서. 그 지명을 알 것이라고 부당하게 너의 지리 지식에 기대하지 않겠어. 그럼에도 불구하고 너희 학교들은 — 펠겐트로이가 (물론 이 영역에 권위자는 아니지만) 내게 바로 얼마 전 또다시 확인해 준 바에 따르면 — 우리 학교들에 비해 월등하다는 것을 나는 알고 있지. 바로 지금 기념전시회[157] 이외에는 다른 것은 없어. 빈에서 온 드레어 회사가 음식 공급을 떠맡았는데 심하게 비난받았지. 하지만 베를린 사람들이 비난하지 않는 것이 어디 있겠니 — 맥주잔이 너무 작다는 것은 숙녀에게 의미하는 바가 거의 없지 — 그리고 우리 대중들의 자만심으로부터 안전한 것을 난 알지 못해. 너희 함부르크도 예외가 아니지. 그걸 생각하면 웃음이 나와. 오, 너희의 훌륭한 부텐 알스터[158]! 그리고 저녁에 불빛과 별들이 그 속에서 깜박이면 — 그 광경이란 그것을 즐기도록 허용된 자들을 매번 세속 너머로 빠뜨려 버려. 하지만 잊어버려, 나의 사랑 힐데가르트. 그렇지 않으면 우리는 너를 이곳에서 볼 수 있을 전망이 거의 없단다. 그러면 트라이벨 가족 모두에

---

157 1786년 제1회 베를린 예술전시회를 기념해 1886년 5월 23일 거행된 전시회.
158 함부르크의 호수 아우센알스터의 저지독일어 명칭.

게 진심 어린 아쉬움을 불러일으킬 거야. 그 누구보다 너를 진심으로 사랑하는 친구이자 너의 숙모가.

제니 트라이벨

추신. 레오폴트는 이제 승마를 많이 하고 있어, 매일 아침 트렙토 그리고 아이어호이스헨[159]까지. 동반자가 없다고 불평하지. 너는 여전히 너의 오랜 열정을 갖고 있니? 나는 네가 아직도 그렇게 날아다니는 걸 본다, 이 말괄량이. 내가 남자라면 너를 붙잡는 것이 나에겐 인생을 의미할 거야. 그런데 나는 다른 사람들도 그렇게 생각한다고 확신해. 그리고 네가 좀 덜 까다롭다면 우린 오래전 그 증거를 손에 넣었을 거야. 너무 오래 그러지 말기를 바라며. 그 많은 요구를 잊도록 해라.

너의 J.T."

제니는 이제 작은 종이들을 접어, 혹 외양적으로도 자신의 화평의 소망을 암시하기 위해 올리브 가지를 물고 있는 비둘기가 그려진 봉투에 집어넣었다. 이는 특히 적절했는데, 힐데가르트가 헬레네와 활발한 서신 교환을 하고 있었고 적어도 이전까지는 트라이벨 가족들, 특히 제니 트라이벨 여사의 솔직한 심정이 어떤가를 잘 알고 있었기 때문이었다.

고문관 부인은 지난 저녁 잠시 의심했던 안나를 종을 쳐서 부르려

---

159 베를린의 유명한 정원 음식점이자 소풍 행선지.

고 일어났다가 우연히 눈길을 앞정원으로 향했는데 울타리로부터 급히 집을 향해 걸어오는 며느리를 보았다. 밖에는 2등 마차가 서 있었다. 날씨가 따뜻했으나 문은 닫히고 커튼이 쳐져 있었다.

잠시 후 헬레네가 들어와 시어머니와 격렬하게 포옹하였다. 그리고 그녀는 여름 외투와 정원용 모자를 옆으로 던져놓고는 포옹을 계속하며 말했다. "그것이 사실이에요? 그것이 가능해요?"

제니는 묵묵히 고개를 끄덕이며 헬레네가 머리는 땋은 채 아직도 실내복을 입고 있는 것을 보았다. 그 빅 뉴스가 목재집하장에서 알려지기가 무섭게, 그녀는 있던 모습 그대로 즉시 처음 보는 가장 좋은 마차를 타고 길을 나섰다. 거기에는 큰 의미가 있었다. 이 사실로 인해 제니는 8년간 시어머니 가슴을 묶어놓았던 얼음이 녹는 것을 느꼈다. 동시에 그녀의 눈에는 눈물이 고였다. "헬레네," 그녀가 말했다. "우리 사이에 있었던 일들은 사라졌다. 너는 좋은 아이야, 너는 우리와 감정을 공유해. 나는 가끔 이런저런 것에 대해 반대했지. 그것이 옳았는지, 옳지 않았는지 따지지 말자. 그러나 그런 문제에 있어 너희들에게 의지하고 너희들은 이치에 맞는 것과 이치에 맞지 않는 걸 구분할 줄 안다. 너희 시아버지에 대해서는 불행하게도 그렇다고 할 수 없구나. 그러나 난 그건 오직 지나가는 현상이고 그분은 주장을 굽힐 거로 생각해. 어떤 일이 있어도 우리는 일치단결하자. 이건 레오폴트 개인과는 상관없어. 하지만 그 어떤 것도 꺼리지 않고 그러면서도 세 명의 공주들을 몸치장할 수 있을 자만심을 가지고 있는 이 위험한 인물, 그녀에 대항해 우린 준비해야 해. 그 여자가 우리 일을 쉽게 만들어 줄 거로 생각하지 마라. 온통 교수 딸의 주제넘음을 갖고 그 여자는 트라이벨 집안에 영광을 가져다준다고 상상할 수 있어."

"끔찍한 인간이에요," 헬레네가 말했다. "dear Mr. Nelson[친애하는 넬슨 씨]과의 저녁을 생각해 보면. 우린 넬슨이 자신의 여행을 연기하고 그 여자에게 청혼할까 봐 간담이 서늘했어요. 그렇게 되면 어땠을지 저는 모르겠어요. 아마 리버풀 회사와 오토와의 관계에서 우리에게는 치명적이었을 거예요."

"그래, 다행히 그건 지나갔다. 아마 이렇게 되어 차라리 잘됐어. en famille[160]로 해결할 수 있으니까. 그리고 나이 든 교수를 나는 걱정하지 않아. 그 사람은 내가 오래전부터 장악하고 있지. 그는 우리와 입장을 같이 해야 해. 자, 애야, 이제 난 화장을 하러 가야해… 하지만 중요한 일 하나 더. 방금 내가 너의 동생에게 진심으로 조만간 방문해 달라고 편지를 썼다. 헬레네야, 너의 어머니에게 몇 자 적어 내 편지와 같이 넣어 주소를 적으려므나."

그 말을 하고 고문 부인은 떠나고 헬레네는 책상에 앉았다. 그녀는 사안에 완전히 몰두한 나머지 힐데가르트를 위한 그녀의 희망이 드디어 성취되었다는 승리의 감정조차 떠오르지 않았다. 아니, 그녀는 공동의 위험 앞에 "집안을 지탱해 주는" 자신의 시어머니에 대한 공감을, 코린나에 대해서는 오직 혐오만을 갖을 뿐이었다. 그녀는 쓸 말을 순식간에 쓰고 아름다운 영국식 글씨체인 통상적인 둥근 선들과 장식으로 주소를 썼다. "영사 부인 토라 뭉크, 구성(舊姓) 톰슨. 함부르크. 울렌호르스트[161]."

주소 글씨가 마르고 상당히 두드러져 보이는 편지에 2 마르크 우표를 붙이고 헬레네는 일어서 제니 부인의 드레싱룸을 가볍게 노크하

---

160 가족 내에서.
161 교외 고급 주택가.

고 안쪽을 향해 말했다. "어머니, 지금 갈게요. 편지는 제가 가지고 가요." 그리고 그녀는 앞정원을 다시 지나 마차 마부를 깨우고 올라탔다.

9시와 10시 사이에 두 통의 기송관(氣送管) 편지가 슈미트 집에 도착했다. 편지 두 통이 한 번에 오는 전례 없는 일이었다. 그중 하나는 교수에게 온 편지로서 다음과 같은 짧은 내용이었다. "친애하는 친구! 오늘 그대를 12시와 1시 사이에 그대 자택에서 만나길 기대할 수 있을까요? 대답이 없으면, 좋은 걸로 알게요. 그대 친구 제니." 코린나에게 온, 조금 더 긴 또 다른 편지의 내용은 이러했다. "사랑하는 코린나! 어제 저녁 난 엄마와 대화했어요. 저항에 부딪혔다는 건 그대에게 말할 필요도 없어요. 그 어느 때보다 우리가 어려운 투쟁에 맞서고 있다는 것이 내겐 확실해요. 하지만 무엇도 우리를 갈라놓지 못할 겁니다. 고귀한 기쁨이 나의 영혼 속에 깃들어 내게 그 어떤 것도 해낼 수 있는 용기를 줍니다. 그것이 사랑의 비밀이자 동시에 힘입니다. 이 힘이 나를 이끌어 주고 강력하게 해줄 겁니다. 모든 근심에도 불구하고 몹시도 행복한 당신의 레오폴트." 코린나는 편지를 내려놓았다. "가엾은 소년! 그가 거기에 쓴 것은 솔직해, 용기에 관한 것 역시. 하지만 겁쟁이가 틈으로 보이네. 이제, 기다려 보기로 하자. 네가 가지고 있는 것을 붙잡아. 나는 굴복하지 않아."

코린나는 오전 내내 혼잣말을 계속했다. 가끔 슈몰케가 왔지만 아무 말도 하지 않거나 사소한 가사 문제에만 국한했다. 한편 교수는 수업이 두 시간 있었는데, 희랍어 시간에는 핀다로스를, 독일어 시간에는 낭만파(노발리스)를 다루고 12시 직후 다시 돌아왔다. 그는 자기 방에서 이리저리 움직이며, 그 자신에게 전적으로 이해하기 어려운 노발리스 시의 종결구와 그리고는 또다시 그토록 장중하게 예고된 친구 제니의 방문 문제에 교대로 몰두했다. 1시 직전 아래편 거친 포석 위에서 흔들리는 마차 소리가 들리자 그녀가 왔다고 생각했다. 그리고 그녀였다. 이번에는 홀로, 프로이라인 호니히 없이, 볼로냐 개도 대동하지 않고. 그녀는 마차 문을 몸소 열고는 천천히 그리고 신중하게, 마치 자신의 역할을 다시 한번 예행 연습을 하듯이 바깥 계단의 돌층계 위로 올라갔다. 1분 후 슈미트는 종소리를 들었고 그 후 즉시 슈몰케가 알렸다. "상업고문관 트라이벨 부인이십니다."

슈미트는 그녀에게 다가가, 평소보다는 덜 스스럼없이, 그녀의 손에 키스하고, 분지처럼 꺼진 부분을 커다란 가죽 방석으로 어느 정도 평평하게 만든 소파에 자리를 잡도록 청했다. 그 자신은 걸상을 가져다 그녀를 마주하고 앉아 말을 시작했다. "친애하는 친구여, 이런 영광된 방문의 이유는 무엇인가요? 어떤 특별한 일이 발생한 것으로 생각되는데."

"그래요, 친애하는 친구여. 그리고 당신 말을 들으니 코린나 양이 일어난 사건을 당신께 알리는 것이 아직은 적절하지 않다고 생각했음이 틀림없군요. 프로이라인 코린나는 그러니까 어제저녁 나의 아들과 약혼했습니다."

"오," 슈미트가 기쁨과 마찬가지로 놀람을 표현할 수 있을 어조로 말했다.

"프로이라인 코린나는 어제 우리들의 그루네발트 야유회에서, 아마 거행되지 않는 편이 나았을 행사인데, 나의 아들과 약혼했어요. 그 반대가 아니죠. 레오폴트는 내가 알지 못하고 내가 원하지 않는 일을 하지 않죠. 약혼처럼 중요한 일은 더욱더 하지 않아요. 그래서 저는, 매우 유감스럽게도 획책된 혹은 파놓은 함정, 네, 실례해요, 친애하는 친구여, 잘 고안된 습격이라 해야겠어요."

이 강도 높은 단어가 나이 든 슈미트에게 심적 안정뿐만 아니라 자신의 평상시 쾌활함을 회복시켜 주었다. 그는 자신의 옛 여자 친구에게 착각하지 않았음을 알았다. 그녀가 전혀 변함이 없이, 서정시와 고양된 감정에도 불구하고, 전적으로 외양적인 것에만 관심을 둔 이전의 제니 뷔르스텐빈더였음을. 물론 그는 예절 바른 형식을 유지하고 겉보기에도 전적으로 친절함을 유지하면서 우월적인 오만의 어조를 띠며 이제 매우 개연성 높게 움트는 토론으로 흘러 들어가야 한다고 생각했다. 그것은 자신에게뿐만 아니라 코린나에 대한 의무이기도 했다.

"습격이라, 친애하는 부인. 당신이 그렇게 칭하는 것은 아마 완전히 틀린 말은 아니요. 그리고 다름 아닌 이 지형이여야 한다는 것 역시. 이같은 종류의 사안들이 특정 지역과 분리될 수 없을 정도로 달라붙어 있다는 것은 참으로 특이하오. 백조 움막과 볼링장 레인을 통해 평화적으로 개혁하고 그 문제를 따라잡으려는 모든 노력들은 무익한 것으로 판명되었고, 이 지역들, 특히 우리의 오랜 악명 높은 그루네발트의 이전 특성이 거듭 터져 나오고 있소. 방랑 기사들의 끊임 없는 습격. 친애하는 부인, 내가 현시대의 generis feminini 융커[162]를 불러 자신의 죄를 고

---

162 여성 융커. 중세 말기 도둑으로 영락한 기사를 암시.

백하게 하도록 허용해 주시오."

제니는 입술을 깨물며 이제 자신을 웃음거리에 내맡긴 신중하지 못한 단어를 후회했다. 하지만 되돌아가기는 너무 늦었다. 그리하여 그녀는 오직 다음과 같이 말했다. "네, 친애하는 교수님, 코린나에게 직접 듣는 편이 제일 좋겠어요. 제 생각에 코린나는 자부심을 갖고 가엾은 아이를 현혹한 걸 고백할 겁니다."

"그럴 가능성이 있소," 슈미트가 말하며 일어나더니 홀을 향해 외쳤다. "코린나."

그가 자리에 다시 앉기가 무섭게 그가 부른 딸이 벌써 문에 서서 얌전하게 고문관 부인을 향해 허리를 숙이며 말했다. "부르셨어요, 아빠?"

"그래, 코린나, 내가 불렀다. 우리가 계속하기 전에, 걸상을 가져다가 우리에게서 좀 떨어져 앉아라. 왜냐하면 잠정적으로 네가 피고임을 외양적으로 표시하고자 한다. 창문 벽감으로 옮기면 우리가 너를 가장 잘 볼 수 있어. 그리고 내게 말해봐라. 어제저녁 그루네발트에서, 슈미트로 태어난 네가, 전적으로 융커의 오만함으로 평화롭고, 무장하지 않은, 자기 길을 가는 레오폴크 트라이벨이라는 이름의 시민의 아들로부터 그의 가장 소중한 것을 빼앗았다는 것이 사실이냐?"

코린나는 미소 지었다. 그리고 창가에서 테이블로 다가와 말했다. "아니에요, 아빠, 그건 완전히 틀린 말입니다. 모든 것이 통상적인 과정을 거쳤어요. 그리고 저희는 약혼하는 방식대로 정식으로 약혼했어요."

"난 그걸 의문시하는 것이 아니에요, 프로이라인 코린나," 제니가 말했다. "레오폴트 자신은 스스로 코린나 양의 약혼자로 생각해요. 내가 말하는 것은 단지, 코린나 양이 나이로 인한 우월감…"

"제 나이가 아니에요. 제가 어린걸요…"

"… 코린나 양이 영리함과 성품으로 이 가엾은 청년의 의지를 꺾어 스스로 차지하게 된 것이지요."

"아닙니다, 경애하는 사모님. 그것도 완전히 맞는 말은 아닙니다. 적어도 사실에 관해서는요. 결국에는 혹시 맞는 말일 수 있겠습니다만, 그것에 대해 이후 말씀드릴 수 있도록 허락해 주십시오."

"좋아, 코린나, 좋아," 슈미트가 말했다. "계속하거라. 그래서 사실이란 것이…"

"그러니까 사실이 아닙니다, 경애하는 사모님. 왜냐하면 어떤 일이 있었냐고요? 저는 레오폴트와 그의 가까운 장래에 관해 이야기하며 그에게 의도적으로 불분명한 윤곽에 이름을 대지 않고 결혼식 행렬을 묘사했습니다. 그리고 제가 마지막으로 이름을 거명해야 할 때, 결혼식 하객들이 피로연에 모여 있는 블랑케네제에서 마치 여왕처럼 옷을 입은 아름다운 힐데가르트 뭉크가 신랑 옆에 신부로 앉아 있었는데, 이 신랑은 레오폴트였습니다, 경애하는 사모님. 동일한 레오폴트는 하지만 이 모든 것을 듣고자 하지 않았고 제 손을 잡더니 정식으로 청혼했습니다. 그리고 제가 레오폴트에게 어머니를 상기시키고, 그럼에도 소용이 없자, 저희는 약혼했습니다…"

"그 말을 믿어요, 프로이라인 코린나," 고문관 부인이 말했다. "진심으로 그 말을 믿어요. 하지만 결국에 모든 것은 웃음거리일 뿐이에요. 코린나 양은 레오폴트가 힐데가르트보다 자신을 선호할 거라는 걸, 가엾은 아이 힐데가르트를 전면에 내세울수록, 더욱더 확실히 — 더욱더 열정적이라고는 하지 않겠어요. 왜냐하면 우리 아이는 정열적인 남자가 아니니까 — 그러니까 레오폴트가 코린나 양의 편에 설 거라는 걸, 그리고 코린나 양을 선호할 거라는 걸 너무나도 잘 알고 있었죠."

"네, 경애하는 사모님, 저는 그걸 알았거나 거의 알고 있었어요. 이 문제에 대해 저희 사이에 오고 간 말은 없었어요. 하지만 벌써 오랫동안, 저는 그가 저를 신부로 삼으면 행복할 거로 믿고 있었어요."

"그리고 계산되고 영리하게 골라낸 함부르크 결혼식 이야기로 그 아이가 맹세하도록 유도시키는 걸 알고 있었고…"

"네, 경애하는 사모님, 알고 있었어요. 그리고 그 모든 것은 제 권리입니다. 그리고, 제가 보기에도, 그 권리에 진심으로 항의하기를 원하시겠지만, 제가 사모님의 아들에 대한 모든 영향력을 포기해야 한다는 주장과 요구가 주저되지 않으십니까? 저는 미인도 아니고 그저 평균입니다. 하지만 어려우시겠지만 잠시만이라도 가정해 보십시오. 제가 소위 미인이고 사모님 아들이 저항할 수 없었던 팜므파탈이었다면 제 약혼자인 사모님 아들이 제 미모가 파 놓은 함정에 빠지지 않도록 부식 양잿물로 얼굴을 파손하기를 기대하시겠습니까?"

"코린나," 슈미트는 미소 지었다. "그렇게 자극적으로 말하지 마라. 고문관 부인께서는 우리 집 손님이시다."

"사모님은 저에게 그걸 요구하시지 못할 것입니다. 적어도 그렇게 잠정적으로나마 생각합니다. 혹은 제가 사모님의 저에 대한 우호적 감정을 과대평가하는지도 모르겠습니다. 하지만 사모님은 자연이 제게 부여한 것을 포기하라고 요구하십니다. 저는 저의 올바른 생각을 가지고 자유분방하며 남성들에게 특정 영향을 발휘합니다. 가끔 제가 가진 것이 결여된 사람들에게도요. — 제가 그걸 벗어던져야 할까요? 제 재능을 감춰야 하나요? 제게 주어진 작은 빛을 숨겨야 하나요? 단지 트라이벨 집안이 저와의 약혼으로부터 보존되도록 사모님 아들과 만나 수녀처럼 앉아 있기를 요구하시는 것인가요? 경애하는 사모님, 제게 허락해 주세요, 그리고 사모님은 제 말씀이 사모님께서 유발하신 제 감정 때문이라고 정상을 참작해 주셔야 합니다. 제가 그것을 오만하고 매우 비난받을 만할 뿐 아니라 무엇보다도 우스꽝스럽다고 생각함을 사모님께 말씀드리는 것을 허락해 주세요. 결국 트라이벨 집안이 누구입니까? 고문관 칭호가 붙은 베를린 청색제조업자입니다. 그리고 저는, 저는 슈미트입니다."

"슈미트 집안 여자야," 나이 든 빌리발트는 기쁨에 차 반복하며 즉시 덧붙였다. "자, 친애하는 친구여, 우리 여기서 멈추고 모든 걸 아이들의 결정과 시간과 사건 진행에 맡겨둡시다."

"아니에요, 나의 친애하는 친구, 그렇게 하지 않겠어요. 우리는 그 어떤 것도 사건 진행은 물론, 아이들의 결정에는 더더욱 맡길 수 없어요. 그건 프로이라인 코린나의 결정과 동일한 것일 터이지요. 그것을 저지하기 위해 제가 여기 왔습니다. 저는 우리들 사이에 생생한 기억들로, 당신의 찬동과 지지를 확신할 수 있기를 희망했습니다. 하지만 착각했군요. 여기에서 좌초된 나의 영향력을 나의 아들 레오폴트에게 국한해야겠군요."

"거기에서도 좌초될 것 같아요…" 코린나가 말했다.

"오로지 그 아이가 코린나 양을 만나느냐 아니냐에 달려있을 거예요."

"그는 저를 만날 겁니다!"

"아마도. 아마도 그렇지 않을 거예요."

그리고는 고문관 부인은 일어나서 교수에게 손을 내밀지 않고 문

쪽으로 갔다. 여기에서 그녀는 다시 한번 몸을 돌려 코린나에게 말했다. "코린나, 우리 이성적으로 이야기해요. 난 모든 걸 잊겠어요. 그 아이를 놓아줘요. 그 아이는 코린나 양에게 맞지도 않아요. 그리고 트라이벨 집안에 관한 한, 방금 코린나 양은 그걸 포기해도 손해 볼 것 없다고 방금 묘사했지요…"

"하지만 제 감정이요, 경애하는 사모님…"

"흥," 제니가 웃었다. "코린나 양이 그렇게 말하는 걸 보니 확실히 코린나 양은 감정이 없고, 이 모든 것이 단순한 오만이거나 혹은 고집이 틀림없어요. 코린나 양과 우리를 위해 이 고집을 포기했으면 해요. 왜냐하면 그것으로 얻는 것은 없기 때문이지요. 어머니 역시 나약한 인간에게 영향력이 있지요. 그리고 레오폴트가 자신의 밀월여행을 일베크 어부의 오두막집에서 보낼지는 매우 의심쩍군요. 그리고 트라이벨 집안이 코린나 양에게 카프리 섬의 빌라를 허용하지 않으리라는 건 확신해도 좋아요."

그러면서 인사하고 홀로 나갔다. 코린나는 뒤에 남아있었으나 슈미트는 자신의 친구를 계단까지 배웅했다.

"안녕," 고문관 부인이 말했다. "친애하는 친구여, 우리 사이에 이런 일이 생겨 오랜, 오래된 친한 사이를 훼방 놓아 유감이에요. 제 잘못은 아니에요. 당신이 코린나를 응석받이로 키우셨어요. 그리고 당신 딸아이가 비웃는 듯 고압적인 어조를 쓰네요. 다른 건 몰라도 자신과 나이 차가 나는 것도 무시하고. 불경이 우리 시대 특징이에요."

장난꾸러기인 슈미트는 "불경"이란 단어에 슬픈 표정을 하였다. "오, 친애하는 친구여," 그는 말했다. "그대 말이 맞을 것 같아요. 하지만 이제 너무 늦었소. 모욕까지는 아니더라도 이와 같은 걱정을 당신에게 끼친 것이 우리 집안이라는 것이 유감이오. 물론, 당신이 이미 매우 올바르게 언급한 바와 같이 시대가… 모든 사람이 자신을 뛰어넘어 섭리가 분명 의도하지 않았던 높은 목표를 향하지."

제니는 고개를 끄덕였다. "신이여 도우소서."

"그렇게 되기를 희망해 봅시다."

그리고 그 말을 하며 그들은 헤어졌다.

방으로 돌아와 슈미트는 자기 딸을 껴안으며 이마에 키스하고 말했다. "코린나야, 내가 교수가 아니라면, 결국에 나는 사회민주주의자가 되었을 것이야."

같은 순간 슈몰케도 들어왔다. 그녀는 마지막 단어만을 듣고 무엇이 문제인지 추측하며 말했다. "네, 슈몰케도 항상 그렇게 이야기했어요."

제14장

다음 날은 일요일이었다. 트라이벨가(家)의 분위기는 이날의 일상적 황량함에 현저하게 더해줄 뿐이었다. 모두들 서로서로 피했다. 상업고문관 부인은 편지, 카드 그리고 사진들을 정리하는 데에 몰두했고, 레오폴트는 자신의 방에 앉아 괴테를 읽었다. (무엇이었는지 말할 필요가 없다) 그리고 트라이벨 자신은 정원 연못 주위를 걸으며, 대개 그런 경우에서처럼, 프로이라인 호니히와 대화를 나눴다. 그는 그녀에게 매우 심각하게 전쟁과 평화에 대해 물었다. 물론 예방책으로 일종의 예비적 대답을 스스로 해 주었다. 무엇보다 아무도, "지도급 정치가들조차도" 모른다는 것이 확실하다는 것이다. (그는 공개 연설을 통해 이 표현에 익숙해졌다) 그리고 아무도 알지 못하기 때문에 직관에 따를 수밖에 없고, 그 점에서 여성들보다 뛰어나고 믿을 사람이 없다고. 여성의 직관에는 지극히 평범한 신탁과 차별화된 피티아[163]적인 것이 있음을 부인할 수 없다고. 프로이라인 호니히는 마침내 말문을 열며 그녀의 정치적 진단을 다음과 같이 요약했다. 그녀는 서쪽으로는 맑은 하늘이, 반면 동쪽에는 불길한 전조가 보인다는 것이다. 그것도 위, 아래로. "위와 아래에서 모두," 트라이벨이 반복했다. "오, 그 얼마나 맞는 말인가요. 그리고 위쪽이 아래쪽을 결정하고 아래쪽이 위쪽을. 그렇소, 프로이라인

---

163 델피 신탁의 예언자.

호니히, 우리가 적절한 공식을 찾아냈소." 그리고 절대 빠지지 않은 개, 치카는 이 모든 것을 듣고 짖었다. 그렇게 대화는 두 사람 모두에게 만족스럽게 흘러갔다. 트라이벨은 하지만 이런 지식의 샘에서 계속 퍼내기에 거부감을 느끼고 얼마 지난 다음 자신의 방과 시가로 돌아가, 이런 가정의 불화와 이런 일요일의 추가적 지루함을 불러낸 커피하우스를 포함한 할렌 호수 전체를 저주했다. 정오경 그를 수신인으로 한 전보가 도착하였다. "편지에 감사. 저는 내일 오후 기차로 도착. 힐데가르트 배상." 그는 초청이 이루어졌음을 처음으로 알게 된 전보를 부인에게 보냈으며, 부인의 독자적 방식을 특이하게 생각했음에도 불구하고, 이제 자신의 상상 속에 몰두할 것이 생겨 또다시 진심으로 반가웠다. 힐데가르트는 매우 귀여운 용모에, 앞으로 몇 주간 자신의 정원 산책에 프로이라인 호니히 말고 다른 얼굴을 주변에 갖게 된다는 생각에 그는 즐거웠다. 또한 그는 이제 대화거리가 생겼고, 이 전보가 없었더라면 점심 대화가 아마 매우 빈궁하게 혹은 완전히 생략되었을 터이지만, 이젠 적어도 몇몇 질문을 던지는 것이 가능해졌다. 그는 이런 질문을 실제로 했으며 모든 것이 견딜 만하게 흘러갔다. 오직 레오폴트만이 아무 말을 하지 않고 테이블에서 일어나 자신의 독서로 돌아갈 수 있게 되자 비로소 만족했다.

레오폴트의 전반적 태도는 자신에 관한 일에 스스로 결정을 내리겠다는 것을 보여주었으나, 그럼에도 불구하고 집안을 대표하는 의무를 회피해선 안 되며, 따라서 다음 날 오후 힐데가르트를 정거장에서 영접해야 한다는 것이 그에게 분명했다. 그는 정확하게 도착해 아름다운 사돈처녀를 환영하고 안부와 집안의 여름 계획에 대한 통상적 질문을 마치는 동안 그가 고용한 짐꾼이 먼저 마차, 그리고 짐을 처리했다. 그녀의 짐은 유일하게 황동 쇠 장식을 한 트렁크 하나였는데, 그것의 크기로 인해 마차 위에 올려놓자 굴러가는 마차에 2층짜리 건축물의 외관을 부여했다.

가는 도중 레오폴트가 대화를 재개했으나 소기의 목적을 불충분하게 이루었는데, 그 이유는 지나치게 두드러진 그의 자의식이 사돈처녀에게 유쾌함의 원인만을 제공해 주었기 때문이었다. 그리고 이제 그들은 빌라 앞에 정차했다. 트라이벨 가족 모두가 울타리에 서 있었다. 다정한 인사치례를 교환한 후, 그리고 필요한 화장 준비를 신속히 마친 다음, 그러니까 아주 여유를 갖고, 그사이 커피가 식탁에 올려져 있는 베란다에 힐데가르트가 등장했다. 그녀는 모든 것을 "훌륭하다"고 했다. 분명 모든 함부르크적인 것을 억제하고 베를린의 감성을 존중할 것을 첫 번째 규칙으로 추천한 토라 뭉크 영사 부인의 엄격한 지시를 수령했음을 암시했다. 비교하는 법은 없었으며, 일례로 커피잔 세트를 단호히 경탄해 마지않았다. "여기 베를린 패턴은 이 분야에서 최고입니다. 세브르[164]도 포함해서요. 그리스식 가장자리 장식이 얼마나 멋져요." 레오폴트는 멀리 서서 귀를 기울였다. 힐데가르트는 갑자기 말을 멈추고 지금까지 한 말에 덧붙였다. "내일도 시간이 있겠지만 그리스식 가장자리와 세브르와 마이센 그리고 양파꽃 무늬[165] 같은 것들을 이야기한다고 꾸짖지 마세요. 하지만 레오폴트 잘못이에요. 마차에서 우리 대화를 그토록 전문적으로 끌고 나가 제가 거의 당황했답니다. 저는 리치에 대해 듣고 싶었는데. 생각해 보세요, 그는 오직 지선(支線)[166]과 방사

---

164 자기 제조로 유명한 공장이 위치한 파리 교외 지명.

165 마이센 자기 특유의 패턴.

166 1870년 말 만들어진 베를린 하수 구조.

형에 관해 이야기하는 겁니다. 그것이 무엇이냐고 당황하여 물었죠."

나이 든 트라이벨은 웃었다. 하지만 상업고문관 부인은 그 어떤 표정도 짓지 않았고, 반면 레오폴트의 창백한 얼굴은 순간 홍조를 띠었다.

그렇게 첫째 날이 지나갔고, 혹시 방해가 될까 봐 사람들이 조심하였는데, 힐데가르트의 거침없음은 계속하여 견딜만한 날들을 약속하는 듯싶었다. 상업고문관 부인이 그 어떤 종류의 관심도 부족하지 않도록 배려해서 더욱 그러하였다. 그녀는 자신의 통상적인 방식이 아닌 최고 가치 있는 선물 증여까지도 서슴지 않았다. 하지만 이런 모든 노력과 관계없이, 또한 그럼에도 불구하고, 깊숙이 살펴보지 않았다면, 적어도 절반의 성공은 있었지만 그 누구도 진정 쾌적함을 느끼지 못했다. 그의 명랑한 성격으로 신속히 되돌아오는 유쾌한 기분을 확실히 기대할 수 있었던 트라이벨마저도 여러 가지 이유들로 인해 유쾌한 기분이 들 수 없었는데, 지금 그 원인은 초센 토이피츠 선거운동이 포겔장의 완전한 패배로 막을 내렸다는 사실이었다. 그와 함께 트라이벨을 향한 인신공격이 증가했다. 처음에는 그의 높은 인기로 인해 트라이벨은 언급조차 되지 않았으나, 대리인의 서툰 행보로 인해 더는 배려가 불가능해졌다. "포겔장 중위처럼 편협하다는 것은", 상대 정당 기관지가 주장하기를, "의심할 바 없이 그건 불행이다. 하지만 그런 편협한 사람을 고용한다는 것은 우리 지역 내 건전한 상식을 무시하는 것이다. 트라이벨의 입후보는 이 모욕으로 좌초할 것이다."

나이 든 트라이벨 부부 집에는 그리 쾌활한 분위기가 아님을 힐데가르트는 점차 분명히 감지한 결과 하루의 반은 언니 집에서 보냈다. 목재집하장은 공장에 비해 경관이 아름답고 길고 흰 양말을 신은 리치는 정말 매혹적이었다. 한번은 또한 붉은색이었다. 그 아이가 다가와 힐데가르트 이모에게 무릎을 살짝 구부리며 인사하자 힐데가르트는 언니에게 속삭였다. "Quite english, Helen[꽤 영국식이야, 헬렌]," 그리고 두 사람은 행복하게 서로 미소 지었다. 실로, 그것은 기쁨의 순간이었다. 하지만 리치가 다시 가버리자, 자매들 사이에 서슴없는 대화는 더는 없었다. 왜냐하면 대화는 두 가지 중요한 사안들을 언급해서는 안 되었기 때문이다. 레오폴트의 약혼과 이 약혼으로부터 체면을 지키며 벗어나려는 희망.

트라이벨 집안의 분위기가 쾌활하지 못했듯이 슈미트 집안에서도 그렇지 못했다. 나이 든 교수는 사실 걱정하지도 기분이 나쁘지도 않았으며 오히려 그 반대로 이제 모든 것이 호전될 것이라고 확신했다. 자연스럽게 전개되도록 놔두는 것이 그에게 절대 필수적으로 보였다. 그리하여 스스로, 쉬운 일은 아니었으나, 무조건 침묵하였다. 슈몰케는 물론 정반대의 견해로, 대부분의 연로한 베를린 여성들과 같이 "터놓고 말하기"를 유별나게 강조하여, 더 많이, 더 자주 말할수록 더 좋다는 입장이었다. 그녀의 이런 방향으로의 시도는 하지만 결과 없이 길을 잃고, 슈몰케가 시작해도 코린나는 말을 하게 마음이 움직이지 않았다. "그래, 코린나야, 이제 어떻게 되는 거니? 네 생각이 진정 무엇이냐?"

이 모든 것에 대해 적절한 대답은 없었다. 반면 코린나는 마치 룰렛 바퀴 앞에 서 있듯이 팔짱을 끼고 어디에 공이 떨어질지 기다렸다. 불만족스러운 것은 아니었으나 무엇보다 자신이 혹시 너무 많은 말을 했던 언쟁 장면을 생각하면서 극도로 안절부절못하고 짜증이 났다. 그녀는 고문관 부인이 좀 덜 엄하게, 반면 그녀 자신은 좀 더 고분고분했었다면 모든 것이 달라졌을 것이라 생각했다. 그렇다, 그랬다면 특별한 노력 없이 화해할 수 있었고, 모든 것이 단지 계산에 불과했기에, 잘못을 고백할 수 있었을 것이다. 하지만 물론 고문관 부인의 오만한 태도에 대한 유감 이외에, 무엇보다 그리고 가장 우선 자신을 비난하는 순간, 바로 그 순간, 설사 또다시 이 사안이 자신의 양심에 비추어 의심할 바 없이 분명할지라도 고문관 부인의 눈에는 아무런 도움이 되지 않을 것이라고 그녀 스스로 인정해야 했다. 이 끔찍한 여인은, 끊임없이 그렇게 행동하고 말하지만, 감정을 논하는 것을 비난하는 것이 절대 아니었다. 그것은 부차적인 문제였다. 그것이 아니었다. 그리고 설사 진심으로 그리고 진정으로 이 소중하고 좋은 사람을 사랑했다 하더라도 범죄는 달라질 게 없었다. "이 고문관 부인은 자신의 교만한 '안 돼'로 나를 맞힐 수 있는 그곳에 명중시키지 않았어. 부인은 나의 마음과 사랑이 부족해서 이 약혼을 거부한 것이 아니야. 부인이 거부한 이유는 내가 가난하거나 최소한 트라이벨 집안의 재산을 배가시킬 수 없기 때문이야, 다른 그 무엇도 아니지. 그리고 부인이 다른 사람들 앞에서 내가 너무 자의식이 강하고 교수 딸 같다고 언명하거나 혹 스스로도 그렇다고 확신하는 것은 자신에게 그 순간 편리하기 때문이야. 다른 상황에서는 교수 딸로서의 나의 자질이 해를 끼치기는커녕, 반대로 부인은 나에게 최상의 감탄을 표했을 거야."

그렇게 코린나의 말과 생각이 흘러갔다. 가능한 한 그것들에서 벗어나기 위해, 그녀는 오랫동안 하지 않았던, 젊고, 나이 든 교수 부인들 집 방문을 다시 시작했다. 또다시 가장 마음에 드는 사람은 사람 좋은 린트플라이쉬 부인으로, 많은 하숙인들로 인해 가사에 전적으로 몰두하고 있는 그녀는 매일 큰 시장에 가, 최고의 공급처들과 가장 저렴한 가격들을 알고 있었는데, 그 가격들은 나중에 슈몰케에게 전해져, 처음에는 슈몰케에게 분노를, 하지만 마지막에 가서는 수준 높은 경제력에 대한 경탄을 자아냈다. 또한 임마누엘 슐체 부인도 방문했는데, 아마도 프리데베르크의 임박한 이혼이 매우 선별된 화제를 제공했기 때문에, 그녀는 눈에 띄게 싹싹하고 수다스러웠다. 임마누엘 자신은 하지만 또다시 허풍을 떨고 냉소적이었기에 코린나는 다시 방문할 수 없다고 느꼈다. 그리고 한 주에는 그렇게 많은 날들이 있었으므로 코린나는 마지막으로 박물관과 국립미술관으로 옮겨가야 했다. 하지만 제대로 흥이 나지 않았다. 코르넬리우스 홀의 커다란 벽화 앞에 그녀의 흥미를 끄는 것은 유일하게 작은 프레델라[167]였는데 거기에는 남자와 여자가 침대 커버에서 머리를 내밀고 있었다. 이집트 박물관에서 그녀는 람세스[168]와 포겔장 사이의 특이한 유사함을 발견하였다.

집으로 돌아온 코린나는 매번 누가 왔었는지 물었는데, 그 말은 "레오폴트가 왔었나요?"를 의미했다. 거기에 슈몰케는 규칙적으로 대답했다. "아니, 코린나야, 사람이라곤 그림자도 볼 수 없었다." 실로, 레오폴트는 올 용기가 없었고 매일 저녁 작은 편지를 쓰는 것에 국한했다. 편지는 다음 날 아침 그녀의 아침 식사 테이블에 놓여 있었다. 슈미트는 미소를 지으며 쳐다보았고 코린나는 그 편지를 자기 방에서 읽기 위해 우연인 양 일어났다. "사랑하는 코린나, 오늘도 여느 날들처럼 지나갔습니다. 어머니는 자신의 반대를 고수하려는 것 같아요. 자, 누가 이

---

167 제단 장식의 기저판.
168 이집트의 왕 람세스 2세(약 기원전 1290~1223).

기나 보기로 하지요. 힐데가르트는 이곳에 누구도 자신에 관심을 가지지 않기 때문에 대부분 헬레네 집에 가 있습니다. 나에겐 그녀가 안됐어요. 그렇게 젊고, 귀여운 처녀가. 모든 것이 그와 같은 책략의 결과지요. 내 영혼은 그대를 보고 싶고, 다음 주에 모든 것을 명료하게 할 결정을 내릴 것이에요. 어머니는 놀랄 것이고. 한 가지 분명한 것은, 나는 그 어떤 것도 피하지 않을 겁니다. 극단적인 것에도. 네 번째 계율의 모든 것은 좋습니다. 하지만 한계가 있지요. 또한 우리는 스스로에 대한, 그리고 무엇보다 우리 눈에 삶과 죽음을 의미하는 우리가 사랑하는 사람들에 대한 의무가 있습니다. 나는 아직 어디로 갈지 망설여집니다. 하지만 영국을 생각하고 있습니다. 거기에 우리는 리버풀과 미스터 넬슨이 있습니다. 그리고 두 시간이면 스코틀랜드 국경에 당도합니다. 우리를 외적으로 결합시키는 사람이 누구이건 결국에는 마찬가지입니다. 왜냐하면 우리는 이미 오래전부터 우리 속에 그러하니까요. 나의 가슴이 그 생각에 얼마나 뛰고 있는지! 영원한 당신의 레오폴트."

코린나는 편지를 작은 조각들로 찢어 바깥 화덕 속으로 던졌다. "이런 식이 가장 좋아. 그러면 그가 오늘 쓴 것을 다시 잊게 되고 내일 더는 비교할 것이 없게 돼. 내겐 그가 마치 매일 같은 내용을 쓰는 것 같아. 특이한 약혼이네. 하지만 그가 영웅이 아님을 꾸짖어야 하나? 내가 그를 영웅으로 개조할 수 있다는 나의 상상도 끝났어. 이것은 패배와 굴욕의 시작이 틀림없어. 응당의 대가? 그런 것 같아."

- - - - - - - - - - - - - -

한 주 반이 지났다. 아직도 슈미트 집안엔 변한 것이 없었다. 노인은 다름없이 침묵하고, 마르셀은 오지 않았고 레오폴트는 더더욱 오지 않았다. 오직 그의 아침 편지들만이 시간을 정확히 엄수하며 나타났다. 이미 오래전부터 코린나는 그것들을 읽지 않았고 훑어만 보고는 미소 지으며 그녀의 실내복 포켓에 밀어 넣고, 편지들은 그곳에서 눌려 구겨졌다. 그녀를 위로해 줄 사람은 슈몰케밖에 없었다. 비록 그녀와 대화하기를 아직도 피했지만, 슈몰케가 온전히 있다는 것만으로도 진정 코린나에게는 도움이 되었다.

하지만 그것도 끝이 있는 법이었다.

교수는 방금 집에 도착했다. 이미 11시에. 왜냐하면 적어도 그에게는 1시간 일찍 수업이 끝나는 수요일이었기 때문이었다. 코린나와 슈몰케는 그가 돌아와 큰 소리로 요란하게 문 닫히는 소리를 들었으나 두 사람은 더는 신경을 쓰지 않고, 내부에는 화창한 유월 햇빛과 창문이 모두 열려있는 부엌에 머물러 있었다. 창문 옆에 부엌 테이블이 위치 해 있었다. 밖에는 두 고리에 고정된, 베를린 특유의 유별난 목판 조각품인 상자 같은 화분대가 매달려 있었다. 별꽃 모양의 작은 구멍들이 나 있고 짙은 녹색으로 칠해 있었다. 이 상자 속 제라늄과 꽃무 화분들 사이로 참새들이 날아다니고 대도시의 대담함으로 창가 부엌 테이블에 앉았다. 여기에서 참새들은 모든 것을 즐겁게 쪼아 먹고 다녔다. 아무도 그것들을 쫓아낼 생각을 하지 않았다. 코린나는 절구를 무릎 사이에 고정시키고 계피 빻는 데에 열중하고, 반면 슈몰케는 녹색 식용 배들을 길이에 따라 절단하여 이등분한 것을 커다란 갈색 주발, 소위 신선로 냄비에 떨구었다. 물론 이등분된 것들은 같은 크기는 아니었고 그렇게 될 수도 없었다. 왜냐하면 물론 오직 한쪽에만 줄기가 있었기 때문이었다. 그리고 이 줄기는 또한 슈몰케가 오랫동안 원했던 대화를 시작할 계기가 되었다.

"자, 코린나," 슈몰케가 말했다. "여기 이것, 이 긴 것, 이 줄기는 바로 네 아버지가 좋아하는…"

코린나가 고개를 끄덕였다.

"… 아버지는 그걸 마카로니처럼 높이 쳐들고 아래서부터 모두 다 잡수시지… 그분은 특별한 분이야…"

"네, 그래요!"

"특별한 분으로 기벽을 많이 갖고 계셔. 그분을 알려면 우선 오래 연구해야 해. 하지만 가장 특이한 건 바로 긴 줄기에 관한 건데, 브레드 푸딩에 넣을 배 줄기 껍질을 벗겨서는 안 되고 씨가 있는 속까지 모든 게 남아있어야 해. 그분은 교수이고 현명한 사람이지만, 코린나, 이 말은 해야겠어. 내가 나의 단순하지만 사람 좋은 슈몰케에게 저 긴 줄기와 속에 든 모든 걸 가지고 갔다면, 뭔 일이 터졌을 거야. 왜냐하면 그는 좋은 사람이었지만, '이 여편네가 그게 충분하다고 생각하나 봐'라고 생각하면, 근무 중 골이 난 얼굴을 하고서 마치 나를 체포하려는 듯 보였어…"

"네, 슈몰케," 코린나가 말했다. "그건 바로 오랜 취향 이야기이고 취향에 대해서는 다툴 수 없어요. 그리고 그건 아마 습관이고 어쩌면 건강 때문이겠죠."

"건강 때문이라," 슈몰케는 웃었다. "자, 들어봐, 애야, 그런 씨가 목에 들어가 잘못 삼키면 가끔 전혀 모르는 사람에게 부탁해야 해, '등을 몇 차례 두드려 주세요, 어깨 가운데를 세게요,' — 아니야, 코린나, 나라면 버터처럼 내려가는 씨를 발라낸 말바시아 배를 택하겠어. 건강이라니!… 줄기와 껍질, 거기에 무슨 건강이 있는지 난 모르겠네…"

"있어요, 하지만. 슈몰케. 과일은 많은 사람들에게 맞지도 않고, 아버지처럼 즙으로 삼키는 걸 불편해해요. 그리고 거기엔 오직 한 가지 구제책밖에 없어요. 모든 것을 그대로 남겨두죠. 줄기 그리고 녹색 껍질. 둘 다에 지혈제가 있어요…"

"뭐라고?"

"지혈제요, 다시 말해 한데 끌어모으는 거죠. 우선 입술과 입을요. 하지만 서로 끌어당기는 이 과정은 사람 몸 전체에 걸쳐 지속되고, 그것이 모든 것을 다시 제 자리로 정돈해 주고 피해로부터 보호해 주지요."

참새가 듣고 있더니, 마치 코린나 설명이 옳다고 공감했는지 잘라져 있는 줄기를 부리에 물고 다른 집 지붕으로 날아갔다. 하지만 두 사람은 침묵에 빠져 15분이 지난 후에야 대화로 돌아왔다.

부엌은 더는 같은 모습이 아니었다. 왜냐하면 코린나는 그사이 테이블을 치우고 그 위에 푸른색 설탕 포장지를 펼쳤다. 그 위에 오래된 빵들과 그 옆으로 큰 강판이 놓여있었다. 그녀는 강판을 집어 왼쪽 어깨에 지탱하고, 갈아진 빵들이 푸른 포장 위 사방으로 흐트러질 정도로 격렬하게 가는 작업을 시작했다. 때때로 그녀는 멈추고 빵 조각들로 중앙에 더미를 쌓았다. 하지만 그리고는 즉각 새로 시작하는 것이었다. 실로 이 작업을 하면서 모든 종류의 살인에 관해 생각하고 있는 것처럼 들렸다.

슈몰케는 그녀를 옆에서 지켜보았다. 그리고 말했다. "코린나야, 넌 도대체 누구를 갈아 부수고 있니?"

"이 세상 모두요."

"그건 너무 많구나… 너도 포함해서?"

"저부터요."

"그건 좋아. 왜냐하면 네가 우선 갈아 부서지면, 넌 다시 정신을 차리게 될 거야."

"절대로 아니죠."

"'절대로'라는 말은 절대로 해선 안 된다, 코린나야. 그건 슈몰케의 첫 번째 원칙이었어. 그건 틀림없이 맞는 말이야. 왜냐하면 어떤 사람이 '절대로'라고 말하고는 바로 변심하는 걸 항상 보았어. 너도 그러기를 바라마."

코린나는 한숨을 쉬었다.

"이것 봐, 코린나, 너는 내가 항상 반대했던 걸 알잖아. 왜냐하면 네가 너의 사촌 마르셀과 결혼해야 하는 건 실로 너무 자명해."

"내 사랑 슈몰케, 그 사람 이름만은 제발요."

"그래, 귀에 익어, 그건 부당함의 감정이지. 하지만 난 더는 이야기하지 않고, 이미 이야기한 것만 말하겠어, 나는 항상 거기에, 그러니까 레오폴트를 반대했었어. 그리고 네가 내게 그걸 말해주었을 때, 충격을 받았어. 하지만 고문관 부인이 화가 날 거라고 네가 말했을 때, 부인에게 응당한 대가이고, '뭐가 어때서? 그렇지 말아야 할 이유가 어디 있어?'라고 생각했어. '그리고 레오폴트가 겨우 갓난아기이면 코린나가 양육시켜 힘을 키워줄 거야'라고. 그래, 코린나, 그렇게 생각하고 너에게도 말해주었지. 하지만 그건 나쁜 생각이었어. 왜냐면 사람은 그를 싫어해도 같은 인간을 화나게 해선 안 돼. 그리고 내가 처음 받은 너의 약혼에 대한 충격, 그것이 옳은 거였어. 너는 현명한 남자, 실로 너보다 더 똑똑한 남편이 필요해 — 넌 그런데 절대 영리하지 않아 — 그리고 슈몰케같이 네가 그 사람을 존경하게 될 남성 다운 사람이 필요해, 그리고 레오폴트에게 넌 존경심을 갖을 수 없어. 넌 아직도 그를 사랑하고 있니?"

"아, 나는 그걸 전혀 생각하고 있지 않아요, 슈몰케."

"자, 코린나, 그러면 이제 끝낼 시간이야. 너는 온 세상을 혼란에 빠뜨리고 너와 다른 사람들의 행복을, 거기에는 너의 아버지와 나이 먹은 슈몰케도 포함되는데, 망치려 할 수 없어. 단지 불룩하게 올린 머리 모양과 보석 술을 달고 있는 나이 든 고문관 부인에게 골탕을 먹이기 위해서. 그녀는 오렌지 상점을 망각한 돈 자랑하는 부인으로, 그저 항상 거드름을 피우고 나이 든 교수를 애타게 쳐다보고 마치 아직도 다락에서 숨바꼭질하고 이탄 뒤에 서 있는 양 그를 '빌리발트'라 부르고 있지. 왜냐하면 당시만 해도 다락에 이탄을 보관했지. 그리고 내려오면 항상 굴뚝 청소를 한 것처럼 보였어. 그래, 코린나, 그건 다 맞아. 나라도 이런 것을 그녀에게 베풀어 줄 수도 있었겠고. 그녀는 충분히 머릿골이 썩었을 거야. 하지만 나이 든 토마스 목사가 슈몰케와 나의 결혼식에서 말한 바 있듯이, '서로서로 사랑하시오. 인간은 자신의 삶을 증오가 아닌 사랑 위에 세워야 합니다'(슈몰케와 나는 이 말을 항상 기억하였어). 그래 우리 코린나야, 너에게도 똑같이 말해주는데, 사람은 자기 인생을 증오 위에 세워서는 안 된다. 너는 정말 고문관 부인에게 그런 증오, 그러니까 진정 증오하니?"

"아, 나는 거기에 대해 전혀 생각하고 있지 않아요, 슈몰케."

"그래, 코린나, 다시 한번 말할 수 있어. 지금이 어떤 일이 일어날 절호의 때야. 왜냐하면 네가 그 남자를 사랑하지 않고 그 여자를 증오하지 않는다면, 무엇이 문제인지 모르겠다."

"나도 모르겠어요."

그리고 그 말에 코린나는 사람 좋은 슈몰케를 얼싸안았다. 슈몰케는 코린나의 번쩍이는 눈에서 이제 모든 것이 끝나고 폭풍이 지나갔음을 보았다.

"자, 코린나, 그럼 우린 해낼 거야. 모든 것이 잘될 거야. 하지만 지금 내게 그 틀을 건네줘. 한 시간은 적어도 끓여야 해. 그리고 식사 전 아버지에겐 한마디도 하지 않겠어. 왜냐하면 그렇지 않으면 기뻐서 식사를 못 하실 거야…"

"아, 그래도 드실 거예요."

"하지만 식사 후에 말씀드리겠어. 낮잠을 못 주무시더라도. 나는 벌써 그 꿈을 꾸고 단지 거기에 대해 너에게 말하고 싶지 않았을 뿐이야. 하지만 이제 할 수 있어. 일곱 마차와 쿠 교수의 두 딸이 신부 들러리였지. 그네들은 모두 항상 신부 들러리가 되고 싶었지. 모든 사람들이 그들을 쳐다보고, 거의 신부보다 더 쳐다보기 때문이야. 왜냐하면 신부는 이미 시집가 버렸으니까. 그리고 대개 조만간 그들 역시 순서가 되지. 목사만은 확실히 알아보지 못했어. 토마스는 아니었어. 하지만 슈쏭이었을 거야. 약간 심하게 통통하였으니까."

제15장

푸딩은 2시 정각에 제공되었다. 슈미트는 맛있게 먹었다. 자신의 쾌적한 기분으로 인해 코린나가 그의 말 한마디 한마디마다 단지 말 없이 미소만 짓고 있는 걸 그는 눈치채지 못했다. 왜냐하면 그는 사랑스러운 이기주의자로서 그런 류의 대부분 사람들과 같이, 자신의 기분을 직접적으로 방해하는 일이 발생하지 않는 한, 자기 주변의 분위기에 특별히 신경 쓰지 않았다.

"그리고 이제 식탁을 치워라, 코린나야. 몸을 뻗고 눕기 전에 마르셀에게 편지 하나 혹은 적어도 몇 자라도 써야겠다. 그가 자리를 찾았다. 오랜 교분을 유지하고 있는 디스텔캄프가 오늘 오전 알려왔다." 슈미트가 이 말을 하며 이 중요한 소식이 자기 딸의 기분에 영향을 주는지 관찰하기 위해 코린나 쪽을 바라보았다. 하지만 그는 아무것도 보지 못했다. 볼 것이 없었거나, 혹은 그가 날카로운 관찰자가 아니었거나, 설사 예외적으로 그럴 의사가 있었다 해도 마찬가지였다.

슈미트가 일어나자 코린나도 역시 일어나 밖으로 나가 식탁을 치우도록 슈몰케에게 필요한 지시를 전했다. 슈몰케가 들어서자 그녀는 나이 든 하인들이 집 안에서 자신들이 차지하고 있는 지배적 위치를 그것을 통해 즐겨 표출하는, 저 의도적이고 전혀 불필요한 소음을 내면서 접시들과 식기류를 한데 모았다. 그녀는 이때 나이프와 스푼 끝이 사방으로 삐져나와 이 못이 박힌 탑을 밖으로 옮기려는 순간 자신 쪽으로 단단히 밀착시켰다.

"슈몰케, 찔리지 마시오," 가끔은 그런 친근감을 스스로 허락하는 슈미트가 말했다.

"네, 교수님, 더는 찔릴 건 없어요. 오랫동안도 없었고요. 그리고 약혼은 이제 끝난 일입니다."

"끝났다. 정말? 그 애가 무슨 말을 했나?"

"네, 빵을 푸딩으로 비비면서 한 번에 나와 버렸죠. 오랫동안 그 애 마음을 아프게 했는데 단지 말을 안 한 거죠. 그러나 이제 그 애에게 레오폴트와의 문제가 너무 지루해져 버렸어요. 언제나 안에는 물망초, 밖에는 제비꽃의 작은 쪽지 편지뿐이었죠. 거기에 그 애는 그가 제대로 용기가 없고, 엄마에 대한 두려움이 자신에 대한 사랑보다 크다는 걸 알게 되었죠."

"그래, 기쁘군. 나도 역시 다르게 기대하지 않았소. 그리고 당신 역시 아마 그렇지, 친애하는 슈몰케. 이 마르셀은 완전히 다른 인간이요. 그리고 좋은 배우자감이라는 게 무엇이오? 마르셀은 고고학자요."

"물론입니다," 교수 앞에서는 원칙적으로 박식한 단어에 익숙하지 않다는 것을 실토하지 않는 슈몰케가 말했다.

"마르셀은, 내 말이, 고고학자요. 잠정적으로 그는 헤드리히 자리로 들어가요. 그는 이미 오래전부터 줄곧 호감을 사고 있지요. 그리고 그는 휴가를 받고 장학금으로 미케네로…"

슈몰케는 지금 역시 그녀의 전적인 이해와 동시에 동의를 표시했다.

"그리고 아마도," 슈미트가 계속했다. "또한 티린스[169] 혹은 슐리만

---

169 펠로폰네소스 반도의 고대도시.

이 현재 있는 곳으로. 그곳에서 그가 돌아와 내게 여기 내 방에 놓을 제우스 흉상을 가져온다면…" 그리고 그는 이때 오로지 제우스를 위해 아직 비워둔 자리라는 듯이 자동적으로 화덕 너머 위쪽을 가리켰다… "그가 거기에서 돌아오면, 내 말이, 그에게 교수 자리는 틀림없어요. 노인들은 영원히 살 수 없지. 그리고 봐요, 슈몰케, 그걸 내가 좋은 배우자감이라고 하는 거요."

"물론입니다, 교수님. 시험이고 그 모든 것이 결국 무엇을 위해 있겠습니까? 그리고 슈몰케는, 그가 교육을 받은 사람이 아니었어도, 항상 이야기했었어요…"

"그리고 이제 난 마르셀에게 편지를 쓰고 나서 15분간 누울 거요. 3시 반에 커피를. 하지만 늦지는 말고."

3시 반에 커피를 가져왔다. 슈미트가 조금 망설인 다음 결정한 마르셀에게 보내는 기송관 우편은 적어도 30분 전 발송되었다. 모든 것이 순조롭다면, 그리고 마르셀이 집에 있다면, 아마 이 순간 그는 이미 3줄의 간략한 내용을 읽고, 그로부터 자신의 승리를 알 수 있었다. 인문고등학교 교사! 오늘까지 그는 오로지 상급 여자학교 문학 교사였으며 그가 Codex argenteus[코덱스 아르겐테우스][170]에 대해, 이 단어에 어린 학생들은 낄낄 웃었는데 — 혹은 복음 문학과 베어울프에 대해 이야기해야 할 때 그는 이따금 암울하게 혼자 웃었다. 또한 코린나에 대해 몇몇

---

170 4세기 울필라 주교가 성경 복음을 고트어로 번역한 필사본.

모호한 문구들이 편지에 포함되어 있었다. 전반적으로 최단 시일 내에 마르셀이 감사를 표하기 위해 나타날 것으로 추정되었다.

그리고 정말, 5시가 채 되지 않았으나 종이 울리고 마르셀이 들어왔다. 그는 다정스럽게 삼촌의 후원에 감사하고, 그와 같은 것이 언급될 수 있다면 모든 감사 요구는 디스텔캄프의 몫이라는 말로 삼촌이 거절하자 마르셀이 말했다. "네, 그럼 디스텔캄프께요. 하지만 거기에 대해 즉시 알려주신 데 대해 삼촌께 감사드려도 되겠지요. 그리고 게다가 기송관 우편으로요!"

"그래, 마르셀, 기송관 우편으로. 그건 감사를 요구할 수 있지. 왜냐하면 우리 노인들이 생각을 바꿔 30페니히가 드는 새로운 것에 적응하기 전, 슈프레 강 아래로 많은 물이 흘러야 해. 그런데 너는 코린나에 대해 어떻게 생각하느냐?"

"친애하는 삼촌. 삼촌은 거기에 그토록 모호한 표현을 사용하셨어요… 저는 그것을 제대로 이해하지 못했어요. 삼촌은 '케네스 폰 레오파르트[171]가 퇴각하는 중이다'라고 쓰셨어요. 레오폴트 말인가요? 그리고 코린나가 그렇게 확실한 상대라 생각했던 레오폴트가 자신을 외면하게 된 것을 이제 형벌로 감수해야 하나요?"

"상황이 그러했다 해도 심각하지는 않았을 거다. 왜냐하면 이 경우는, 체면 실추를 이야기해야 하는데 그 정도가 한 단계 높지. 내가 코린나를 그토록 사랑하건만, 그 아이에게 경고장은 도움이 될 거로 시인할 수밖에 없다."

마르셀은 코린나를 위해 말을 거들려고 했다…

---

171 고대 스코틀랜드 왕의 이름과 레오폴트의 부자연스러운 연결.

"아니야, 그 애를 변호하지 마라. 그 애는 응당 대가를 치른 걸 거야. 하지만 신들은 그 애에게 자비를 베풀어 레오폴트의 자발적 퇴각으로 표현되는 완전한 패배 대신 절반의 패배만을 명하셨다. — 어머니는 원하지 않고, 나의 사람 좋은 제니는 서정시와 그에 의무적인 눈물에도 불구하고 자기 아들에 대해서는 코린나보다 더한 영향력을 입증했다."

"아마도 코린나가 때를 맞춰 정신을 차려서, 자신의 모든 수단을 동원하려 하지 않았기[172] 때문이 아닐까요."

"그럴지도 모르지. 하지만 어찌 되었건, 마르셀, 이제 우리는 이 모든 희비극에서 네가 어떤 입장을 취할 것인가를 결정해야 한다. 이런 식으로 혹은 저런 식으로. 네가 앞서 넓은 아량으로 변호하려 했던 코린나에 진력난 건 아니냐? 너는 그 애가 위험한 인간이고, 온통 피상적이고 자만심에 차 있다고 생각하느냐? 혹은 모든 것이 그토록 나쁘거나 심각하지 않고 사실 용서될 수 있는 변덕일 뿐이라고 생각하느냐? 그게 문제다."

"네, 삼촌. 제가 그 점에서 어떤 입장인줄 잘 압니다. 하지만 저는 삼촌께 솔직히 고백하면 우선 삼촌 의견을 듣고 싶습니다. 삼촌은 항상 제게 호의를 갖고 계시고 자격 이상으로 코린나를 칭찬하려 하지 않으세요. 코린나를 집 안에 두고 싶은 이기심에서라도 그러지 않으세요. 그리고 삼촌은 실로 약간은 이기주의자이십니다. 용서하세요. 전 다만 그렇게 가끔 그리고 개별적인 일들에서 그렇게 생각합니다…"

"모두 솔직히 말해 보아라. 나도 그걸 알고, 세상에 그런 일이 자주 나타난다는 사실을 스스로 위안으로 삼는다. 하지만 그건 주제에서 벗

---

172 실러의 희곡『간계와 사랑』2막 3장 레이디 밀포드의 대사를 암시.

어나는 말이고. 코린나에 관해 이야기해야 하고 또 이야기하려 한다. 그래, 마르셀, 무슨 말을 할 수 있겠나? 내 생각에 그 아이는 매우 심각하게 달려들었고, 너에게도 당시 아주 솔직하고 자유롭게 밝혔다. 너는 그걸 믿었고, 나보다 더. 그것이 상황이었고 그렇게 몇 주 전까지의 사정이었다. 그런데 이제, 거기에 나는 내기를 걸고 싶은데, 그 애는 완전히 변했어. 그리고 트라이벨 가족들이 그들의 레오폴트를 순전히 보석들과 금괴 사이에 앉힌다 해도, 내 생각에 그 애는 그를 더는 붙잡지 않을 거야. 그 애는 본래 건강하고 정직하고 진실된 마음을 가졌어. 또한 정교한 명예심도. 그리고 짧은 일탈 후 갑자기 그 애에게 두 개의 가족 초상화와 부친의 도서관을 가지고 부자 집안에 결혼해 들어가기를 원한다는 것이 무엇을 의미하는지 한순간 명확해졌지. 그 애는 '어떻게 잘될 거야'라고 상상하는 실수를 저질렀어. 왜냐하면 사람들이 그 애의 허영기를 끊임없이 키워주면서 마치 그 애의 환심을 사고 받아들이는 양 행동하였기 때문이지. 하지만 받아들인다고 다 같이 받아들이는 게 아니야. 사회적으론, 어느 기간 동안은 가능할지 몰라. 하지만 평생은 아니야. 경우에 따라 공작 집안 안으로는 들어갈 수 있겠지. 부르주아 집안에는 불가능해. 그리고 부르주아, 그가, 정말 과감하게 그걸 승낙해도, 그의 부인 부르주아는 분명 그렇지 않을 거야. 그 이름이 구성(舊姓) 뷔르스텐빈더인 제니 트라이벨이라면 절대 그러지 않을 거야. 평이하게 말해서 코린나의 자존심이 마침내 환기되었어. 하느님 맙소사라고 덧붙여 두지. 그 애가 그걸 관철시킬 수 있었건 그렇지 못하였건 간에, 그 애는 좋아하지도, 원하지도 않아. 신물이 난 거야. 이전 반은 산술이고 반은 자만이었던 것을 그 애는 이제 다른 시각에서 보게 되고 그건 그 애에게 원칙의 문제가 된 거야. 그것이 나의 현명함에서 나온 생각이야. 그리고 이제 한번 물어보겠는데, 자네는 어떤 입장인가? 그 아이의 어리석음을 용서할 의욕과 힘이 있겠는가?"

"네, 친애하는 삼촌, 있습니다. 물론, 그건 사실이지만요. 모든 일이 일어나지 않았더라면 훨씬 좋았겠지만요. 하지만 이미 일어난 일이고, 저는 거기에서 좋은 면만 택하겠습니다. 코린나는 이제 분명 외향적인 것에 대한 현대 사회의 집착과 영원히 결별하고, 그 대신 자신이 조롱하던, 자신이 그 속에서 성장한 생활 방식의 진가를 다시 인정할 줄 알게 됐어요."

노인은 고개를 끄덕였다.

"많은 사람들은," 마르셀이 이어갔다. "다른 입장을 취할 겁니다. 그건 제게 명백합니다. 사람들은 서로 다르지요. 그걸 매일 봅니다. 아주 최근에 하이제의 매력적인 짧은 이야기[173]를 읽었습니다. 거기에 젊은 학자가, 제가 맞는다면 고고학에 매혹된, 그러니까 저와 비슷한 동료인데, 젊은 남작 집안 딸을 사랑했고 또한 진심으로 진정으로 사랑받았습니다. 그는 단지 아직 확실히 알지 못했고 그녀의 마음에 확신을 갖지 못했고요. 그리고 이런 불확실한 상황에서 주목(朱木)의 생울타리에 우연히 숨어 있다가 그는 여자 친구와 공원에서 거닐던 남작 딸이 친구에게 온갖 고백을 하는 것을 들었습니다. 자신의 행복과 사랑에 대해 이야기하던 남작 딸이 그만 유감스럽게도 자신의 사랑에 대한 몇몇 오만한 발언을 끼워 넣고 말았습니다. 그리고 이 말을 듣는 것과 자기 보따리를 싸서 즉시 도망을 가는 것은 그 구애자이자 고고학자에게는 동일한 것이었습니다. 저에게는 전혀 이해되지 않습니다. 친애하는

---

173 폰타네와 친분이 있던 작가 파울 하이제(1830~1914)의 노벨레 『잊지 못할 말들』을 지칭.

삼촌, 저는 다르게 행동했을 것입니다. 저는 단지 그 말속에 사랑만 듣고 놀림과 조롱은 듣지 않았을 것입니다. 그리고 떠나는 대신 나의 사랑하는 남작 딸 발아래 미치도록 행복해 무릎을 꿇고, 나의 끝없는 행복만을 이야기할 겁니다. 그것이, 사랑하는 삼촌, 저의 입장입니다. 물론, 다른 방식으로도 할 수 있습니다. 저로서는 제가 근엄한 축에 속하지 않아 충심으로 기쁩니다. 체면에 대한 존중, 물론입니다. 하지만 그걸 너무 강조하다 보면 아마 도처에 악이 보일 것입니다. 사랑에 있어서도 분명 그렇고요."

"브라보, 마르셀. 나는 달리 기대하지 않았었다. 거기에서 나는 네가 내 누이의 아들임을 알 수 있다. 알고 있니, 네가 그렇게 말할 수 있는 것은 네가 가지고 있는 슈미트 집안 특성 때문이지. 편협한 것과 허영을 거부하고, 항상 옳은 것을 단호하게 추구하지. 이리 와라, 얘야, 내게 키스해주렴. 한번은 너무 적어. 왜냐하면 네가 나의 조카이자 동료이고 또한 곧 나의 사위가 되니까, 왜냐하면 코린나가 분명 거절하지 않을 거야. 그러니 뺨에 두 번 키스도 절대 충분치 않아. 그리고 위안을, 마르셀, 너는 받게 될 거야, 코린나는 너에게 편지를 써야 해. 그리고 말하자면 고백하고 너에게 자신의 죄를 용서해 달라고 부탁해야 해."

"제발, 삼촌. 그런 건 하지 마세요. 우선 코린나는 그걸 하지 않을 겁니다. 그리고 하겠다고 해도 제가 그걸 쳐다볼 수 없을 거예요. 제게 프리데베르크가 최근 말해주었는데, 유대인들은 '동료 인간'에게 창피를 주는 것을 특별히 처벌하는 법이나 금언이 있다고 합니다. 그리고 저는 그것이 엄청나게 개화된 법이고 거의 기독교적이라고까지 생각합니다. 그리고 그 누구도, 자신의 적(敵)마저도 창피를 주어서는 안된다면, 네, 친애하는 삼촌, 어떻게 제가 나의 사랑하는 사촌 코린나에게 창피를 줄 수 있겠습니까. 코린나는 당황하여 어디를 바라보아야 할지조차 아마 모를 것입니다. 왜냐하면 소심하지 않은 사람들이 한번 당황하게 되면 그들은 엄청날 정도로 당황하니까요. 코린나와 같이 곤란한 입장에 처한 사람에게 황금 다리를 놓아주는 것은 사람의 의무입니다. 제가 편지를 쓰겠습니다, 친애하는 삼촌."

"너는 좋은 녀석이다, 마르셀. 이리 와, 한 번 더. 하지만 너무 좋을 필요는 없다. 그걸 여자들은 견뎌내지 못한다. 슈몰케조차도."

제16장

그리고 마르셀은 정말 편지를 썼다. 다음 날 코린나 앞으로 두 통의 편지가 아침 식사 테이블에 놓여 있었다. 하나는 작은 크기로, 편지 왼쪽 모서리에는 연못과 수양버들이 있는 작은 풍경 사진이 있었는데 거기에서 레오폴트는, 아, 몇 번째인가, 자신의 "흔들리지 않는 결심"을 이야기했다. 그림 장식이 없는 다른 편지는 마르셀이 보낸 것이었다. 그것의 내용은 다음과 같았다.

"사랑하는 코린나! 삼촌이 어제 나와 이야기하시고 내가 진정으로 기쁘게도 알려주시기를, 용서해, 이는 삼촌 자신의 말씀이셨어, '이성이 다시 말을 하기 시작했다'[174]고. '그리고' 이렇게 덧붙이셨어, '올바른 이성은 가슴에서 나온다고.' 내가 믿어도 될까? 내가 바랐던 변화가 일어났나? 전향이? 삼촌께서는 적어도 내게 그걸 확신시켜 주셨어. 삼촌은 역시 네가 이것을 내게 말해 줄 거라는 의견이셨으나, 나는 거기에 진지하게 항의하였어. 왜냐하면 잘못이나 책임을 시인하는 걸 듣고 싶지 않아. 비록 너의 입으로부터는 아니지만, 내가 지금 알고 있는 그것으로 내겐 충분하고, 나를 끝없이 행복하게 하고 모든 괴로움을 내 영혼에서 지워버려. 많은 사람들이 나의 이 감정을 이해하지 못하겠지

---

174 괴테의 『파우스트』 I. V. 1198f.

만, 나는 나의 가슴이 말을 하는 그곳에 천사에게 이야기할 필요를 느끼지 않아. 그 반대야. 완전함은 내게 압박감을 줘. 아마도 내가 그걸 믿지 않기 때문이야. 내가 인간적으로 이해할 수 있는 결함들이 내겐 마음에 와닿아. 비록 내가 그로 인해 고통을 당한다 해도. 미스터 넬슨 저녁 모임이 있던 날 트라이벨 댁에서 집으로 돌아오면서 네가 당시 한 말을 나는 물론 모두 이해하지만, 그건 오직 내 귀에만 존재하지 내 가슴에는 있지 않아. 나의 가슴에는 오직 처음부터 어린 시절부터 항상 있던 것이 있을 뿐이야.

바로 오늘 보고 싶다. 늘 그렇듯, 너의 마르셀."

코린나는 편지를 그녀의 아버지에게 건넸다. 아버지는 그것을 읽고 평소보다 많은 자욱한 연기를 내뿜었다. 읽기를 마친 뒤, 일어나서 사랑하는 딸의 이마에 키스했다.

"너는 운이 좋은 아이다. 봐라, 그건 사람들이 고양된 것이라 부르는, 내 친구 제니가 말하는 이상적인 것이 아니라 진정 이상적인 것이야. 내 말을 믿어, 현재 조롱의 대상인 고전적인 것이야말로 영혼을 자유롭게 만드는 것이고 거기에는 사소한 것이라고는 없어. 거기에서 우리는 기독교를 예감할 수 있고 우리에게 용서하고 잊으라고 가르치지. 왜냐하면 우리는 모두 영광이 결여되어 있으니까.[175] 그래, 코린나, 성경의 금언과 같은 고전적 금언이 있지. 가끔은 성경을 넘어서지. 예를 들어 다음 같은 격언이 있어. '네 자신이 되어라.'[176] 고대 그리스 사람만이 할 수 있는 말이지. 물론 여기에 상정된 이와 같이 되는 과정은 보

---

175 「로마서」 3장 23절.
176 그리스 시인 핀다로스의 『피티아 송가』에서 인용.

람 있는 것이어야 해. 하지만 아버지로서의 나의 편견이 나를 기만하지 않는다면 너에게는 보람이 있어. 이 트라이벨 사건은 실수였어. 너도 알다시피 '실족'은, 그것도 최고법원 재판관[177]이 쓴 희극 제목이기도 하지. 최고법원은, 참 다행인 것이, 항상 문학적이었어.[178] 문학은 사람을 자유롭게 해주고… 이제 너는 옳은 것을 다시 찾았고, 게다가 너 자신까지… '네 자신이 되어라', 위대한 핀다로스가 말했어. 그리고 그에 따라 마르셀 역시, 그 자신이 되기 위해, 세상으로 나가야 해. 위대한 장소들로 그리고 특히 아주 오래된. 아주 오래된 장소들, 그것은 항상 성묘(聖墓)와 같아. 그곳으로 학문의 십자군이 가는 거야. 그리고 너희 둘이 미케네에서 돌아와 — 내가 '너희'라고 한 이유는 네가 마르셀을 동행하게 되기 때문이야. 슐리만 부인 역시 동행하지 — 만약 1년 내 너희 두 사람을 위한 강사나 특임교수 자리가 없으면 그건 정의가 아닐 거야."

코린나는 아버지가 자신도 추천한 데 대해 감사하였으며, 하지만 당분간 자신은 가정과 아이가 더 중요하다는 것이었다. 그리고 코린나는 아버지에게서 인사를 하고 부엌으로 가, 의자에 앉아 슈몰케에게 편지를 읽게 내주었다. "자, 어떻게 생각하세요, 친애하는 슈몰케?"

"그래, 코린나, 내가 무슨 말을 해야겠니? 나는 슈몰케가 항상 하는 말을 할 뿐이야. '신은 어떤 사람에게 그들이 잠을 잘 때 그것을 준다.'[179] 너는 전적으로 무책임하게 그리고 거의 끔찍하게 행동하고도 이

---

177 최고법원 소속(1887~1896)의 에른스트 비허르트(1831~1902)의 대중적 희극(1872).

178 낭만주의 작가, 작곡가이자 판사였던 E.T.A. 호프만을 빗댐.

179 「시편」127장 2절을 암시.

제 여전히 그를 얻게 되었어. 너는 행운아야."

"그건 아빠가 내게 한 말이기도 해요."

"자, 그럼 사실이 틀림없어, 코린나. 왜냐하면 교수가 하는 말은 항상 진실이야. 하지만 이제 더는 허튼소리나 장난은 그만. 가엾은 레오폴트를 가지고 그것들을 충분히 했어. 레오폴트가 사실 불쌍할 정도야. 왜냐하면 사실 그를 만든 것은 그 자신이 아니야. 그리고 인간은 결국에는 자신 그대로 남아있지. 아니, 코린나, 이제 우리 진지해야 해. 언제 시작하고, 신문에 발표하려고? 내일?"

"아니에요, 슈몰케, 그렇게 빨리는 안 되죠. 우선 그를 만나서 키스를 하고…"

"물론이지, 물론이야. 먼저 그래야지…"

"그리고 또한 가엾은 레오폴트에게 우선 거절 편지를 보내야 해요. 그는 오늘도 재차 나를 위해 살고 죽을 것이라고 확인해 주었어요…"

"오, 하느님. 가엾은 인간."

"결국에 그 역시 만족할 거예요…"

"그럴 수 있어."

- - - - - - - - - - - - - -

그의 편지가 예고했듯이 같은 날 저녁 마르셀이 찾아와 신문 독서에 열중하고 있는 삼촌께 우선 인사했다. 슈미트는 약혼 문제가 합의되었다고 간주해서인지 약간 산만하게 손에 신문을 들고 마르셀을 맞아 이야기했다. "자 이제 말해봐, 마르셀, 어떻게 생각하나? Summus

Episcopus[스무스 에피스코푸스][180]··· 황제인 우리의 나이 든 빌헬름이 그 직책을 벗어던지고 그걸 더는 원치 않아. 쾨겔이 될 거야. 아니면 슈퇴 커가···"

"오, 삼촌, 우선 전 그걸 믿지 않아요. 그리고 저는 전혀 성당에서 결혼하지 않을 거예요···"

"자네 말이 맞아. 물론 나는 나중에 가면 항상 틀리고, 세상을 놀라게 하는 뉴스로 인해 더 중요한 모든 것들을 잊어버리는 모든 비정치가들의 결점을 갖고 있어. 코린나가 저편 자기 방에서 자네를 기다리네. 자네와 둘 사이에서 협의하는 것이 최선이라 생각하네. 나 역시 신문 독서를 아직 마치지 않았고, 제3자는 방해만 될 뿐이지. 아버지라 해도."

마르셀이 들어서자 코린나는 다정하고 친절하게 맞으며, 다소 당황하면서도 동시에 사안을 자신의 방식으로 다루려고 작정한 듯 보였다. 그러니까 가능한 한 최소한 비극적으로. 저편으로부터 저녁놀이 창으로 들어왔다. 두 사람이 자리에 앉자, 그녀는 그의 손을 잡고 말했다. "당신은 좋은 사람이고 나는 그걸 항상 마음에 새기길 바라겠어요. 내가 생각했던 것이 어리석었어요."

"정말로 원했던 거야?"

그녀는 고개를 끄덕였다.

"그리고 그를 진심으로 사랑했었고?"

"아니요. 하지만 그와 결혼하고자 하는 의지는 진지했어요. 그리고 그보다 더, 마르셀, 나는 내가 매우 불행했을 거로 생각하지도 않아요.

---

180 가톨릭과 그리스 정교의 최고위 주교. 개신교에서 신교도 제후는 동시에 성직 자제후와 국가감독(Landesbischof)이었다.

그건 저와 안 맞아요. 물론 아마 그렇게 행복하지도 않았을 거예요. 하지만 누가 행복한가요? 그런 사람을 아세요? 저는 몰라요. 저는 그림 수업을 듣고 아마 승마 수업도요. 그리고 몇몇 영국인 가족들과 리비에라에서 친분을 맺고, 물론 유람 요트를 소유한, 그리고 그들과 코르시카나 시실리로 갔겠죠. 항상 피의 복수를 찾아. 왜냐하면 흥분거리에 대한 욕구는 아마 평생 갖게 됐겠죠. 레오폴트는 약간 무기력하거든요. 네, 그렇게 살았을 거예요."

"그대는 항상 똑같아. 그리고 실제보다 스스로 더 나쁜 자화상을 그리지."

"절대 아니죠. 하지만 더 낫지도 않게 그려요. 그리고 내가 그 모든 것에서 벗어나서 기쁘다고 다짐하면 믿어주세요. 나는 어렸을 때부터 멋진 외관에 대한 취향이 있었고 지금도 아직 그래요. 하지만 그것을 만족시키기 위해서는 큰 대가를 치러야 한다는 걸 이제 깨달았고 배웠어요."

마르셀은 다시 한번 말을 가로막으려 했으나 그녀는 허락하지 않았다.

"아니에요, 마르셀, 제가 몇 가지 더 말해야 해요. 아세요, 레오폴트와는 순조롭게 진행될 수도 있었겠지만 결국 왜 그렇지 못했을까요? 나약하고, 사람 좋은, 대수롭지 않은 사람을 옆에 둔다는 것은 편안할 수도 있고 장점이 될 수도 있지요. 하지만 이 어머니, 이 끔찍한 여인! 분명, 재산과 돈은 마력이 있어요. 그렇지 않았다면 저는 혼란을 면할 수 있었겠지요. 하지만 돈이 모든 것이고, 마음과 생각을 편협하게 만들고, 게다가 감상벽과 눈물과 같이한다면, 그렇게 되면 내 속에서 분노했을 것이고, 그걸 감수하는 것은 힘들었을 거예요. 아마도 참아냈을 터이지만. 왜냐하면 좋은 침대와 좋은 음식으로 인간은 많은 걸 참아낼 수 있다고 생각하니까요."

그 후 이틀이 지난 다음 신문에 알림이 났고 공식 발표와 함께 카드
가 도착했다. 고문관 집에도. 봉투 속을 미리 보고 이 소식의 중요성 그
리고 집안 평화의 회복과 견딜만할 분위기 복귀에 끼칠 영향을 강하게
감지한 트라이벨은 지체 없이 제니가 힐데가르트와 아침 식사하고 있
는 부인 방으로 건너갔다. 방에 들어가며 그는 벌써 편지를 높이 쳐들
고 말했다 "내가 이 내용을 그대들에게 알리면 뭘 받을까?"

"말해 보세요," 제니가 말했다. 거기엔 혹시나 하는 희망이 싹 트
고 있었다.

"키스."

"말도 마세요, 여보."

"자, 당신이 아니라면, 그럼 적어도 힐데가르트가."

"좋아요," 힐데가르트가 말했다. "그러지 마시고 읽어보세요."

그리고 트라이벨이 읽었다. "'오늘 거행된 내 딸의 약혼…' 자, 숙녀
분들, 누구의 딸? 딸들이야 많이 있지. 다시 한번 그러니까, 맞춰봐요.
나는 내가 요구한 금액을 곱으로 하지… 자, '정교사이고 브란덴부르
크 제35보병연대 예비역 중위인 마르셀 베더콥 박사와 나의 딸 코린나
와의 약혼 발표를 영광으로 생각합니다. 빌리발트 슈미트 박사, 성령
고등학교 교수 및 정교사 삼가 올림.'"

힐데가르트가 옆에 있기 때문에 제약을 받은 제니는 그녀의 남편을
향해 승리의 눈길을 던지는 것으로 만족했다. 또다시 즉각 형식적 오류

를 찾던 힐데가르트는 하지만 다음 말만 할 뿐이었다. "그것이 모두인 가요? 제가 아는 한, 약혼자들 측에서도 한마디 하는 것이 관례입니다. 하지만 슈미트와 베더콥은 결국 그걸 포기한 것 같네요."

"그렇지 않단다, 우리 힐데가르트야. 내가 읽지 않은 두 번째 페이지에 약혼 남녀들도 말했단다. 이 문서를 베를린 체류 기념과 이곳 지역 문화의 점진적 발전 증거로 너에게 남겨놓겠다. 물론 우린 상당히 뒤쳐져 있지만 서서히 올라가고 있다. 그리고 이제 내 키스를 부탁하마."

힐데가르트는 그에게 두 번, 그것도 열렬하게 해 주었다. 그 의미는 명확했다. 이날은 두 번의 약혼을 의미했다.

유월의 마지막 토요일이 마르셀과 코린나의 결혼식 날로 계획되었다. "절대 길지 않은 약혼"을 빌리발트 슈미트는 강조했다. 약혼 남녀는 당연히 신속한 결혼에 반대할 이유가 없었다. 오직 약혼을 서둘렀던 슈몰케만이 그와 같은 빠른 일정을 듣고 싶지 않았고, 그때까지는 겨우 3주, 그러니까 "결혼 공고를 세 번 할 정도"의 시간밖에 되지 않는다며, 그렇게는 될 수 없고, 너무 짧다며 거기에 대해 사람들의 이야기가 나온다는 것이다. 결국에 가서 그녀는 그것으로 만족하거나 적어도, 어떻든 사람들은 말하기 마련이라며 스스로 위안으로 삼았다.

27일 소규모 결혼 전야 파티가 슈미트 집에서 열렸다. 그다음 날 "잉글리시하우스"[181]에서 결혼식이 거행되었다. 토마스 설교사가 식을 진

---

181 레스토랑 명칭.

행했다. 3시에 니콜라이 교회 앞으로 마차가 도착하고, 6명의 신부 측 들러리 중에는 쿠 집안 딸 두 명과 펠겐트로이 두 자매들이 있었다. 후자들은, 여기서 밝혀져도 될 것인바, 4중창의 두 명의 시보들과 춤 휴식 사이에 약혼하였다. 할렌 호수 야유회에 참가했던 같은 젊은이들이었다. 물론 같이 초대된 요들송 가수는 쿠 집안 딸들의 격렬한 공세를 받았는데 부잣집 아들로서 그 같은 공격에 익숙했기 때문에 이를 버텨냈다. 쿠 집안 딸들은 이 패배를 꽤 가볍게 받아들였고 — "그는 처음도 아니고, 마지막도 아닐 것이다."라고 슈미트가 말했다 — 오로지 그 집안 모친만이 마지막까지 매우 속상해 보였다.

그 외에는 전적으로 명랑한 결혼식이었다. 그것은 처음부터 모든 것을 좋은 쪽으로 생각했기 때문이기도 했다. 사람들은 용서하고 잊으려 했다, 한쪽에서 그리고 다른 쪽에서. 그리하여 중요한 사안을 선취하자면, 유일하게 같은 날 오후 아이어호이스헨으로 말을 타고 간 레오폴트를 제외하고 초대받은 트라이벨 집안사람 모두가 나타났다. 물론 고문관 부인은 처음에는 강하게 망설였다. 실로 눈치 없고 모욕이라고까지 말했다. 하지만 그녀의 두 번째 생각은, 모든 사건을 철없는 유치함으로 취급하고, 그로 인해 이미 여기저기에서 들리는 뭇사람들의 험담을 가장 쉬운 방법으로 종식시키는 것이었다. 그녀는 이 두 번째 생각에 머물렀다. 고문관 부인은, 항상 그랬듯 친절하게 웃으며 in pontificalibus[인 폰티피칼리부스][182]로 나타나 논란의 여지 없이 결혼피로연의 핵심이자 하이라이트였다. 프로이라인 호니히와 불스텐 역시 코린나의 간절한 소망에 따라 초대되었다. 호니히는 초대에 응했으나, 불

---

182 최고 성직자의 공식 복장으로 하고. 여기서는 "성장(盛裝)을 하고"의 의미로 사용.

스텐은 편지로 "귀여운 아이, 리치를 혼자 두게 할 수 없으므로" 양해를 구했다. "귀여운 아이"라고 쓴 바로 아래 얼룩이 있었는데 마르셀은 코린나에게 말했다. "눈물이야. 그리고 내 생각에는 진짜." 교수들 중에는 이미 언급된 쿠 가족 이외에 디스텔캄프와 린트플라이쉬만이 참가했다. 후손들로 축복받은 자들은 모두 쾨젠, 알베크 그리고 슈톨페뮌데[183] 에서 휴가 중이었기 때문이다. 이런 인원 손실에도 불구하고 축배사에는 부족함이 없었다. 디스텔캄프의 축사가 최고였다. 펠겐트로이의 축사는 예측하듯이 가장 형편없었다. 인사말을 하는 사람은 의도하지 않았지만 축사는 폭소로 보상받았다.

후식을 돌리기 시작하고 슈미트가 이곳에서 저곳으로 다니면서 나이 든 그리고 또한 몇몇 젊은 숙녀들에게 모든 종류의 친절한 말을 하는 바로 그때, 이미 여러 차례 나타난 바 있던 전보 배달원이 다시 한 번 홀에 나타나 그 즉시 나이 든 슈미트에게 다가갔다. 그렇게 많은 축복 기원을 전달한 자에게 괴테의 가수에게처럼 왕과 같이 사례[184]하려는 욕구에 가득 찬 슈미트는 자기 옆 유리잔을 샴페인으로 채우고 배달원에게 건넸다. 배달원은 우선 신랑 신부에게 몸을 굽히고 avec[아벡]을 갖고[185] 잔을 비웠다. 모두들 박수갈채를 보냈다. 그리고 슈미트는 전보를 열어 훑어보고 말했다. "친족관계인 영국인으로부터입니다."

"읽으세요, 읽어보세요."

"…To Dr. Marcell Wedderkopp."

---

183 작센과 발트해에 위치한 베를린 중산층을 위한 휴가지.
184 괴테의 담시 「가수」(1783)에서 가수는 금목걸이를 거절하고 왕께 대신 "최고의 와인 한 잔"을 요청한다.
185 여기서는 풍미 있게, 특별히 강조하여.

"더 크게."

"England expects that every man will do his duty[영국은 각자 모든 사람이 자신의 의무를 다할 것을 기대합니다]… 서명자는 John Nelson."

내용적으로 내막을 알고 언어적으로 정통한 사람들 사이에서 환호성이 터져 나왔다. 트라이벨이 슈미트에게 말했다. "내 생각에 마르셀이 그것을 보증할 거요."

코린나는 전보에 매우 만족하고 기뻤다. 하지만 이미 그녀의 행복한 기분을 표현할 시간이 부족하게 되었다. 왜냐하면 8시가 되었고 9시 반이면 그들을 우선 뮌헨까지 그리고 거기부터 베로나 혹은 슈미트가 즐겨 표현하듯이 "줄리엣의 무덤까지"[186] 데려다줄 기차가 출발하기 때문이었다. 슈미트는 그런데 그것을 하찮고 "부차적인 것"일 뿐이라 칭하고, 상당히 오만하게, 그리고 쿠의 빈축을 사면서 신탁과 같이 메세니아[187]와 타이게투스[188]에 대해 이야기하면서, 거기에 아리스토메네스 자신은 아니더라도 그의 아버지의 무덤 석실 등이 분명히 발견될 것이라고 예언자처럼 말했다. 그가 마침내 입을 다물고, 디스텔캄프가 자신의 취미에 또다시 도취한 친구에게 유쾌한 미소를 보이자, 사람들은 마르셀과 코린나가 그사이에 홀을 떠났음을 알아차렸다.

손님들은 아직 남아있었다. 하지만 10시경 사람들이 듬성듬성해졌

---

186 베로나는 셰익스피어의 희곡 『로미오와 줄리엣』의 무대이다.
187 펠로폰네소스 반도의 서남부 고대 그리스 지방.
188 펠로폰네소스 메세니아와 라코니아 사이에 위치 한 산악지대.

다. 제니, 프로이라인 호니히 그리고 헬레네는 떠났다. 그리고 헬레네와 함께 오토 역시. 한 시간 더 머물고 싶었으나. 나이 든 상업고문관만이 해방되어 자신의 형제 슈미트 옆에 앉아 『독일 민족의 보물상자』[189]에서 하나둘씩 일화를 끄집어냈다. 모두 새빨간 석류석이지만 그것들을 "순수한 광채"라 이야기하는 것은 외람될 것이다. 골다머가 없지만, 트라이벨은 여러 곳에서 원병을 얻었는데, 가장 후하게는 아돌라 크롤라가 지원해 주었다. 전문적 이야기꾼들도 아마 그에게 상을 수여했을 것이다.

불빛들이 오랫동안 타고 있었고, 시가 연기가 크고 작은 소용돌이를 만들었다. 그리고 젊은 커플들은 점점 몇몇 홀 구석으로 물러났다. 그곳에는 상당한 이유 없이 네다섯 개의 월계수 나무가 나란히 늘어서, 범속한 눈길로부터 보호해 주는 울타리를 만들어 주었다. 여기에 또한 쿠 집안 딸들이 보였다. 그들은 다시 한번, 아마도 모친의 충고로 요들송 가수에게 정열적으로 돌진했으나 이번에도 보람 없었다. 같은 순간 누군가 벌써 피아노를 치기 시작했고 젊은이들이 춤을 추며 주도권을 잡을 순간이 분명히 다가왔다.

이러한 위험이 도래하는 순간 이미 여러 차례 친근한 "Du" 호칭과 "형제"라 칭하며 손님들 사이를 돌아다니던 슈미트는 특정 지휘관의 전술을 동원해 크롤라쪽으로 시가 상자를 밀면서 말했다. "이것 봐요, 가수 형제분이여, carpe diem[카르페 디엠].[190] 우리 라틴어 학자는 마지막 음절에 강세를 둡니다. 지나가는 날을 향유하라. 몇 분 지나면 어

---

189 요한 페터 헤벨(1760~1826)의 일화집 『라인지방 가족 친구의 보물상자』를 폰타네는 이 작품에서 "독일민족"으로 바꾸어 지칭하고 있다.

190 호라티우스의 송시에서 인용된 어구.

떤 피아노 두드리는 작자가 전체 분위기를 장악하고 우리가 군더더기임을 느끼게 할 것입니다. 그러니까 다시 한번, 그대가 할 의사가 있는 것이 있다면 즉시 하세요.[191] 그 순간이 왔습니다. 크롤라, 당신은 내게 호의를 베풀어 제니의 노래를 불러주셔야 합니다. 그대는 백번을 반주했었으니, 노래 부를 수 있을 겁니다. 내 생각에 바그너식 어려움은 거기에 없습니다. 그리고 트라이벨은 자신의 사랑하는 부인의 가슴에 소중한 노래를 어떤 의미에서 우리가 세속화시키는 것을 원망하지 않을 것입니다. 왜냐하면 신성한 것의 모든 전시(展示)는 신성모독이기 때문입니다. 내가 맞지요, 트라이벨, 아니면 당신을 내가 잘못 보았나요? 내가 그대를 잘못 보았을 수 없지요. 당신같은 사람을 잘못 볼 수 없어요. 당신은 분명하고 정직한 얼굴을 갖고 있어요. 그리고 자 오세요, 크롤라 '더 많은 빛을'[192] — 그건 당시 우리 올림포스 신이 한 위대한 말이지요. 하지만 우리는 더는, 적어도 여기에서는 필요 없어요. 여기는 빛이 얼마든지 있습니다. 나는 오늘 이날을 신의가 있는 사람으로 마치고 싶습니다. 모든 세상과 친분을 맺고, 그 누구보다도 그대, 아돌라 크롤라와의 친분을."

100번의 연회에서 비바람을 견뎌왔으며, 슈미트와 비교해 아직도 충분히 상당히 건재한 크롤라는 오래 버티지 않고 피아노 쪽으로 걸어가는 동안, 슈미트와 트라이벨이 팔짱을 끼고 그를 따라갔다. 나머지 손님들이 노래 공연이 준비되고 있음을 눈치채기 전에 크롤라는 시가를 옆에 놓고 시작했다.

---

191 「요한복음」13장 27절.
192 괴테가 죽음을 앞두고 했다고 추정되는 말.

행운, 당신의 천 개 뽑기들 중에
오직 하나만을 선택하네.
금이 무슨 소용이란 말인가? 나는 장미와
그리고 꽃들의 순박한 장식을 사랑하네,

그리고 나는 숲속의 바람 소리를 듣고,
그리고 나는 펄럭이는 리본을 보며 -
눈에서 눈으로 시선을 교환하며,
그리고 당신의 손등에 입맞춤.

주고 받고, 받고 주고,
그리고 당신의 머리에 바람이 장난치네,
아, 오직 그것, 그것만이 인생이지,
마음이 마음과 짝을 이루는 곳.

모든 사람들로부터 환호가 터졌다. 왜냐하면 사람들이 통상 이런 모임에서 듣는 것과 비교해 보면, 적어도 크롤라의 목소리에는 아직까지도 힘과 음색이 가득했다. 슈미트는 말없이 울고 있었다. 하지만 한순간 그는 의식을 회복했다. "형제여", 그가 말했다. "내 마음에 꼭 들었습니다. 참으로 훌륭하오. 트라이벨, 우리의 제니 말이 정말 맞습니다. 거기에 무엇이 있습니다. 거기에 무엇이. 무엇인지 정확히 모르지만, 바로 그겁니다 ― 그건 진정한 노래입니다. 모든 참된 시에는 무엇인가 신비로운 것이 있습니다. 나는 결국 거기에 머물러 있어야 했습니다…"

트라이벨과 크롤라는 서로 쳐다보고는 동의하며 끄덕였다.

"그리고 나의 가련한 코린나! 이제 그 애는 트레빈[193], 줄리엣의 무
덤을 향한 첫 여정에… 줄리엣 캐퓰릿, 그 얼마나 아름답게 들리는지
요. 그런데 그게 이집트식 석관이라고들 하지요. 그것이 더 흥미로운
사실이고… 그리고 종합적으로, 밤새도록 기차 여행을 하는 것이 옳
은지 모르겠어요. 예전에는 관습이 아니었지요. 예전에는 자연스러웠
어요. 더 도덕적이었다고 해야 할 거요. 나의 친구 제니가 가버려 아쉽
군요. 제니가 그 말이 맞는지 결정해야 해요. 나 개인적으로는 확실해
요. 자연은 도덕이고 가장 중요한 것이지요. 돈은 무의미하고, 학문은
무의미하고, 모든 것이 무의미해요. 교수 역시. 그걸 반박하는 사람은
pecus[페쿠스][194]예요… 그렇지 않소, 쿠?… 자, 신사분들 오세요, 크롤라
오세요… 집으로 갑시다."

---

193 베를린 남쪽 근교의 소도시.
194 라틴어로 가축, 짐승을 의미. 여기서는 황소.